不当逮捕

本田靖春

[日]本田靖春 著　　王家民 王秀娟 译

不当逮捕

上海译文出版社

目 录

1 入狱 ··· 1
2 卖淫贪污事件 ······································ 10
3 受命 ·· 19
4 初显身手(其一) ································· 29
5 初显身手(其二) ································· 35
6 埋下宿因 ·· 41
7 腾空跃起的猫 ···································· 50
8 问题报道 ·· 64
9 "你要被捕了" ···································· 77
10 前世的渊源 ······································ 88
11 朴烈事件 ··· 103
12 怪写真事件 ······································ 112
13 惊人的早熟 ······································ 130
14 检察机关内部的复仇赛 ······················· 152
15 "请忘掉法律什么的吧" ························ 171
16 释放 ·· 188
17 初识立松 ·· 207
18 爆料人 ··· 227
19 舞台已经变换了 ································ 246
20 谢幕 ·· 267

主要参考文献 ·· 313
后记 ··· 315

1 入狱

"从雨水里就能嗅到一股不祥的气息……"这类敏锐的说辞,不过是事后在牵强附会罢了。

但这雨若真下起来,确实让人异常阴郁。其间,很容易让人觉得就算发生了任何不好的事情也不足为奇,于是什么事都不想干下去了。阴雨连绵的日子更是如此。

昭和三十二年(1957)10 月 24 日,恰巧就是这样的一天。

东京地区受这个季节特有的锋线影响,入夜之后降雨仍然断断续续,没有休止。我独自一人守在设于本所警署[①]的警视厅第七方面记者俱乐部,将两把木制长椅拼在一起,仰面朝天躺在上面,正愁着不知该如何是好。

的确,让报社帮忙派车接我回家就好了,但是一想到转天早晨还要冒着雨从杉并[②]赶回来,顿时就觉得太麻烦了。话虽如此,可真要在记者俱乐部里熬到天亮,就算是随心所欲的单身汉,多少也会有些凄凉。

说到记者俱乐部,听起来不错,但其实就是从机关大楼正面进去,在左手边走廊尽头用胶合板隔出来的一块不到两坪[③]的空间,条件非常简陋。一张桌子,徒有其名,连个抽屉都没有,光是它就占去了一半空间。上面还罩着一条秃了毛的毯子,准备过几天被炉生火后用。

那下面的火盆里如果生了炭火倒也还好，但即便如此，清晨的骤冷还是难以避免。

已经过午夜12点了，我还没拿定主意到底是回家还是将就住下。就在这时，隔着办公室，从对面的总机传来值班员的声音。

"读卖报社的，还有人吗？电话。"

桌角上放着一部警署的内线电话。我仰面躺着，拿起听筒，耳边传来N报的平岩正昭一反常态的焦急声音。

"哦，还在呀！太好了。阿和被抓了！"

我下意识地站起身来，冒出了一句："混蛋！"

"你骂也没用，现在人就关在这下面！"

平岩负责的是跟踪报道警视厅第一方面的工作，常驻丸之内警署里的记者俱乐部。我在职场上的前辈——《读卖新闻》社会部的立松和博，被关进他那里的地下拘留所里了。

我又重复地骂了一句："简直混蛋。"

立松参与了一则报道，因涉嫌损害他人名誉遭到起诉。这件事，入社两年半、在部里还不能独当一面的我，多少也有所耳闻。但依照逮捕令执行人身拘留，原则上只适用于该嫌疑人有销毁证据或潜逃的可能情况下。立松的情况应该不属于其中任何一种。

问题是已在报上发表了的报道，是否真的损害了里面列出名字的人的名誉。想要销毁证据是不可能的，强盗和杀人犯另当别论，单就新闻记者而言，遭到起诉后也不可能躲起来。

在我的记忆中，除了俗称的那种爆料杂志和无赖小报有过相关

---

① 日本警视厅下辖的警署之一。隶属东京都第七方面总部，规模庞大，负责管辖东京市墨田区南部。[本书脚注皆为译注]
② 东京都的一个行政区。
③ 面积单位，1坪≈3.3平方米。

的两三个先例之外，已经得到社会认可的那些报社的记者，还没有人因为涉嫌名誉损害被逮捕的。

"这不是胡来嘛！"

我的语气愈发强硬。平岩这才跟我说出了一个意外的事实。

"你冲我嚷什么，我又不清楚。有意见跟高检提去！"

"嗯？把人抓走的是高检？"

"好像是。丸警那边说是受高检的委托。"

"这又是怎么回事？越过地检，上来就是高检……"

"所以我才说，我对这事儿一无所知！先不提这些了。你能马上过来一趟吗？刚才靖子来电话说，她正在你们报社，一会儿过来送点儿东西。你陪她跑一趟。"

"这个……去一趟倒没问题。但是……像我这种小字辈儿的，根本轮不上出面吧？"

"那我这个别家报社的岂不更没法儿出面了。我跟阿和的交情，你也知道，但跟这次的事还得两说着。"

平岩从年少时就一直出入立松家。最早也是他把我引荐给工作阅历与我差距甚远，甚至很难接近的立松的。

不过，正如他自己承认的那样，从表面上来说，他毕竟是别的报社的人，确实不方便把立松和夫人靖子会面的事强行委托给他一个人。

"不管怎么说，这个读卖可真是家冷漠的报社。不管事情的原委如何，把一个为了报社才被抓的员工的老婆抛弃在倾盆大雨中，竟然没有一个人过来关照一下。亏了我恰巧没回去，呆在这里了。倘若我也没在这儿，那就根本联系不上你，那么你让靖子该怎么办？

"总之，你马上过来一趟！这工夫，我先去楼下那里打听打听，看能不能让你们跟他见一面。"

听平岩说完，我赶紧乘上出租车在暴雨中往那边赶，然而在我心里却充满了各种不解。

这也是当然的。

在检察机关内部的深层，围绕最高权力的宝座有两派人马针锋相对，其中一方正策划着一场暗斗，想借立松被捕为突破口，一举击溃对方的势力。作为记者资历尚浅的我，还无法看透这一切。

我在丈二和尚摸不着头脑的状态下，赶到了丸之内警署。这时，看到身材瘦小的靖子正往前门屋檐下躲。她避开从皇宫护城河畔吹来的疾风骤雨，甩了甩折好的蛇眼伞上的水滴。

虽然从西银座三丁目的读卖报社步行不过十分钟的距离，但靖子肯定因为丈夫的突然被捕而感到惊慌失措，深更半夜还下着大雨，让她一个人过来，如岩平所说，确实是一种相当冷漠的做法。

"社会部的人，谁都没跟过来吗？"

"每个人看起来都很忙，所以我就把婆婆留在那儿，悄悄……"

"哪怕有一个人能想得周到点呢！至少派辆车也行！"

我自言自语地说着。靖子那白皙的脸庞稍微向左倾斜着，尽管依旧像往常一样挂着笑容，但表情丝毫没有张力，被雨水打湿的雨衣紧贴在她的和服上，使得她那瘦弱的肩膀看上去更加突兀。

因为丈夫立松不拘常规的做法，靖子无论在工作上，还是私生活上，都没少操心。我时常粘在她丈夫后面，深夜至凌晨跑去造访，还不时会蹭顿饭吃，为此给她添了不少麻烦。但在此刻，我却说不出一句像样的话来安慰她。

我先一步来到地下，发现平岩正在刑事课的大办公室里，旁边的刑事课课长跟我打了声招呼：

"辛苦了！"

这年7月我调任第七方面，之前的一年多一直负责的是第一方面的工作。不过，我所负责的区域是其中相当于港区的那部分，平时都驻守在爱宕警署的记者俱乐部。剩下的千代田、中央两区是前辈记者的领地，我仅仅是在对方休息的日子暂时关照一下。所以，跟前辈记者地盘上的丸之内警署刑事课课长，也就是见面认识的关系。

在出租车上，我还一度担心过这个问题，以为会很难沟通。结果，一下子被他那亲切态度拯救了。

"夫人，很担心吧！"

刑事课课长将伫立在走廊里的靖子请进屋，用谨慎的口吻叮嘱她：

"本来光是我们的意见肯定是不行的，但毕竟不是别人而是你们记者俱乐部盼咐的，那就特事特办吧，赶紧给您安排一下见面。关于这一点，还望多多包涵。"

立松很快就出来了。那副样子，显然是没有料到会有人来看他。走到门厅处，立松看到了我们，不由得停住脚步，调整了一下呼吸。

"哟！"

爽朗的声音，显得有些不合时宜。

立松顺势又精神抖擞地抬了抬双手，结果因为拘留时皮带被抽走的缘故，裤子不慎滑落，搞得他不得不赶紧往上提住。

关于自己与事件的关系，立松留下的文字就只有他投给《世界》杂志昭和三十三年（1958）1月号的谈话记录。从那份记录可以看出，他尽管已经习惯了面对各种事件，但这有生以来第一次进拘留所的体验，感觉还是跟所想像的迥然不同。

办完常规手续之后，立松被带到拘留所里一间多人牢房时，已是逮捕当天的晚上11点多。

"喂，高检委托代为关押的，再进一个人啦。"

听到主管长官的声音，先前被关进去的三个人磨磨唧唧地站起

身来,其中一人看上去就像流氓恶棍似的,突然嚷嚷起来:

"不行,住不下了。屁点儿大的地方,你看还能挤进来新人吗?你先说怎么睡吧!过来给个示范!"

立松顿时被那副气势汹汹的架势吓得呆立在过道里,不知如何是好。这时,另一个看起来面善一点的,站出来安抚了一下耍横的那人。

"行了行了。不就今天一晚上的事嘛!将就将就。"

在长官的催促下,立松在牢房的角落找到一个局促的位置坐下。不过,那位长官离开之后,刚才那个恶棍似的家伙一改之前那副满腹不爽的态度,突然一本正经起来。

"怎么样?对那些家伙偶尔还是得强硬着点。今天晚上,你也好,我们也罢,就这么点儿地儿反正都睡不着。算了,大伙都一样,忍忍吧!"

多半是因为听说新来的是高检委托关押的,所以多少高看他一眼。毕竟他们都是些因为恐吓之类的罪名被逮捕的小人物。

"你,要是高检那边委托关押的话,那就是上诉审喽?"

"不是。"

"这么说,就是最高法院打回高等法院重审的?"

"也不是。"

"除了这些,还有什么来着?"

"上来就是高检特命搜查。"

"哦?大人物啊,你这家伙。"

这一下子似乎就勾起了对方的兴致。

"这身行头嘛,还挺傻讲究的,又能听懂我们的行话,怪了,你这家伙。干什么的?"

"类似一种公司吧,但又像是个团体……"

"那,你犯了什么事?罪名是?"

"这个倒是很蹊跷。好像说是损害名誉。"

"也就是，政治犯？"

立松心想，同屋的这帮人好容易对自己态度谦和起来，真亮明了身份，还不得脸一翻又是严声厉色，于是索性又继续煞有介事地吹下去。

"知道以前在法国发生的德雷福斯事件吗？"

最年轻的那名因为扒窃被捕的，突然出奇地应了一声。

"嗯，知道！是冉·阿让的弟弟吧！"

后来，那三个人根本听不懂立松在说什么，于是便躺下身子，很快就打起了鼾。刚才还口口声声发表没法睡了的抱怨，一会儿工夫就没影了。

平时不借助安眠药都很难入睡的立松，在角落里抱着膝盖，心想，自己明明没有犯道德败坏的罪行，却要跟这些人一起过夜。他很难接受突然降临在自己身上的这一切。这也是他始终没想通的事情。

这时，那位主管长官走了过来。

"四十号，出来审讯。"

那是自己的拘留编号。

时间已经过了半夜 12 点。现在进行审讯应该是不可能的。难不成是高检开了什么紧急会议决定要放人……

接到传唤，立松一度抱有如此乐观的想法。这一点足以证明，就连深谙检察机关内情的他，都还没能完全了解自身处境的严峻性。

"孩子他爸，怎么搞成这样了？"

立松本想借助一些轻快的动作，掩饰自己因获释的期待落空而感到的些许失望。靖子迎面看到他后，却将纤瘦的下巴埋进怀里的包袱，瞬间哭出声来。

"接到报社的通知，我就给你拿了些换洗的衣物和毯子过来。出门时，良城还问呢。我跟他说，爸爸又要住院了。他问，又要把肚子切开吗？然后，喊着'我讨厌这样'，就哭起来了……"

良城是立松两个儿子中的老小，快 4 岁了。

立松意识到旁边在场的刑事课课长，于是便拦住靖子的话头。

"你这个人，唠叨这么多，给人家警官也会添麻烦的。我有什么话回头可以拜托负责人员捎过去。你就安静地听着。

"听好了。我现在呢，没什么特别想吃的，热不着，也冻不着。所以，不要再过来给我送东西了！既然进了牢房，就得按牢房的规矩走。不就是拘留所嘛，只当是去山上滑雪集训了，没什么大不了的。"

然后，我问他有什么要跟报社交代的，他这样说道：

"你就跟部长说，让他担心了。请他相信立松。说这些就行了。"

我还没来得及点头，刑事课课长就插话进来：

"嗯！不愧是个文人。就得这样！"

这位刑事课课长虽然不是国考上来的公务员，却是所辖警署里少有的大学毕业生，他没有警察身上常见的僵化死板，对于那些经常被刑警办公室敬而远之的记者，也总是给予协助。首先，单凭自己一人的斟酌处理，就批准了很可能遭到上级责备的会面一事，就不是一般警察能够轻易做到的。

从这一决定来看，他应该也觉得，事情的详情虽然还不甚明了，但就高检所采取的行事做法属于特例中的特例这一点，就让人感觉事情不会那么简单，所以才会想要助上一臂之力吧。

也多亏了他的搭腔，萦绕着我们的阴郁气氛才暂时消失，立松的心情也稍微放松了一些。

只有靖子准备的安眠药，按照规定没有被允许送进去。当然，这也是应该的。返回拘留室的立松传来口信，的确颇具他的风格。

一、此时，很可能会引起误会，故切忌去拜访熟识的检察部门相关人员。

二、全额预支这个月的工资，分文不剩。眼下的生活费去求助一下母亲。

三、月底之前别忘记支付当铺的利息。

立松肯定是一边写下十分露骨的信息，一边期待着主管长官的反应，主管长官也肯定是极力用一副公事公办的表情来掩饰脸上的难色，而立松则摆出一副一本正经的样子，但事实上，他正拿对方的反应当作消遣。我仿佛看到了立松当时的那副样子。

后面的两项，对于一直在为丈夫的挥霍不羁善后的靖子来说，自然是说不说两可的。

之所以故意加上，完全是对深更半夜赶来探望自己的伙伴的一番慰藉。虽然看上去有些找乐，但我却能察觉到这与他平时那种故意暴露自身缺点来娱悦众人的精神不无联系。

不能说完全没有虚张声势的成分，但至少在我的印象中，这个阶段的立松和博还是健康无恙的。

总之，他的口信其实只需前面一项就全都道尽了。它表明他做了十分干脆的决定，即不管未来等待他的是什么，对于自己在检察圈内建构起来的人脉，他完全不会去依靠，也不会去给别人添任何麻烦。

进一步而言，其字里行间也透露出一位活跃在检察圈内屡战屡胜的司法记者特有的傲骨。

2　卖淫贪污事件

　　立松因为肺结核和胃溃疡,先后接受了三次手术,度过了两年多的住院生活,终于在这年,也就是昭和三十二年(1957)的夏天,获准出院。

　　恰巧在这个时候,东京地检特搜部今关义男检察官收到了一纸诉状。具体是新宿酒馆行业协会,即新宿二丁目的赤线业者[①]团体,因内部围绕主导权问题产生纷争,策划要让安藤恒理事长下台的少数派起诉其存在挪用协会经费的事实。

　　倘若仅仅是这样,无非就是一件污秽世界里同伙内讧的事件罢了,根本不值一提。但同年9月6日,今关检察组逮捕了安藤,对行业协会事务所进行了现场搜查,结果调查工作顿时扩大到了政界。

　　那些乍看上去无足轻重的表面联系,被怀疑是金钱勾连的通路。因为协会账簿上记载的"应急对策经费"一项足以证明有黑金从赤线行业流向政界。

　　这就是所谓"卖淫贪污事件"的开端。在继续这一话题之前,有必要在这里将《卖淫防止法》的成立经过详细讲述一下。

　　战后[②],从女性解放的立场出发,以废除公娼制度为目标,女性议员们以超越党派的形式携手合作,为此反复提出法律草案,但每次都会因为遭到同从业人员勾结的保守政党的极力反对而流产。最惨的一次溃败就是昭和三十年（1955）6月在第22届国会上提出的针对卖淫等的处罚法案。

当时，与自由党共同执政的民主党部分成员，出于复杂的党内局势，表示出了赞同社会党的动向，法案通过的可能性骤然大增。结果业界在众议院法务委员会每次开会时都会派代表去旁听，目的就是要持续施压。

然后，在迎来最后阶段的7月19日，他们竟从遥远的九州等地区动员了大批会员，甚至导致审议会场被迫转移至了旁听人数收容量最大的预算委员会室。

纵观日本整个宪政历史，虽然没有一个时期与世间的污浊无缘，但是，这一天众议院里所呈现的下流气氛确实是空前的。

现场到处都是那个行当的从业人员，这一点一看便知。他们同各自的地区选出的委员凑到一起，交头接耳窃窃私语。

旁听席上，妇女团体的代表本想来亲眼见证一下这期待已久的瞬间，结果却遭到从业人员强硬要求他们离场的威胁和骚扰，吓得缩成一团。

代表们之所以能够忍耐住这些，完全是因为当天在法务委员会理事会上，就通过法案一事已经达成了共识。

但在正式的委员会会议上，委员们竟然毫不掩饰地推翻了这一共识，投了否决票，这再次展现了从业人员同保守派议员之间的紧密联系。

---

① 指在赤线地区从事风俗行业即色情行业的人。赤线地区是由公娼提供色情服务的饮食店街区，因警察等会用红线在地图上圈出相应区域而得名。日本的公娼制度在名义上于1946年应驻日盟军总司令部命令废除，但实质上仍存续了很长一段时间。

② 本书中的"战前""战后""战时"等指的都是二战。

尽管过程中存在这样的情况，但翌年即昭和三十一年（1956）5月12日，第24届国会上《卖淫防止法》还是得以通过。这是因为通过昭和三十年（1955）11月的保守势力合流结成的自民党首脑阵营，担心在当下的参议院选举中会失去大量的妇女选票，才接受了卖春对策审议会的意见，下决心提出政府提案。

即便法律通过之后，业界仍然没有放弃抵抗，要求政府提供改行、停业的国家赔偿，或者在形式上退一步，给予特别融资。其真正目的是提出各种无法实施的难题，以对策不完备为由，将昭和三十三年（1958）3月底为限的法律全面实施宽限期向后推延。

与他们串通一气的自民党议员（众议院25人、参议院6人），于昭和三十二年（1957）5月在党内组织成立了风纪卫生对策特别委员会（以下简称"风对委"）。媒体将其评价为"赤线业者的前进基地"。

果不其然，风对委于7月23日汇总了一份意见书——结论就是"将法律全面实施延期乃迫不得已之举"——递到了三位党首面前。次月，更是从全国收集了多达400封的请愿书，迫使政府及政党延期实施该法。

其背景是认为赤线行业的存在虽有伤风化但却为人们所需要的社会观念根深蒂固，其中甚至还有人认为它关乎当地的经济繁荣，积极主张继续保留。以下援引的部分就来自带有那个时代典型特色的一封请愿书。

……战争之灾祸将整个地区一夕化为灰烬，目睹面目全非之现状，我等区民内心愤恨无以言表。然众人于焦土之上迅速着手重建，使松岛新地再现于斯土。此地与毗邻之九条商店街互为因果，相互带动，步步为营构筑起繁荣基础，亦作为西大阪复兴之原动力发挥作用，此皆为众人所赞同。

然而，倘先前国会通过之《卖淫防止法》成立生效，则整个松岛不消苟延残喘一年又半便会落为杂草丛生之废墟。如今，倘若松岛新地招致如此事态，则九条商店街之衰退自不待言，整个西区也将失去繁荣之因子，今后西区之繁荣将何以为期?！

兹我等区民不忍西区将招致如此悲惨之命运，故念西区之繁荣乃至西大阪之未来发展，诚望松岛新地得以获得新生，以健全欢乐街道之姿延年永续。

决议如上。

昭和三十二年八月二十五日
大阪市西区区民大会
为发展西区，同意以上宗旨
大阪市西区区长　小久保勇

尽管区民大会的实质不甚明了，但不管怎样，都是以地区的发展为由头，区长赞同保留风俗产业。

不过，令人震惊的还在后面。从全国各地给风对委寄来的400多封请愿书中，除了与这位区长立场相同的63位市长、町长、村长之外，还有1位县议会议长，37位市、町、村议会议长，25位自民党支部部长，151个工商会议所的名号，包括这些在内的签名总数超过了4万人。

虽然数据稍微有些陈旧，但据昭和二十八年（1953）7月国立舆论调查所的报告显示，尽管将卖淫视作罪恶的人占了整体的79%，但对于通过法律禁止卖淫，赞成和反对的各占37%（观点不明的是26%），意见分成了势均力敌的两派。

在日本的男性社会中，"嫖妓冶游"就像是迈向成年的必经之路,"出入花柳巷"被视作一种公认的娱乐活动。那些无法彻底摒弃这些旧思想的人,对提倡废止公娼的女议员们投以怨恨的目光,说什么"她们自己作为女人,已经完事了无所谓,别剥夺我们男人的快乐呀"之类的,恶语中伤。

法案确立之后,仍为延长法律实施宽限期疯狂奔走的业内人士之所以能厚颜无耻,原因之一是,他们在街头巷尾听到的那些男人们的真心话中找到了支撑。不过,因内讧而关系破裂导致的这份诉状,要了这个行业的命。

昭和三十二年(1957)10月2日,东京地检特搜部以涉嫌挪用10万日元公款为由逮捕了赤线行业从业人员的全国性组织全国性病预防自治会(以下简称"全性")的今津一夫事务局局长。

全性旗下共有968个协会组织,大约1.5万名从业者和大约5.5万名卖春妇。通过强制拘役身居要职的事务局局长,特搜部迈出了调查卖淫贪污事件的第一步。但是,因为一切都是在绝密条件之下推进的,所以司法记者俱乐部的任何人都不清楚这件事。

刚刚结束长期病假的立松和博重返职场,恰巧是在这前一天的10月1日。

当天,《朝日新闻》晚报的社会版推出五栏标题[1]报道《勾连"青线[2]业者"?警察》,揭露了四谷警署成员携管区内青线业者前往热海旅行,并接受酒食款待的丑闻。

所谓青线是指那些得到默许的私娼窝点,同开设公娼的赤线在经营性质上没有任何区别。可想而知类似的勾结自然也存在于警察

---

[1] 日本报纸排版术语,以栏数表示新闻标题的大小。日文报纸采用竖排版,为方便阅读,再将竖排文字横向分为数栏,一个版面多为12栏或15栏。五栏标题即所占高度相当于5栏正文的标题。
[2] 指青线地区,即在没有取得营业执照的情况下,提供色情服务的饮食店街区。警察等会用蓝线在地图上圈出相应区域,因而得名。

和赤线之间。

果然,《朝日新闻》在 10 月 9 日早报社会版头条又打出了题为《四谷警署十数名警员受到处分》的后续报道,明确指出了自昭和二十九年(1954)前后,以四谷警署治安负责人、防盗负责人为主的副警部以下十几人在年中、年末,收受新宿酒馆行业协会的馈赠支票、礼品等形式的贿赂。该报道称此事已于内部调查中得到证实,近期将会进行处理。

虽然对特搜部正在追查的主体事件没有涉及,但连续的独家报道足以说明《朝日新闻》确实一直在关注搜查工作的进展。

在首战中让对手先行一步的《每日新闻》,终于在 10 月 12 日晚报上打了一个翻身仗。

《赤线不端将波及政界?》的四栏标题报道虽措辞谨慎,但仍爆出特搜部在当天早上传唤了全性最高负责人铃木理事长(吉原酒馆行业协会理事长)进行调查,暗示看似单纯的盗用公款事件很可能演变成政界贪污渎职事件。同时,今津事务局局长已经被捕的事实也在这篇报道中首次公开。

特搜部于当天深夜,对铃木理事长以及《每日新闻》的报道中遗漏的一并被传唤的长谷川康全性副理事长(武藏新田酒馆行业协会理事长)二人执行了逮捕令。翌日 13 日清晨,又对位于东京虎之门的全性总部进行了现场搜查。

后来才了解到,在安藤被捕后不久,全性的职员就接到四谷警署警员的通风报信,然后将总部里可能成为证据的文件全都运至隅田川附近一家公共澡堂烧毁。

从一开始就遭到阻碍的特搜部表现得异常强势,直接通报铃木、长谷川涉嫌的罪行为行贿。司法记者们已然感受到了这一点。

在深入调查这类水很深的事件时,一开始从贪污、渎职、伪造私人文件等方面切入,可以说已成定式。

根据《刑事诉讼法》（简称《刑诉法》）的规定，检察官如果在包括延长期在内的最大限度20天拘留期间内不提起公诉，就必须要释放嫌疑人。因此，通常会暂时先就较为容易举证的罪行提起诉讼，然后再慢慢地巩固主案的调查，在有希望维持公审的时候，再将其他罪行追加到起诉中。

行贿受贿通常都是在密室状态下进行的，举证本身就非常困难，而且如果收受贿赂的一方是国会议员，且要在国会开会期间执行逮捕的话，还需要得到国会的许可等，困难会进一步增加。

铃木、长谷川涉嫌的罪名是以阻挠破坏《卖淫防止法》为目的，向众议院法务委员兼风对委委员、自民党议员真锅仪十（东京六区）行贿数十万日元。

若将这比作一场大战，就好比探准了敌人的中枢不采取远攻，而是突然一下子直逼城下，特搜部向政界腐败分子发起了果敢的速攻。

在铃木和长谷川的供述中，明确指出全性自昭和三十年（1955）6月起曾先后三次向会员征收每人1000到2000日元的应急对策费。此外，风对委成立以来，全性还向从业者每人摊派200日元的人头费，三次通过这种方式募集运作资金。

全性的领导层一度考虑让全国的卖春妇集体加入自民党。接受咨询的政党方面显然是面露难色，才使得这一计划中途流产，但也足以证明业界的行动已是相当露骨。

10月15日，宫城珠代委员（绿风会）在参议院法务委员会的会议上发言，揭露业界针对政界开展的工作之惊人。

"我去某个地方的时候，从业人员来了三十多人，堵到旅馆，对我说了各种威胁、恐吓的话。……上来先冲我说，听说您在参议院里也是个品行高尚的人，但是您家想必是没有厕所吧！

"我没有应声回答，只是面露微笑，紧接着他们又说，您难道不认可公共厕所吗？"

"……后来，在我当时入住的房间的壁龛上放了一个很大的，真的是很大的一个包裹。我问对方这里面是什么，那位业者说，老师不必如此神经过敏，这是本地特产的蛋糕，下面可没铺钱呀！"

据宫城表示，说出这通道白的业者，在她视察时帮忙做过向导，因此见面认识。以前，此人就曾执意要赠送礼物，和她发生过争执。

"那位业者还说，宫城女士，您可真傻，今年4月您不是要选举吗？选举需要钱吧……然后还说，您要是不说那些蠢话，我现在就给能您带来几千万，怎么样？

"我没有理他，但当时他使劲拉住了我的袖子。就这样拉着我的外褂袖子。"

从这一发言中可以想象，应急对策费已然花在了很多地方。有一种说法是，他们向政界要员提供的贿赂总额当时高达6000万日元。

在宫城发言两天后的10月17日，东京地检特搜部部长天野武一出任总指挥，本田正义副部长等6名检察官担当专员，成立了正式的搜查工作组。

此时，他们的内心势必都在暗自期待着些什么。

昭和二十九年（1954）4月20日，对于站在检察第一线的东京地检特搜部来说，是其成立以来永远无法抹去的耻辱之日。

造船丑闻事件[①]作为战后规模最大的疑案，备受国民关注。就

[①] 发生于1954年的日本战后四大丑闻事件之一（另三个是昭和电工事件、洛克希德事件、里库路特事件），起源于造船界为了通过一项法案，向日本首相吉田茂的亲信、自由党干事长佐藤荣作等人行贿2000万日元的事件被曝光。同年4月，吉田茂通过法务大臣犬养健向检察总长发出"不得逮捕佐藤荣作"的指示，勉强保住了吉田政权。但吉田茂因此名誉扫地，法务大臣犬养健在发出指示后当即被迫辞职。

在这一天，该事件的追查工作由于犬养健法务大臣行使指挥权而遭遇重挫。特搜部自不用说，就连整个检察系统都威信扫地了。

之后，特搜部就连一项像样的触及政界阴暗面的搜查工作都未开展过。检察机关已然屈服于政治权力的印象在国民当中日益加深。

此次送上门来的事件，可谓洗刷检察机关所蒙受的污名的天赐良机。

这次事件从规模上可能较造船疑案逊色许多。但由于关乎卖淫问题，其腐败罪行在丑陋程度上是无出其右的。事件的揭发自会将政界羞耻的一面暴露在光天化日之下。

突然直接向全性最高干部发出涉嫌行贿的逮捕令，足以看出检察机关已经下定了绝不退缩的决心。

造船疑案之后，东京地检首次收到络绎不绝的激励来信。连日来，信成摞地送达。可以看出，大多数国民正在重拾对检察机关的信任。

3 受命

编辑局的地板刚扫完就又堆满了废稿纸。明知是徒劳但还是每天定时过来打扫数次的保洁员，好像时常会有种不光是自己的工作，就连自己的人格都被无视的感觉，于是便刻薄地把扫帚尖直接伸到桌子下面，一声不吭地拨开记者们的脚。但是这多年来的陋习始终未见要改的迹象。

社会部部长景山与志雄有一个习惯，每当他埋头思考的时候，总是会用4B铅笔在稿纸上胡乱写些文字，写了涂，涂了再写。从形式上来看，完全就是在心无旁骛地制造垃圾。昭和三十二年（1957）10月12日傍晚时分，就在《每日新闻》抢先报道了全性理事长铃木被传唤的消息后，景山终于停住了手。

"立松君！"

景山在部长的座位上招呼了一声，没等对方回应，就走向了后楼梯。

他的性情急躁自不用说。任何事情，只要决定了就必须马上行动，这也是他在社会部养成的一个习惯。

编辑局将报社大楼的三楼整体打通，面积相当大。各个部门搬进来之后，相互之间只靠立上一面屏风来划分界限，想要谈一些稍微复杂的话题时，便没有了一个合适的地方。这时候，就得去报社后面的一家咖啡店。

在社内变动前被部长叫到后楼梯去的部员，难免会感到些许紧张。这是因为被叫去后有可能被宣布调任外地。

但是，从时机上来看，立松并没有这种担忧。他跟在景山身后，隐约能够察觉到叫自己出来的原由。

咖啡店靠里的座位上，部员们正在惬意地享受着晚报截稿后的轻松。看到部长进来，大家纷纷站起身来。

二人随后坐定。景山先从一些无足轻重的话题谈起。

"怎么样，身体情况？好久没这样了，不累吧？"

"嗯，托您的福，每天过得都优哉游哉的。"

立松复职后，被安排在了游军①的位置上。

社会部的战斗力大致分为游军、省厅记者俱乐部的驻员、都内版负责人，以及随警记者四大类。其中，在总部拥有固定坐席的就是游军，大概相当于江户时代直接受命于将军的武士。

游军混成老将，就会在大型活动、事件和事故的报道中发挥核心作用，还能亲自策划项目、撰写连载报道，或是飞往海外进行采访等等，出场时还能享有盛大的排场。不过，尚未达到这种水平的年轻人，日常业务中最主要的工作就是不停地往稿纸上抄录从现场通过电话传来的消息。与其称之为工作，倒不如说是一种操作作业更为合适，需要同单调带来的倦怠感苦战才行。

老将中的老将被称为大游军，他们被默许免收稿件，坐席也会离摆满电话机的社会部办公区稍远一些。当然，这些也是默认的固定座位，其中有的还配有沙发，尽管弹簧都已经漏出来了，但坐在上面依然是相当舒服。他们就坐在那里静静地等候着部长或是编辑主任的召唤。

---

① 机动部队。这里指机动记者。

刚刚复职的立松，待遇近乎于此，他跟景山说的也是这个意思。

咖啡上来之后，立松将桌子中间的糖罐轻轻地推到对面，景山伸手拿起勺子，慢慢切入正题。

"其实，是有关赤线的报道，你应该也有所耳闻了。事情很可能还会继续发酵。有的报社好像很早就成立了专题组。在这一点上，我们社开始还是太掉以轻心了，出手晚了点。前几天刚被《朝日新闻》干了一票，今天又是《每日新闻》。

"胜负从现在才刚开始，没什么大不了的。追踪一个事件，起步很重要，这一点不必跟你多说。照这样拖下去，恐怕就没有机会打翻身仗了。

"所以，找你来商量一下这个事，能不能帮忙理出个头绪来？"

景山颧骨突出，眼窝看上去更加深陷，光是眼睛一瞥就能把人吓得不敢动弹。这也是事件专题记者独有的锐利目光。年轻时在警视厅的七社会①名声大噪的景山当上部长之后，依旧穿着鞋就把两只脚搭到桌上，保持着战前记者的作风。他虽然身材矮小，却是个看上去有点可怕的人物。

事实上，他也会无微不至地关心下属，了解这一点的老部下私底下会称他为"景佛陀"。

立松的反应有些迟疑，景山见状立刻说明了一下前提。

"不过，主要还得看你的健康状况，我虽然这么交代了，但也不想让你太勉强。"

立松先后接受过两次两肺胸廓成形术。住院期间，主治医生建

---

① 警视厅记者俱乐部中历史最悠久的一家，也被认为是最权威的。加盟媒体有朝日新闻社、读卖新闻社、每日新闻社、东京新闻社、日本经济新闻社和共同通信社。过去还包括时事新报社，共7家，故名"七社会"。

议顺便切除胃的溃疡部分,他同意了。

那个时代外科医疗技术还不像现在这样发达。一连接受了三次手术,这也显示出他在豁出去的时候的胆量。

立松每次喝醉了都想要脱光膀子,让我看看他身上有多少伤。第一次给我看还是在他的住院病房里。

他的背上手术电刀留下一个很大的八字形痕迹,瘢痕疙瘩高高隆起。

"虽然是背伤,但也很可观吧。"

那口气,听上去就像个孩子在跟伙伴炫耀自己的稀罕物件一样。

前面腹部竖着一道一字形长疤,虽然不像背上那样,但也是够可以的了。

然而,真正吸引我注意的,应该说是他本身的体格。立松的身高只有160多公分,绝对不是大个头,但是胸膛厚实,上臂也很粗壮,肩膀上更是隆起了肌肉块。

出于对这身肉体的自信,立松投身新闻界这样竞争激烈的行业之后,一直过度地使用自己的身体,最终竟陷入了长期缺勤的窘境。不过,正因为大学时期他去过街上的拳击馆训练,所以体格一看就是长期锻炼出来的,如果没有手术的疤痕,估计很难让人相信他拖着一个病躯。

由此可以推测,面对所商量的这件事情,立松的反应之所以看上去有些迟疑,相比景山所担心的健康问题,较长时间没做记者工作所造成的精神不安或许占的因素更大些。

就事件采访时不可或缺的直觉敏锐度而言,立松显然是出类拔萃的。但这也不能证明他就可以通过某种形式预见自己前方可能出现的陷阱。

他的不安或许是一种极其模糊的感觉。

"突然去到一线——"

望着欲言又止的立松，景山点了点头。

"让你进驻记者俱乐部，我可始终也没这么想过呀！你就是以游军的身份支援一下，帮忙把握关键问题就可以了。怎么样？这样的话，能接受吗？"

如果办理完司法记者会的入会手续，成为记者俱乐部的一员，自那一刻起对报社就自动地产生了一种责任。如果是支援的话，虽然并非完全没有责任，但比正式入驻要轻松许多。

"虽然不知道我能做多少，但是我接受。"

这一回答与刚才立松从后楼梯下来时，想象与景山谈话后预设的回答正相反。

5天后的10月16日晚报截稿后，司法记者俱乐部暂时进入停战状态。这一天下午5点半，由东京地检检察长野村佐太郎主办的记者俱乐部联谊会在法曹会馆二楼食堂举行。

宴会由地检的主要首脑作陪，所以当晚，特搜部着手的搜查并没有新的进展。

宴会的时间还没到，各报社的记者有的围着棋盘下棋，有的在整理剪报簿，有的则跑出去喝咖啡，各自随意消磨着时间。

偶有一直在自己位置上的，那便是读卖报社的泷泽国夫。下午5点多，几日来一直保持联络的立松打来电话找他。

"能来趟松本楼吗？"

泷泽用5分钟就赶到了日比谷公园里的松本楼，立松已经在门口等候了。二人刚要进店，立松转念一想，便带他又走向了日比谷十字路口，前往三信大厦的地下咖啡店。

为了避免碰到熟人，立松很是小心。这时候的他，多少有点间谍电影里的人物的感觉。

"铃木干雄，知道吧？"

他隔着桌子把脸凑过去，小声说道：

"知道，战时的警视总监，曾担任过自民党众议院议员。全性成立以来，一直都是顾问。"

"听说过那个铃木账外放款吗？"

"没，这还是头一次听到。"

"说是被捕的今津吐出来的。"

"嗯，估计跟那个紧急对策经费有关。"

"大概，是这么回事。"

"那，账外放款是？"

"据说，铃木从今津那儿借了全性的 100 万日元，然后，作为营业资金借给了自己认识的台湾贸易商。"

"从全性借钱只是表面上罢了，通常还不都是有借无还的那种。"

"也许。"

立松往石楠烟斗里塞满了香味浓烈的烟丝，用火柴点燃，他抬头看着天花板，继续说道：

"你怎么想？这消息，弱了点？"

毕竟是立松，复出后的第一项工作肯定是想鼓足了劲头逮个头条新闻。就算是这样，即便这次他获取的消息是准确的，那也不过是特搜部追查主线的细枝末节，显然不够劲爆。

泷泽沉默了一会儿，立松没等他回答，抢先说道：

"没扒出议员来，还是不行。"

说起议员，泷泽想到了要跟立松提一下一个偶然听到的小道消息。

"marusumi，听说过吗？"

"赛马的名字吗？"

"圆圈里有个'济'字的章（㊈①），所以叫 marusumi。"

"那又怎样？"

"具体不清楚通过全性的什么途径，总之是一份政治献金的清单流进了政界，其中有好几位议员的名字上印有㊈的标记，据说已经引起了一些骚动。"

立松双肘搭在椅背上，眼睛望着冒向天花板的烟。在泷泽解释的过程中，他又重新坐直了身子。

"好的，就是它了，沿着这条线追下去！"

"可是，全性的献金清单能这么简单就让你看见吗？也有可能是假消息呢！"

"真的假的通过内线查一下就知道了。不管怎样，先得拿到实物才行，就算拿不到实物，副本也行。"

"说到复印件，据说已经交到地检手里了。"

"是吗，那总会有办法的。"

立松自信地点了两三下头，将快要熄灭的烟斗送到了嘴边。

无风不起浪。之后，证实那份被称为"㊈记录"的秘密文件真实存在，其副本也有流传。

倘若追溯消息的源头，就会提到一个名叫氏家清次的全性原职员。

氏家是北海道出身，昭和二十五年（1950）6月之前一直在警视厅做巡查。离职后，他暂时回到了家乡，在旧旭川连队时的好友今津的引荐下进入全性总部事务局。

氏家主要负责全性与各地区的联络，以及整理完成各种集会的

---

① ㊈在日文中读作"marusumi"，"maru"是圆圈，"sumi"是"济"，表示已经完了、结束的意思。

议事记录。但后来他因为一个叫Y子的女职员，跟今津争风吃醋、关系闹僵，加之涉嫌挪用公款，于是在昭和三十年（1955）辞职。那时，他偷偷将涉及全性秘密的文件带了出来。

之后的一年左右，氏家进了一家名为《兴信新闻》的行业小报。后来他又在西武新宿线鹭之宫站附近租了事务所，成立了一家名为日本国民协会的随意团体①，在此基础上，以《日本国民新报》为题，创办了一份行业报纸，重点关注被迫改行、停业的赤线业者。

为了搞到部分资金，氏家主动找到真锅议员，话里话外暗示他掌握了一些有关全性献金的证据，骂道："你说凭你一己之力就能撼动政界，阻止《卖淫防止法》的出台。不可能！厚颜无耻！"但对方根本不把他当回事，他的企图也就没有得逞。

最后，氏家的日本国民协会在有名无实的状态下解散了。在那之前，一份疑似附有政治家姓名列表的全性献金明细表，被一直给他帮忙的福田博和椎冢淳二人誊抄带走了。

以此为原本，坊间流传着4个版本的"㊙记录"。

其中一个版本出自社会党议员神近市子之手。在制定《卖淫防止法》的第24届国会开会期间，福田和椎冢将副本交给了该议员，作为提供信息的谢礼收取了6万日元。

所谓神近版的记录上列有17名政治家（自民党15人、社会党2人）的姓名，其中自民党有12人名字上面带有㊙符号，下面还分别写有很可能是经手人的全性干部的名字。

第二个版本是熟悉卖淫问题的评论家神崎清所持的神崎版。据说，上面列出的政治家有19名，较神近版多2名，其余17名的姓

---

① 日语写作"任意团体"，指不具备资格或手续不完备因而不受法律保护的私人组织。

名与神近版一致。

除此之外还有两个版本的"㊡记录"，我通过某个关系拿到了两页的名单，总共列出了22名政治家（自民党19人、社会党3人）的姓名，相比之下又多了3名。

将昭和三十二年（1957）11月29日《日本观光新闻》爆料的记录内容和我手上的两相对比，22名这一数字相吻合，但是有一个人的姓名不一致。

由此看来，被总称为"㊡记录"的这些名单列表，让人觉得缺乏可信度。但事实上，被标有"㊡"标记的真锅在第24届国会期间出访国外时，确实以外国卖春情况调查费的名义收取了全性赠予的30万日元。此事后来被特搜部所证实。所以还不能单纯地把它们当作传闻资料来看待。

在第三者眼里，"㊡"这个符号被视为某种丑闻的标志也是颇为自然的。

但是，泷泽在跟立松提及"㊡记录"时，正如他们之间的谈话方式所显示出的那样，他只是小声耳语说了一下偶然听到的风传的一隅，几乎就相当于一无所知。

当时，读卖新闻社驻守司法记者俱乐部的有3个人，包括昭和十八年（1943）入社的队长三田和夫、昭和二十四年（1949）入社的泷泽，以及和泷泽同期入社的寿里活。

卖淫贪污问题浮出水面之后，开始负责这项工作的是昭和三十二年（1957）8月刚刚成为记者俱乐部成员的寿里。

他在今津被逮捕的消息公开不久，就到神崎清位于千驮谷的家中拜访了他。神崎当时对自己的居所周边完全变成了情人旅馆街一事感到异常气愤，正在倡导以环境净化为目标的市民运动。读卖新闻社通过报纸对此予以声援，故神崎与读卖关系颇为亲近。

寿里向神崎请教了全性的组织沿革和主要干部的人事关系。这应该算是一些基础性的采访，也说明了读卖在这方面的滞后。

在离开时，寿里问道：

"其他报社也来过了吗？"

神崎笑着回答：

"几乎所有的报社都来过了。你们应该是最后一家了吧？"

"其他报社对事件大概了解多少呢？"

"都差不多。只不过，《朝日新闻》在事件之前就有专业记者在进行调查，他们还和许多女议员搞得挺熟，似乎是掌握了不少新闻线索。"

从说话的口气来看，神崎应该知道，当时朝日已经以某种形式快要掌握神近版记录了。

其实，如果寿里就"济记录"再多追问几句的话，神崎也许会把自己手头的那份提供给他。但寿里并没有那样做。他甚至没有听到过关于那份记录的传闻。从交谈中，他感觉神崎是一个沽名钓誉之徒，于是便想要早早地告辞离开。

挽回读卖劣势处境的机会，就这样被错过了。肩负着期望的立松拿起桌边的小票站起身来，对泷泽说道：

"关于那份记录，要是真提交给了地检的话，总会有办法搞到。我现在就去碰碰运气，8点左右能不能在公司等我？"

泷泽与立松分开后，径直去出席了地检的招待宴，到达时稍稍迟了一些。环视在座的地检首脑阵容，他感觉他们与突然干劲十足的立松相反，给人一种异常冷静的感觉。

这些人不愧是检察机关精选出来的，他们表情从容地跟记者们谈笑着。每个人看起来都很可靠，但检察机关已经办不出什么揭发贪污的案件了。这就是泷泽当时的感觉。

4 初显身手（其一）

立松在三重县松阪市的第一〇一航空舰队司令部迎来了战败。复员后不久，昭和二十二年（1947）10月1日，在亡父的好友正力松太郎的关照下进入了读卖新闻社。

他是海军陆战队第二期预备学生①，即所谓的波茨坦大尉②。为了谋职的事，母亲陪他前往位于逗子的正力的宅邸专程拜访，当时他还穿着海军军官的夏季制服。

那段时期，作为陆海军报道班成员、特派员或战斗人员派往前线的记者大多还没有回国，导致读卖新闻社社内人手不足。年幼时曾经同正力频繁接触的立松，当即就被录用了。

立松刚一入社就去了社会部，在游军的末席上做了半年的见习记者。之后的半年辅助采访远东军事审判。入社1年后，成为了司法记者会的成员。

如果是现在，新入社的人都会先被派到地方分社依次负责警局、市政、县政的报道，都得转一圈。重新回到总社就是两三年以后的事了，到时候即便直接进了社会部，还得从头从随警记者干起，之后再常驻警视厅或是被安排去负责都内版。到了这个阶段的记者还不能被视作是独当一面。

正如报社里常说的那句话，"杀人三年，火灾八年"③，要想独当一面至少也得锤炼十年才行，游军和驻记者俱乐部的基本上就相当于这个水平了。

立松虽说是波茨坦大尉，但因为是大正十一年（1922）狗年生人，所以加入司法记者会时年仅 24 岁。

我用手边的辞典查了一下"风云人物"这个词，上面写着"借社会动荡得其所，活跃于世间的英雄、豪杰"。这个词虽然有些陈旧，但也不是现在不用了。在战后那个混乱的时期作为司法记者登场的年轻人立松，确实是新闻界的风云人物。

让他一跃成为明星记者的是战后最早的一起大型疑案——昭和电工事件④。

该事件虽然已广为人知，但要介绍立松在采访报道中当世少有的活跃情况，还是有必要讲述一下当时的社会形势和搜查概况等相关背景。

昭和电工（以下简称"昭电"）是森矗昶在昭和十四年（1939）合并了昭和肥料公司和日本电气工业公司创建的，是当时世界排名第 7 位的综合化工企业。森矗昶是房总半岛上一位渔夫的儿子，他用一生构筑起了森康采恩⑤。

战败时，统帅森矗昶已经去世，长子森晓出任社长，女婿安西

---

① 海军预备学生制度是日本海军 1941 年开始采用的制度，规定录取旧制大学、高中、专门学校的毕业生，经 1 年左右的训练后，晋升他们为少尉。
② 特指昭和天皇发表接受《波茨坦公告》的停战诏书之后（即 1945 年 8 月 15 日后），晋升大尉的人。
③ 即负责刑事案件的报道 3 年，负责消防方面的报道 8 年。
④ 昭和电工事件，系发生于 1948 年的日本战后四大丑闻事件之一，起源于昭和电气工业公司为了获得 30 亿日元政府贷款，向首相、议员、官僚行贿 7000 万日元，后导致以芦田均为首相的社会党、民主党、国民协同党三党联合政权倒台，芦田均被迫辞职，旋即被捕。吉田茂借此机会上台，并成功地维持了长期执政。
⑤ 康采恩来源于德语 *Konzern*，是一种涉足多个行业的垄断性的企业集团。

正夫任专务。但是，昭和二十二年（1947）3月，根据GHQ[①]经济科学局（ESS）反垄断课向控股公司整顿委员会下达的驱逐令，他们最终落得不得不同其他干部一起辞职的下场。

控股公司整顿委员会是根据GHQ的命令以解散财阀、禁止垄断为目的制定的《经济力量过度集中排除法》的实施机构。以实现日本经济民主化为目标的进步派为主导的ESS一方面通过该委员会推进财阀的解体，另一方面将一些他们盯上的企业的经营者一个不漏地清洗赶走。

昭电也不例外，但是起用外部的日野原节三接任森晓的位置，确实让周围的人都感到非常诧异。因为通常情况下，会通过内部晋升来填补清洗后的空位。

日野原于明治三十六年（1903）出生于山梨县，从甲府中学升入一高[②]，又进入东京大学，后入职常盘生命保险公司。不过，他借着与著名的铁路工业的实业家菅原恒览的女儿结婚的机缘，调职到了内兄菅原通济的麾下，帮助其发展实业。其中之一就是小名浜的日本氢工业公司，日野原是那里的社长，但在中央几乎没有人知道他。

将日野原推上社长位置的是他一高时期的挚友，担任复兴金融金库（以下简称"复金"）理事的二宫善基。

在经济凋敝的战败国，从民间得到巨额投资是不可能的，因此人们呼吁国家资本对产业基础重建的投入。昭和二十二年（1947）1月，充当这一窗口的复金被剥离出日本兴业银行（以下简称"兴银"），成为独立法人。

[①] 驻日盟军总司令部。
[②] 第一高中属日本旧制高中，是现在的东京大学教养学部、千叶大学医学部、药学部的前身。也被称为"旧制一高"。

二宫在工作上与 ESS 接触颇深，受其委托推荐昭电的社长人选，在同兴银商量之后决定推举日野原。日野原于昭和二十二年（1947）4 月进入昭电后，向政、官界大把撒钱，同时展开了豪华奢侈的招待应酬。

最常用的宴请场所是东京都内杉并区和泉町的豪宅"永福庄"。他让从神桥赎身的艺妓秀驹来负责操持，连续几日，从昭电送来了平日里很难买到的酒菜佳肴，用以宴请招待高管要员。

此外，日野原还购入了以西园寺公爵①的别墅闻名的兴津坐渔庄，以及热海、小田原等地的别墅，这些也都被用作对政、官界开展工作的舞台。

日野原的目标是能够从复金随意拿到融资。

在他就任社长 8 个月前的昭和二十年（1945）8 月，复金融资最高决策机构——复兴金融委员会——批准了对昭电的总额为 7 亿 9920 万日元的贷款，自同年 10 月至昭和二十二年（1947）6 月分期执行。昭电借此修复了由于战争受损的生产设施，日野原就任社长后，以人员费、物价、资材等价格高涨为由，又获批追加贷款 4 亿 8500 万日元。在该笔融资结束后的第 6 天即同年 12 月 18 日，复金又决定贷给昭电 10 亿 3218 万 2000 日元。

就这样，连续三次注入昭电的复金贷款，达到了对化学工业 65 家公司融资总额的 36％。如此这般操作，没有问题才怪。

翌年昭和二十三年（1948）3 月，片山内阁的外相、副总理大臣芦田均继任总理大臣，作为民主党总裁，其有力的资金来源是在战争期间继承亡父事业成为铁路工业社长的菅原通济。

菅原的内弟日野原，如前所述，从一高、东大时期以来便是二

---

① 西园寺公望（1849—1940），20 世纪初期与桂太郎交替出任首相，史称桂园时代。1919 年，西园寺以日本首席全权代表的身份出席巴黎和会，签署《凡尔赛和约》；次年论功加晋公爵。他是日本帝国最后的元老。

官的挚友,他通过这条线结识了同是兴银出身的经济安定本部总长官(简称"经总长官")栗栖赳夫。而栗栖是一手掌管芦田的政治资金的幕后实力大佬。其实没有必要对其中的联系追究得如此深入,昭电的巨额融资背后的非法操作也是显而易见的。

警视厅搜查二课与东京地方检察厅自昭和二十三年(1948)1月起联手进行了持续的秘密搜查,5月25日对昭电总部进行了现场搜查,查抄了三卡车的证据资料。其中账簿超过千册,结果堆放的地方不够,连搜查二课的值班室都堆满了。

对外宣称的搜查理由是该公司在黑市上倒买倒卖,但当局显然是意在揭发出收受贿赂罪。

7名刑警专门处理那堆得小山似的账簿。其间,在昭电社长秘书的记录中,发现了向工商省化学局肥料二课主任赠送61900日元作为其房屋修理费的记载。

6月7日,东京地检逮捕了该社长秘书和肥料二课主任,同月23日,根据他们的供述,决定逮捕命令行贿的日野原。

自此直至7月,昭电的常务、总务部次长、会计课课长等行贿方相继被捕,但进入8月,东京地检便悄无声息了。

日野原争取时间的狡猾的拖延战术阻挠了调查的推进。他被收押在小菅拘留所。早上,检察官赶过去审讯调查时,他会声称老毛病腹痛又犯了,支吾搪塞,但跟律师碰头却能花上好几个小时。

昭电方面不惜重金聘请了由7位律师组成的辩护团,包括大臣级别的人物,如此强大的阵容过去不曾有过。彼时被清洗下野但后又回归检察机关任首脑的人物也在其中。

就这样,每个人都会给他出主意。结果日野原对一些无所谓的事表现得能言善辩,但一涉及关键问题他就坚决闭口不言。到了傍晚,4位负责审问的检察官面面相觑,唯有一个劲儿地叹气。

当时还是旧《刑事诉讼法》的时代，拘留的最长时限是一个月。昭电会计阵营的骨干都出身于兴业银行、台湾银行等银行，他们把账簿做得非常复杂，无法轻易看出破绽。进入7月中旬，眼看着就要不得不放弃调查了。窗外传来时日无多的蝉的鸣叫。检察官们也在同所剩无几的时间赛跑，感到有些焦头烂额。

最终，将陷入困境的检察官们拯救出来的，不是别人，正是日野原本人。面对检察官，日野原总回以"不清楚""不晓得"来消耗时间，但却透露了招待GHQ高官的事实。

在昭电的奢华宴请上，占领军相关人员频频露面，可以说是公开的秘密。但他们作为凌驾于法规之上的存在，让检察机关根本无从下手。日野原充分地了解这一点，于是想将自己背后的威光炫耀一番。

然而，此举却适得其反。犯罪调查机关CID[①]听闻此事，开出备忘录，直接将日野原移交给了MP[②]总部，证据文件运到GHQ，准备马上进行调查。

事态的发展出乎意料，使得日野原惊慌失措。既然自己被交到占领军手里，就不再有拘留期限之类的事情，同律师的会面也被禁止。日野原被置于了一个与外界隔绝的状态之下，还有可能会接受军事审判，情况越发恐怖。

相反，对于检察官来说，CID的介入是求之不得的救命稻草。因为通过他们可以获得充足的时间。

CID在独自调查的间隙，也给了日方一些机会。如此一来，账簿里的机关被破解，证据被坐实，被捕后的第75天，日野原终于被逼到了彻底坦白的境地。

[①] 美国陆军犯罪调查司令部（Criminal Investigation Division）。
[②] 美国陆军宪兵队（Military Police）。

5　初显身手（其二）

立松和博的几篇精彩连载特讯如抽丝剥茧一般，成了日后人们的谈资。特讯连载是与东京地检得到日野原的全面供认后开始揭发受贿方同步开启的。

其中的首篇刊载于昭和二十三年（1948）9月14日《读卖新闻》社会版的头条，报道直接披露了大藏省统计局局长兼复金委员会干事福田赳夫被传唤的消息。

在复金第三次融资内部批准指示出来的昭和二十二年（1947）12月5日上午8点左右，日野原拜访了位于东京都世田谷区野泽町二丁目的福田宅邸表示感谢，告辞时他走进起居间，向熟识的福田夫人递上了点心礼盒和用报纸包好的10万日元现金。

东京地检根据上述供认，于昭和二十三年（1948）9月13日上午6点05分突然来到福田府邸，当时福田一家尚未起床。8点50分开始进行家宅搜查。

当时的收押清单除了威士忌26瓶、樽酒1桶、香烟（骆驼香烟10条）、冬装面料（2身）、储蓄存折11本、现金900日元（9张百元纸币）之外，还记录了木屐6双（成人女款3双）、袜子2双（盒装）、袜子11双（报纸包装）。这里列出的应该都是他人赠送的物品，反映出了当时物资极端匮乏的社会状态，颇有意思。

东京地检以让其自行出面的形式带走了福田，当天傍晚对其执行了逮捕令，第二天开始正式进入调查。但是，他以下述方式否认收受过金钱。

"日野原社长的那 10 万日元是他强行放在那儿就走了，我想着下次等他来的时候要还给他的，就用旧报纸包好了放在家里了。"

于是，检方又要求福田夫人到厅予以确认，结果得到了同样的辩解。

"那么，那笔钱在哪儿呢？"

"在里面小屋的壁橱下一层，放褥垫的地方。"

检察官立刻派人前往福田府邸，再次搜查了住宅，但是，还是没有找出那 10 万日元。后来查明了其中的内幕。

接到地检传唤的夫人出门前委托了一名熟识的税务师来安排一下。她想起 13 日搜查住宅时小屋的壁橱并没被特别仔细地搜查过，所以就指定了那个位置，拜托他把 10 万日元偷偷放进去。

那时的 10 万日元是相当于现在的数百万日元的巨款。税务师费尽周折筹措到钱，终于赶到了福田家，结果地检人员已经进入了府邸，他不得不从大门口又折返回去。

福田提出虚假申辩，其夫人想方设法去伪装掩盖，这些不就表明了他们二人都对受贿心知肚明吗？

最终，福田承认他用掉了 10 万日元中的 6.5 万多。但是一审、二审都是无罪判决。主要理由是他"在担任统计局局长期间，只是复金一个挂名的干事"（二审判决）。

判决结果的令人费解姑且不提，立松的特讯报道了福田被传唤的消息，不用说大藏省了，就连暗中勾结的政、财、官界都受到了强烈的冲击。

大藏省在省厅中是一个公认的特殊存在，大藏省的统计局局长是局长级建制序列中最有实力的职位,而福田又是一位能够毫无悬念地成为下一任事务次官的力压众人的官场中的佼佼者。

逮捕这位占据体制核心位置的高官,让人们对检察机关为查明贪污案件全貌果敢出击的高涨志气留下了深刻的印象。

福田被捕的冲击波还未平息,8天后的9月21日,搜查的矛头直指二宫(一审、二审都无罪)。二宫已经不再担任复金的理事,而是转回到了老巢兴银,任兴银副总裁。

次日22日头版头条又独家爆出了暗中推进的此次逮捕,而这又是立松的手笔。

二宫的被逮捕让各报社把目光都集中在了下一个贪污嫌疑人栗栖赳夫(一审:有期徒刑1年6个月,追缴金额350万日元。二审:有期徒刑8个月,缓刑1年,追缴金额150万日元。三审:驳回上诉,维持二审判决)身上。

栗栖于大正十年(1921)毕业于东京大学后进入兴银,昭和二十年(1945)11月任理事,昭和二十二年(1947)5月登上总裁宝座,不久就从家乡山口县参加参议院选举,最终当选,隶属于绿风会,出任片山内阁的大藏大臣。

这也只是昙花一现,片山内阁面临崩溃,与社会党联合执政的民主党处于分裂的危机中。为摆脱这一局面,作为民主党总裁、副总理大臣和外交大臣进入内阁的芦田均,顶住了指责政权私相授受的责难,强行开始了首相选举工作。在其背后专门负责资金筹措的,是昭和二十三年(1948)1月接受芦田的恳请转入民主党的栗栖。同年3月,在芦田内阁成立之际,他被任命为经总长官。

栗栖作为芦田内阁的支柱,在众目睽睽之下,司法当局的调查一旦波及他的身边,内阁的总辞职是不可避免的。

现任阁僚被捕在日本宪政史上是没有先例的。政界在大动荡中摇摆不定。

9月24日，在早上的阁僚恳谈会上，铃木法务大臣做出了如下发言：

"昭电问题目前正在接受检察厅的调查，在还没有得出结论之前，我作为主管者如果说三道四，说出某个人名，那便是牵制检察机关的办案人员，是不应该做的。但因为有传言说会波及现在所有的内阁官僚，就这一点我想解释一下。关于栗栖长官，他不在我从检察机关负责人那里收到的行贿受贿者名单之列，因此，显然与所谓的昭电贪污受贿问题无关。"

另外，同日，内阁官房长官苫米地也发表了以下否认贪污受贿的讲话：

"我问过栗栖君本人，还多方面地做了调查，所谓栗栖君受到怀疑的说法，不过是单纯的传言而已。"

尽管政府方面一再否认，但在司法记者们的眼里，栗栖被捕只是个时间问题。而且，采访竞争出现了前所未有的白热化局面。

他们不是一次而是两次被立松痛击。那只是个加入记者俱乐部两年，算上当记者的经历也不过三年的毛头小子。

如果连续三次，让立松成了名的话，他就会力压群雄。对于一些有经验的老将而言，这是必须要阻止立松独领风骚的时候了。

不过，他们受到了决定性的打击。立松还是想方设法突破了地检领导班子在内部严密实施的缄口令的束缚，在9月30日的头版头条以"今日传唤栗栖经总长官，昭和电工事件·以自愿出面的形式"为题，精彩地爆出了独家新闻。

各报社的记者们在收到这份报纸时，恐怕都还被蒙在鼓里呢。这就是所谓的晴天霹雳，众人一起完败。

他们仅有的一点希望就是立松"今日传唤"的大胆预言能够在现实中落空，但是当日上午10点20分，栗栖出现在了东京地检，他们的希望破灭了。现在司法记者俱乐部成了立松一个人的舞台。

栗栖面对负责指挥搜查的马场义续副检察长的亲自审讯，坚决地否认了所有嫌疑。但是，马场也是十分坚定确信。因为昭和二十三年（1948）9月5日，他最信赖的河井信太郎检察官从日野原那里获取了如下的供述。

（一）大概是在我刚进入昭和电工不久，栗栖先生参加了参议院的议员选举。作为选举资金的援助，我带着10万日元去了他在大田区洗足附近的府邸，亲手交给了他的夫人。

（二）我想说一下上述款项的目的。当时栗栖是兴银的首席理事，我就任昭和电工的社长时是承蒙他推荐的。送钱是对那件事的谢礼兼有今后还请关照之意。

（三）其次，去年五六月份的样子，我确实送了一些类似手提包、草鞋的东西作为礼物，另外还送上了5万日元。

（四）上述资金的目的是，当时栗栖担任兴银总裁，希望他能够在昭和电工的融资问题上多关照。

（五）再次，就是昭和二十二年（1947）6月左右栗栖先生出任大藏大臣时，我让秘书拿了30万日元现金，通过二宫先生转交给他了。（中略）

（六）我解释一下上述款项的目的。在前两次的基础上，希望他今后作为金融相关的主管大臣，继续多加关照。

逮捕现任内阁官僚是一件前所未有的丑闻，它从根本上动摇了内阁。芦田总理大臣打算通过栗栖的单独辞职延续内阁的寿命，但10月7日，社会党中央执行委员、不久前还位居副总理大臣宝座的西尾末广被捕，芦田内阁最终只能交出政权。

昭和二十三年（1948）1月25日，日野原命令自己的心腹昭电藤井常务将100万日元现金送到了时任内阁官房长官的西尾手里。

西尾夫人亲手在账本上记录了这笔钱的收受,西尾无法否认事实,只好声称那笔钱是政治捐款。

一审认为,"从未有过政治捐款经历的藤井,与此前毫无关系的西尾之间仅仅通过20分钟的会谈,便决定进行政治捐款,对这样的特殊理由不予认可",遂判处其有期徒刑1年,缓期3年执行,追缴100万日元。但二审则全面接受了西尾的主张,宣告其无罪。

不过这些都是后来的事情。因西尾的被捕而受到致命一击的芦田内阁,仅仅8个月就夭折了。

6　埋下宿因

昭和二十三年（1948）10月8日，立松和博在社会版上发表了一篇署名"T"的报道。这篇报道虽然被芦田内阁集体辞职的消息掩盖了锋芒，但却是不容忽视的存在。其内容对于回溯迎来悲剧结局的立松的命运是极其重要的，虽然篇幅略长，但还是摘录如下。

　　昭和电工贪污受贿案已经深入侵蚀到了政、财、官界的高层。从搜查机密的泄露来看，其触手也已经延伸到了检察厅、警视厅等搜查阵营的内部。东京高检窪谷副检察长、东京地检樱井检察官提交了辞呈，且从一开始就负责案件搜查的警视厅搜查二课课长突然与该厅松本第一方面监察官换岗，这些匆忙的人事变动均能证明这一点。规模和深度空前的昭和电工贪污受贿案看来终于要真相大白了。但与此同时，警视厅部长级别的人物身边也遭到怀疑，这给昭和电工事件的搜查前途投下了一层阴影。
　　事件发生在今年1月，由警视厅的秘密搜查而露出端倪的昭和电工问题甚至闹到了众议院不当财委，日野原昭和电工社长、藤井总务部长等人掩盖事件，为收集情报四处奔走，他们与该公司顾问律师、原审判长浅沼澄次以及原警视厅刑事部部长秋山博等人合谋对策。

当时甚至有部分传言说,谁能把秘密搜查部门的刑警带到酒宴上来,就奖励谁50万日元。为此,那些搞情报的想尽各种办法渗透进警视厅,搜集有关昭和电工的信息。

一天,结束了昭和电工搜查任务的警方人员一块儿喝了顿酒,事后才知道,那酒是昭和电工的人拿来的,此人曾任警部。这事还引起了一场轩然大波。

因此,截至6月23日日野原社长被捕,昭和电工已经花费了500万日元的活动经费。当日,日野原在逮捕令发布的14个小时之前就得到了消息,并与辩护律师团进行了最终的商谈。警视厅刑警抵达其位于世田谷区玉川等等力町3-721号的宅邸8小时后,他才在秋山律师的陪同下走进了藤田刑事部部长室,各种各样的说法都有。(中略)

已经过去的9月初第一期搜查工作告一段落,警视厅终于开始要揭发一些大人物了。这时,机密泄漏、掩盖事实等问题越发严重,案件毫无先兆地从警视厅全面移交给了东京地检。

另外,有传言认为,警视厅某部长是秋山律师任刑事部部长时的课长,一直将其尊为内务官僚的前辈。基于这层关系,是该部长出席宴请时泄露的机密。就这样,一个事件带出了另一个事件,昭和电工贪污受贿案就像是一个无底的泥沼,对案件的调查正在向纵深推进。

简单地说,就是因为警视厅有昭电的内应,才让东京地检全面接手搜查工作。但结果,检察机关内部也同样有内应。

这篇报道的特点是,它已经超越了所谓客观报道的范畴,以一种告发式的口吻贯彻始终。正因为如此,才以立松姓名的首字母"T"署名的。

值得关注的是，立松围绕疑点，指名道姓地点出了两位检察官。在此之前没有任何报纸触及这个问题。虽然不是直述新闻，但这篇报道也是立松的独家特讯。

尽管如此，还是会让人觉得这是一篇相当大胆的文章。如果内容与事实相悖，对方是重视名誉的检察官，他们绝对不会默不作声，肯定是会诉诸法律的。

既然是毅然决然地在报纸上进行告发，就说明立松得到的消息可信度是相当高的。可以推测，爆料人应该是对检察官的渎职行为深恶痛绝的内部人。

日野原很早就接到了通风报信，知道自己要被捕，遂藏匿在了原农林副官兼专营公司大日本肥料公司理事长重政诚之（1948 年 9 月 10 日被捕，不服判决上诉，案件被发回高等法院重审，最终被判有期徒刑 1 年，缓刑 1 年）的家中。

重政与日野原交情颇深，在昭电贪污受贿案的搜查过程中，他是最热心于幕后运作的一个人物。后来出版的《战后贪污大案》（室伏哲郎，潮新书）将他的行动披露如下。

……（昭和）二十三年 1 月，与警视厅搜查二课的土居警部会餐；同年 5 月，与日野原社长、藤井常务一道，前往藤田刑事部长的官邸拜访，又于 7 月单独一人前往拜访。

此外，重政氏于（昭和）二十三年 3 月，同岸本义广检察长、国宗和泽田两位检察官及另外两人，外加日野原社长，共计 7 人，在永福庄举行宴会。除此之外，在搜查工作的关键阶段，他还多次与十名以上检察相关人员聚餐。像这样"涉嫌直接或间接受昭和电工相关人员的宴请款待、礼品赠与的检察人员当时的官职、姓名是检务局局长国宗荣、东京高等检察厅副检察长窪谷朝之、检察官泽田喜道、东京地方检察厅检察官樱井治美（另有札幌高等检察厅检察长岸本义广等 7 人，略）……"（第 7 次国会参议院会议记录调查报告书结论），国宗、 窪谷、泽田、樱井等 4 位检察官于（昭和）二十三年 9 月办理了请辞手续。

立松在署名的报道中列出姓名的"灰色检察官"有 2 人。读了上述内容之后，可以判断出存在嫌疑的多达 12 人以上，其中 4 人递交了辞呈。而且，他们从警视厅进行秘密搜查的阶段就一直同昭电方面有所接触，因此将警视厅排除在搜查组之外，也未能防止机密的泄漏。

在被怀疑的检察官中，岸本义广这个名字以及此人与立松和博之间的关系，尤其要记住。很快，他将作为检察机关一派势力的头目隆重登场。

在不断排除昭电方面的严重干扰后，东京地检的搜查工作于昭和二十三年（1948）12 月 7 日以芦田民主党总裁的被逮捕（一审、二审均无罪）迎来最后阶段。次日清晨，迷迷糊糊躺在家中的东京地检事务局局长佐藤胜美接到马场副检察长的电话，劈头盖脸地就被怒吼了一通。

"局长！你到底在干什么！你去看看读卖，读卖呀！"

当时，检察机关的人较其他报纸先浏览一下《读卖新闻》已经成了一种习惯。佐藤还不清楚为什么被骂，就跑着去了外面的信箱。

从里面抽出《读卖新闻》展开一看，他的睡意瞬间一扫而光。

前一天，堀忠嗣地检厅厅长和河井信太郎检察官在政府大楼三楼检察厅厅长室，对传唤来的芦田进行了讯问。那现场的照片不就醒目地印在一版上吗？

以前马场就严厉地命令过佐藤，因为涉及人权问题，故绝对不能让报社拍摄到被传唤的高官的照片。

就算芦田已经辞去了官职，但他之前是位居首相的大人物。佐藤还特别命令部下，要将厅内的防卫线巩固得水泄不通。

然而，就连下命令的当事人自己，都被拍进了《读卖新闻》的照片里，甚是刺目。

太丢人了。佐藤早饭也没吃，跑着去了厅里。在讨论一系列问题时，一名部下向他汇报了一件事。

隔着一条3米宽的通道，检察厅大楼对面建有一座破旧的仓库。部下发现那儿的三楼木板墙上有一个新钻的洞。

佐藤立刻跑去了现场，单眼对准洞孔一看，在那个物资紧缺的年代，检察长办公室没挂窗帘，透过透明的玻璃窗可以看到整个房间。

佐藤当场就锁定了"犯人"。别说是读卖报社，就连整个司法记者俱乐部，能做出这种事的也就只有立松了。根据佐藤本人的讲述，"虽然我头发稀疏，但还是有种怒发冲冠的感觉"，于是他命令部下迅速把立松叫来。

然而，左等右等，立松就是没出现。后来他等得不耐烦了，火气也从沸点冷却了很多。傍晚时分，立松像是挑好了时机，晃荡着身子走了进来。

"局长，什么事呀？"

立松一副平常的语调，嘻嘻哈哈地说。

"你还问我什么事？我应该问问你干了什么好事！"

佐藤声色俱厉，但是对方没接这个茬。

"虽然是第一次用长焦镜头，但拍得意外地好呢。"

立松就说了这么一句便翩然离去。

佐藤拿他没办法，只能把情况如实地报告给了马场。

"嗯。"

佐藤紧张地准备迎接雷霆万钧，结果马场只是哼了一声，这件事就算过去了。

传闻说，马场讨厌新闻记者，在地检走廊之类的地方和司法记者俱乐部的成员擦肩而过时，通常会装看不见转身而去，好像故意要让对方不痛快。

地方检察厅由副检察长担任发言人是个惯例，但是因为他是那种风格，所以绝对不会出席记者招待会。取而代之的是由上司堀检察长来应对记者俱乐部。马场自己当上检察长后，他又把发言人的工作交给了田中万一副检察长。

连记者招待会都回避的马场，是不可能在房间里单独跟记者见面的。去检察长的房间必须经过总务课，马场就任检察长后，偶尔会有记者想要突围去见他，佐藤就会出来制止他们。

唯一的例外就是立松。

"好啦，好啦。"

不论什么时候他都能悠然自得地走过去。因为次数太多了，佐藤也曾跟马场解释过，得到的回答是"立松君要进来，你也没办法呀"。

也不知道立松是从哪里怎么打听来的，连事务局局长佐藤事先都不知道的重要事项，他全都能准确掌握。

我想过会不会是采访了马场，但感觉又不像。立松肯定是直接两三句话说完就走。

检察官的话，就算是不主动说，如果被问及重要的事情也不会采用否定的方式去误导对方。立松按照这个原则，似乎只是跟马场做最后的确认。

佐藤不知道还有哪位记者能像立松那样受到众多检察官的喜爱和信任。

就另类这一点而言,能举出来的类似人物是战前在司法部名声大噪的读卖新闻社的竹内四郎。

昭和十八年(1943),出任社会部副部长的竹内为躲避战火,将家人送回老家,自己在临时居所独居。

此时有一个人找到这位竹内,提出要跟他一起住。

"我也把家里人都弄到乡下去了,算是孤身一人了。怎么样?一起住吧。"

这人就是战败清洗之前一直担任检察总长的中野并助。

中野的家在芝白金,那一带是空袭的危险区,于是他向去广岛担任检察长的正木亮借了东京的房子。中野跨越了检察官和新闻记者的界限,邀请脾气合得来的竹内一起住。

中野严正执法,为人心胸开阔,在机关内部深得信赖,还被誉为超级检察官。人送别名中野吞助①。

当时,物资越来越匮乏,但是仰慕他的朋友、知己、部下不问远近都会给他送酒去,因此他从不缺酒喝。

外加一位女佣,三个人一起在田园调布②开始了同住生活。竹内工作结束得晚,每次回去时,中野都喝了差不多一升的酒,然后两个人再一起喝上几杯。

喝醉了的中野肯定会批判军部,还会借势把矛头指向报纸:

"你们报纸为什么就不揭发东条的暴政呢?你觉得照着这样下去,日本会怎么样?简直混蛋。"

竹内反驳道:

"我们写的话,大本营和情报局的审查也通不过呀。报社都会倒闭的。你不是总吹自己是天皇陛下的检察官嘛,那去把东条给绑

---

① 酒鬼、酒徒之意。
② 地名。位于东京都大田区西北部。

了怎么样!"

在灯火管制下，二人以口角做下酒菜推杯换盏之时，B-29轰炸机就飞来了。女佣抱起中野的几瓶宝贝老帕尔牌威士忌和拜谒陛下穿的晨礼服，三个人躲进了防空洞。

早上，女佣做好两份便当时，接检察总长的公务车就该到了，中野在霞之关的大审院下车后，车会把竹内送到因躲避战祸暂驻筑地本愿寺的读卖总社，这已成了习惯。

虽然这是理所当然的顺序，但是在田园调布上车的时候却不同。竹内不顾堂堂的统管天下的检察总长，自己先坐到后面的座位上。

或许这是为了方便中野先下车。但竹内的做法在重视官阶序列的法务官的世界里是绝对不应该的。

"这一点真让人无语了。"竹内从别人那里听说了中野的抱怨。这是在结束那段生活之后很久的事了。

立松作为司法记者华丽登场的时候，竹内是社会部部长。

社会部春秋两次，全员会一起去泡温泉，开一个不讲究尊卑礼貌的宴会，还会住上一晚。他们借用旧海军全舷登陆的说法，把这样的活动称为"全舷"。① 竹内在这种短途旅行时，会毫无忌惮地带上花柳界的情人。

虽说是对外头顶着"事件之读卖"光环的社会部部长，在公司内部也不过是一介管理人员。这种行为如果被报社高层知道了的话，对将来的发展肯定不是好事。毕竟报社也是工薪阶层的世界。

不过，社会部的人一直以来的传统便是蔑视官僚们身上常见的那种因循守旧，他们自命不凡，以世间武士自居。

---

① 全舷登陆原指军舰入港后全体船员上岸休假。与之对应的还有半舷登陆，即一半船员留在船上，另一半上岸休息。现在全舷登陆和全舷已经成了日本报业的业内用语，指以部门为单位的慰劳旅行，多在休刊日的前一天。

这里说的武士不同于幕藩体制下的武士,而是在战场上冲锋陷阵的战国时代的武官。在社会部,关于各人的评价全都看在报纸上表现出来的业绩,业绩优于一切,积累了实绩的人,除非犯了罪,私生活方面不检点之类的事情是不会有人管的。

坐着检察总长的车穿过战火废墟去上班的竹内就算意识到报社的存在,在"盗国"野心横行的世道里,他恐怕也完全没有意识到养活自己的终究是报社。更何况,这是在旧体制崩溃后前途混沌的战败后不久,毫无疑问的一个乱世。

竹内率领的社会部充满了野性。身在其中的立松格外受到竹内的青睐,在工作和私生活两方面都表现出了异常的奔放。

追根溯源,这个时候已经编织出了引导他走向悲剧的命运之线,但是没有人意识到这一点。他本人也沉醉于胜利者被允许拥有的华丽张扬的做派中。

7 腾空跃起的猫

昭和三十二年（1957）10月16日，由东京地方检察厅检察长野村主办的同司法记者会的恳谈会在法曹会馆举行。出席恳谈会的泷泽国夫见已经快到跟立松约好的时间，便悄悄地中途离场。

他回到报社等待立松。8点之后，又过了很久，既没见立松出现，也没接着他的电话。于是，他拜托值夜班的游军记者给立松留了个口信，就去了报社附近林荫路上的憩园。

银座的晴海路至京桥一带几乎都是办公楼，夜幕降临，没有了白天的喧嚣，如织的人流也已不再。这家挂着咖啡馆招牌的店，为了吸引更多顾客，夜间会把主营项目换成酒水类。

泷泽之所以想到去憩园等立松，是因为他预感到立松会很晚才回报社，不过也是因为在恳谈会上还没喝够。

面对冷淡的女服务生，泷泽没有兴趣打趣搭讪。他独自一人自斟自饮，与立松交往的一幕一幕浮现在脑际。

泷泽在昭和二十四年（1949）4月进入报社后，被分配到了横滨分社，昭和二十七年（1952）4月来社会部，开始做第一方面的驻警记者。

当时，立松从司法记者会调到了警视厅的七社会，负责的是搜查二课。不久，立松向泷泽透露了关于东京海关在进口走私案中存在贪污渎职的信息。

在二人进行采访的过程中,他们了解到行贿方商社的一名女职员去了别的贸易公司,工作地点就在日活国际会馆里。

据说,这名女职员人长得非常漂亮,于是二人商量好用猜拳的方式决定由谁过去采访,结果是泷泽赢了。

在她的协助下,泷泽得以写出了一篇独家报道。因为好久没有休息,泷泽就申请了在第二天补休。在他正睡懒觉的时候,突然接到了一封电报。

"拿到独家消息,赶快行动,取消休假,部长"。

那个时候,社会部部长已经从竹内四郎换成了原四郎,虽然都是四郎,但同竹内那不羁的性情形成鲜明对比的是,原四郎是一个不太善解人意的孤高之人,部员们都怕他。

部长亲自发来取消补休的电报,肯定是发生了什么特殊情况。

泷泽战战兢兢地来到部长席前行了一个礼,可手拿晚报早版的原四郎理都没理他。上午不可能在报社的立松正坐在社会部的角落里,一边看着自己一边咧着嘴傻笑。泷泽这才明白是怎么回事。立松喜欢搞恶作剧,初来乍到社会部的泷泽已经有所耳闻。

那时,家里有电话的部员很少,报社紧急联络时大多使用电报。立松用一封假电报让正品尝着得意滋味的年轻伙伴受到惊吓,为了看到对方在令人生畏的部长面前惊慌失措的样子,他才特意去的报社。

提到立松的电报,首先能引以为例的就是有关藤本宪治的一件事。藤本和立松是同期的海军预备生,也是在立松的关照下进入读卖报社而后成为社会部同事的。

在藤本快结婚的时候,立松过去巡夜,顺便想找他喝上一杯。因为立松一坐就是很久,藤本就关了灯没去开门,立松竟然还真老老实实地回去了。

刚松了口气，后面可就不得了了，电报几乎每三十分钟就会发来一封。

"自己快活，就不管别人了吗"。

"你有今天，是托谁的福呢"。

"既然这样，直到早上你也甭想睡啦"。

估计是他从七社会的记者俱乐部打电话给电报局申请发送的。对此，出了名的刚毅之人藤本也发出了牢骚。

立松不仅在外面，在内部也是个顺风耳，部员之间发生口角时，他也会迅速收集情报，向当事人家里打去电报。

"正义是不灭的，战斗到底。立松"。

给一方上完发条后，他又给另一方鼓动打气。

"就算剩下最后一人，我也会站在你一边。绝不能退缩。立松"。

然后就开始暗中得意地坐看双方的反应。

立松经常会趁着这种恶作剧的机会，在同伴里自我吹嘘，给职场提供笑料。尽管也会招来当事人的不满，但他只是会选择一些不能公开抱怨的场合和人物来捉弄。

如果说嘲笑是一种优越感的表现，那么可以说立松通过不断地制造出这样的受害者，炫示出一种作为记者不可或缺的资质，即情况判断的准确性和对人类心理的深层解读。

不管他本人有没有意识到，他的恶作剧，结果总是会让当事人不得不搔首退下，而他自己则得以以这种结果来彰显自己的优越性。

泷泽以东京海关贪污案的采访为契机，和那名女职员有了进一步的交往。不久，还考虑和她处对象。

就在那段时期，一天，立松给泷泽打来电话。

"我听她说她有话要对你说。"

虽然加上立松三个人一起吃过几次饭了,但是从亲密程度来说,那名女职员没有直接给泷泽打电话,这让泷泽感觉奇怪。他充满疑惑地前往有乐町昴町的一家名为"黑坊"的咖啡店,女孩正在那里等他。

"怎么了?突然叫我出来。"

"啊?你说有事,我才找时间出来的呀。"

泷泽这才明白是立松按照自己的想法安排了他们俩约会。

谈话间,泷泽决定把求婚的意愿挑明了。

"怎么样,要不今后我们永远在一起?"

这是一个用一句话让两个人结合在一起的时刻,也就是所谓人生中决定性的瞬间。就在泷泽继续细说下去的时候,立松脸上带着意味深长的笑容走了进来。

"给你们听点儿有意思的。"

立松说着走到两个人的座位旁。然后突然弯下身子,从桌子下面拿出了一个什么东西。看到这一幕,两个人都惊呆了。居然是一个正在录着音的录音机。

如果立松没有把录音机的秘密捅破,过后再用来嘲笑的话,泷泽是不会心平气和的吧。能够在近乎恶作剧的底线及时收手,也是他的一个优点。

泷泽不仅完美地陷入了他的圈套,还被他在恶作剧中不同寻常的热心所震惊。

说起那个时代的录音机,大小就跟手提箱差不多,是一种非常昂贵的商品,不是什么时候都可以用的。

立松是特意为了这一天而设法借来的呢,还是碰巧有机会能借到,才想出了这么一个用法?不管是哪种情况,他竟把那个大家伙运到了黑坊。

而且,在设置那个东西的时候,还必须要取得店家的同意。除此之外，还得把叫出来的这两个人安排到指定的桌位上坐下，这也需要店家的配合。

如果是一般人的话，就算在头脑中描绘出了这样的计划，但一想到会遇到各种麻烦，也不会付诸实践吧。但是立松为了享受让对方陷入自己的圈套时那一瞬间的喜悦，不惜时间、体力，甚至有时候还有金钱。

也就是说，立松纯粹地享受着游戏的乐趣，在泷泽看来，这和专心采访时的他完全一样。

立松算准了泷泽向女友求婚的时间点，设想了事情发展的情节轨迹。然后，他将两个人邀请到那里，将那段以旁人无法听到为前提的微妙的对话全都录了下来。如果把这场景换成是在抓独家新闻的话，那么他在做恶作剧时投入的热情也就不难理解了。

立松负责的是警视厅，但为了把泷泽培养成自己的后继者，偶尔也会给他讲讲采访心得。他予以特别强调的是，为了采访不要怕自掏腰包，该花钱时莫犹豫。这些都非同寻常。

立松的家庭环境很好，婚后月薪从来没拿回家过，他每个月都要向母亲房子要数倍于月薪的钱，钱仍不够花时他就擅自翻她的手提包，泷泽有好几次目睹了这样的情形。

立松把记者生活当成兴趣或者是消遣，并把工薪族无法想象的金钱都倾注在了采访中。应该说，有一半被他用在了个人消费上。不过这样一来，他无疑能比其他竞争对手享有更丰厚的私人采访费用。

立松自掏腰包的采访方法，严格追究的话，有可能构成行贿，这一点也不一般。只不过，就他的情况而言，是以获得独家新闻的快乐这种"私利私欲"为目的的，且从不断揭露体制结构性腐败的结果上看，可以说是合乎公序良俗的。

刚当记者时,我曾听立松讲过这样的事情。

"比如,我去地方检察厅事务官的房间里吧。我会拿出从黑市婆婆那儿买来的洋烟,打开盒子自己先抽上一根。"

这位所谓的黑市婆婆是位出了名的行脚商,她会背着一个大包袱,专门游走于记者俱乐部。年龄倒也没有那么老,就是一位中年寡妇。

在她包袱里面有饭团、寿司卷、稻荷寿司、年糕、水果等等,在战后商品统制时期,无论哪一样都是黑市物资。其中还混杂着明显的走私违禁品洋烟。

她最大的客户,不管怎么说都是人数众多的七社会,她背着那些违禁品,大摇大摆地从警视厅的正门处通过。而且她会找准机会,来到警视厅记者俱乐部和司法记者俱乐部,在庄严的政府机关大院的一角铺开那些商品。

"给对方敬烟点烟时,比起装模作样的打火机,用火柴更合适。自己先划着火柴再直接给对方敬上一支,对方基本上就算上钩了,会伸过手来接烟。这是人的心理,当火柴棒眼看就要燃尽时,会条件反射似的慌张起来;如果是打火机的话,对方会说'不,不,谢了',然后掏出自己的香烟,那就不好办了。

"然后对方接过我递过去的烟盒摸烟的时候,结果烟盒是空的,里面一根没剩。那是因为我离开记者俱乐部之前,把里面的烟全部拿出来了,只剩下自己用的一根。

"接着我会不露声色地说着'对不起,对不起',然后拿出准备好的另外一盒烟,拆封后再劝他抽。随便闲聊几句就把那盒烟放在桌子上起身告辞。对方会说'这个,烟忘了',想还回来,这时挥挥手离开就好了。不过是一盒香烟而已,所以对方不至于会追出来。

"但同样是一盒香烟,要是拿出来一盒全新的,他们肯定是不会接受的。这方面他们的态度都很坚决。

"过一阵子,那个人会说,真是羡慕你们报社记者呀,工资高能抽上洋烟。你就说,不不,不是那么回事。要是从记者俱乐部那儿的黑市老婆婆手里买的话,一盒也就 50 日元,这可是 20 支装的,比和平牌香烟要便宜很多。可以的话,我给您捎点。这样主动一提,基本上都会上钩的。

"之后你再用 1000 日元从老婆婆那里买一条给他送过去,找他要 500 日元就行了。如果你持续这么做的话,他绝对会成为你的爆料人。"

我倾听着,从空洋烟盒开始,立松展现出的那种独到的构思,令我钦佩。他讲的要使用火柴的那些地方,也真是连心理学家都会自叹不如。

立松像一只瞬间从仅有的缝隙中腾空跃起的猫一样,轻柔而又重重地跳进了爆料人的怀里。

他又跟我讲了下面的一件事。

某个休息日的下午,他去某检察官的家里拜访时,对方不在。检察官的妻子正把旧毛衣拿到走廊上,要拆了准备重染。那毛线看起来像是已经重织过了好几次,到处都是接头儿。

"夫人,真不容易啊。"

立松打着招呼,脑袋里就已经开始有小计谋了。

"不瞒您说了,我有个叔叔在上野的雨横商业街做黑市买卖。我就只在这跟您说呀,我那个叔叔是经营走私品的,里面可能就有毛线。我下次打听一下,怎么样?不管怎么说他拿的货可丰富了,而且只要市价的一半或是三分之一,简直便宜得要死。"

经立松这么一说,在那个贫穷的时代,没有哪个主妇会不表示动心。

"这样啊,如果能帮我弄一些来就太好了。可拜托你这种事合适吗？"

"小事一桩。我们家大部分东西也都是从那位叔叔那里趸来的。"

立松就这样答应下来，但其实他根本就没有那么一位叔叔。

于是他去银座买了高档毛线，故意撕破了漂亮的包装纸，商品上再蹭些泥，用皱巴巴的旧报纸包好，交给了检察官夫人。

"不好意思了，这个有点脏。听说这是美国货，纯毛的。洗洗的话污渍应该会很容易洗掉，如果这个还行的话，那您就拿着吧。"

他当然会从喜出望外的夫人那里收钱。但他说这是尾货，因此只要了不到实际支付额三分之一的钱。

这样一来二去，他和夫人间便完全没了芥蒂。收揽人心只能说是立松的天性，尤其对方是女性的时候，这种天性就更加鲜明了。没有比他更受检察官夫人们欢迎的记者了。而且，她们对他抱有的好意，不可能不传达给各自的丈夫。

一位检察官的妻子美貌出众。泷泽由立松带着去了他家。

在这妻子斟酒的过程中，立松喝醉了，搂着她的肩膀，说出了这样的话：

"喂，你要是不给我透露点儿重磅消息，我就把你家夫人给××××了哦。"

禁忌的那四个字从立松嘴里说出来，也不会让人讨厌。妻子用手掌捂着嘴"呵呵"地笑了两声，丈夫只能望着她的那副样子苦笑。

"这个立松君，还真是什么事都做得出来啊。"检察官开玩笑似的向读卖报社的某人说了句心里话。话虽如此，但他也是立松的有力的情报源。

立松出生在父辈和祖父辈两代均为司法官员的家庭，尤其是在他的亡父的交友人脉中，检察机关的资源是很丰富的，所以与他打交道的检方确实从一开始就没拿他当外人。但是，仅仅靠出身和物质，就能够抓住检察官们的心吗？泷泽目睹了实际的交往情况，给出的答案是否定的。

的确，家教良好、顽劣调皮的立松，在工作的问题上非常重视遵守和检察官之间的信义。为了不给新闻线人的保密性造成影响，他考虑得细致入微，将得到的消息写成报道发表的时机从未有过失误，至于内容，为了不妨碍搜查工作，对需要克制的部分也能够忍着不发。正因如此，他才能在检察官内部得到广泛的信赖。

立松采访的幕后故事，无论何时都让我百听不厌。

报道昭电贪污受贿案的时候，如前所述，立松预告说栗栖经总长官要被传唤，他在交稿的阶段虽然已经有把握，但事件关系到内阁的存亡，所以还是会有一抹无法消除的不安。

在报社写完预定稿的他向在场的同事们招呼道：

"这附近还有开着的麻将店吗？有的话，谁能帮我去借副牌来？"

喝酒、玩女人，后来还吸毒，生活极为混乱的立松不知为何，从不染指赌博。大家都知道这一点。现在要借牌，不知他又要耍什么花招。于是，一个办事周到的人就跑去了一家自己经常光顾的麻将店。

提着一皮箱麻将牌，立松来到了某位检察机关首脑的官邸。在门口，他求那家的夫人带他进去，但她按丈夫的预先吩咐婉拒了。

"对不起，我丈夫有点感冒，今天晚上很早就睡了，他吩咐不管谁来都先让他回去吧。"

"不是的，不见也没关系。其实，我看这一两天地检好像也没什么动静，而且我们好久也没休息了，所以打算去箱根泡泡温泉，悠闲地打宿麻将。记者俱乐部的朋友已经乘小田急线先走一步了，我现在正要开车去追他们。我心里还是有点放心不下，于是就顺道过来一趟。能不能请您帮我问一下您丈夫，我现在能不能去箱根呢？"

在这样的情况下，日常的接触就管用了。现在可不是别人而是立松在请求，总不能断然拒绝吧。于是夫人回到里面，接着传来了粗暴地踩踏走廊的脚步声，她的丈夫现身了。本应有点感冒已经睡下的人，可能是在写着什么东西，抑或是要再去上班，总之他竟西装革履地出现了。

"立松君！你怎么也惦着玩儿呀，现在不是能享悠闲的时候。能联系上同伴吗？现在马上把他们叫回来。"

"谢谢。"

立松低头行礼，然后往回走。他坐车来到最近的一个公用电话亭，向负责晨报的编辑部主任传达了结论。

"没错。明天栗栖就会被逮捕。轮转印刷机启动吧！"

立松故意拎着一副碰都不会去碰的牌过去，可以说是在恪守记者的行规。检察官到底是识破了他去箱根的谎言，还是信以为真，其实并不重要。

如果立松没有准备那个谎言，两人之间的交流就不得不变得异常直白。那样就会令被询问的一方陷于尴尬的境地。相反，回答是否能去箱根不会被看作是身为国家公务员的检察官泄露工作机密的违法行为。

就这样，立松足智多谋，在昭电贪污案的报道中连续放出了独家新闻。

但那已经是上一个时代的事了，在银座后街的憩园等待立松的泷泽，每喝一杯下去，都会感到头晕目眩的醉意，但他的心境却越发地冷静起来。

继创造出了社会部黄金时代的原四郎之后，景山与志雄接任了部长。这是他就任以来第一次遇到贪污事件，所以他燃起了热血，让公认的王牌记者立松参与其中进行支援。但负责现场的泷泽却不认为特搜部能够完成搜查工作。

昭和二十九年（1954）4月20日，造船贪污案的追查迎来了最高潮，泷泽和参与报道的百余名记者一道，拥到了检察总长的办公室前。

在那扇门对面，佐藤藤佐检察总长、岸本义广最高检副检察总长、市岛成一最高检刑事部部长、花井忠东京高检高级检察长、长部谨吾东京高检副高级检察长、马场义续东京地检检察长、田中万一东京地检副检察长、山本清二郎东京地检特搜部部长、河井信太郎东京地检主任检察官，以及来自法务省的清原邦一次长、井本台吉刑事局局长等人，正在沉闷的气氛中开着检察机关首脑会议。

当天的议题是，决定是否申请对佐藤荣作和池田勇人二人的逮捕令。此前，特搜部计划以受贿嫌疑逮捕二人，先后对吉田茂麾下的自由党干事长佐藤荣作进行了三次配合调查，对池田勇人政调会长进行了四次。

三天前的17日，第一次检察机关首脑会议召开，所有人达成一致，同意逮捕佐藤和池田。但是，当初对此没有异议的犬养健法务大臣，在向吉田总理大臣和绪方竹虎副总理大臣报告这个意思后，收到了暂缓的指令，于是他突然变得懦弱起来，甚至提出了辞呈。

犬养非但没有被准许辞职，反而被委以设法打开困难局面的重任。

因政治权力的介入而未能拿出结论的检察机关首脑会议，间隔一天之后于19日再次召开。当天的会议在上午8点半过后开始，在如同 6 月下旬一般异常闷热的环境下持续进行了 8 个小时。泷泽等司法记者从中看出了检方的苦恼。是同政权正面交锋，还是掉头回避？他们展开了激烈的争论。

下午 6 点 45 分，大门打开。最先走出来的是佐藤检察总长，他对蜂拥而至的记者团说了一句"结论未定"，就被拥着走向了法务大臣办公室。

马场检察长双手插在上衣口袋里，什么也没回答。紧跟其后的田中地检副检察长放文件的大信封已经被弄得皱巴巴的，说明会议很是严峻。

同马场一起坚决主张逮捕佐藤和池田的河井主任检察官，摇晃着硕大的身躯边走边嘟囔着：

"没有哪天时间过得比今天还快。"

过了晚上 8 点，高检的干部们都撤了之后，佐藤检察总长、清原次长、井本刑事局局长三位分别把自己关进了自己的办公室。他们像是通过电话相互间或是同外部进行了密议，但在门外竖着耳朵等待的记者们却无法得知商议的内容。近 11 点，佐藤走进了位于麻布的公馆，"检方最长的一天"被拖进了新的一天。

第二天中午左右，正在报道紧张政局的读卖新闻政治部记者细田弘 7 岁的长女被发现死在其就学的文京区立元町小学的厕所里。女孩口中塞着内衣，被人施暴后勒死。这桩在战后犯罪史上留名的"女孩镜子被害案"也被国民所关注的检方动向相关报道盖过，被挤到了社会版的左上方，各家报纸大体上都将凶案低调处理了。

20 日的检察机关首脑会议马上就要做出决定了。与前一天一样，会议是从早上开始的，佐藤检察总长在下午 4 点就是否逮捕佐藤和池田汇总意见，决定从搜查技术出发，先申请对佐藤干事长的逮捕令。

但是，犬养法务大臣并没有理会该申请，而是找来佐藤检察总长促膝谈判。

警视厅对面是霞之关一丁目一番地的红砖建筑。从正面看,其右侧的一片是最高检,左边对称的位置由法务省占据。从二楼右角上的检察总长办公室出来的佐藤,要走到同一楼层的左边角上的法务大臣办公室,需要走过长达百米的走廊红地毯。他连同记者们组成的人墙来回走了好几次。

犬养接受了政府的意向,要求延期逮捕。他遇到了顽固的佐藤,谈判陷入了僵局。晚上8点,清原次长和井本刑事局长一起走进了位于目黑的副总理大臣官邸。从前一天开始,这里就成了自由党首脑进行商议的会场。绪方副总理大臣以强硬的口吻吩咐二人要延期逮捕。

11点过后,清原回来了,检察机关首脑会议听取了他的汇报,决定事到如今只能全权委托犬养法务大臣就事态的发展作出应对,并于11点半散会。

21日上午10点半,泷泽出席了犬养的记者招待会,他心绪恍惚地听犬养宣读了法务大臣谈话。

"今早收悉检察总长昨日提交的请示,旨在请求逮捕涉嫌第三方受贿即所谓贪污事件的自由党干事长佐藤荣作。鉴于事件的法律性质及重要法案的审议,认定此案为特殊例外,鉴于国际型国家的重要性及重要法案出台的可能性等,决定延期逮捕,开展任意搜查[①]。基于《检察厅法》第十四条特下达此示。"

这位臭名昭著的法务大臣通过对检察总长行使指挥权,让马场检察长带领东京地方检察厅倾全力揭发的造船贪污受贿案功败垂成。

[①] 任意搜查与强制搜查相对,即不采用强制性手段,在不对当事人重要权益造成侵犯或当事人自愿配合的情况下,展开搜查的行为。

在泷泽的记忆中，最鲜明的就是散落在检察总长室前走廊的红地毯上，那一片被踩踏过的烟蒂。

　　那似乎是检察机关的独立性惨遭政治权力蹂躏的象征。

　　回忆起这些，在行使指挥权之夜，从东京地方检察厅大楼传来的《昭和维新之歌》的旋律又重新回响在耳畔。

　　一线的检察官们将无处发泄的遗憾，与痛苦的经历一起吞咽下去，将压抑不住的思绪寄托在了歌曲当中。

　　从那一天开始，特搜部没有逮捕过一名涉嫌贪污的议员。当初卖淫贪污事件逐渐浮出水面时，泷泽把相关撰稿工作全部移交给了俱乐部的新同事寿里，导致读卖出手延宕。这些都是因为根本上他有这样的意识：他认定特搜部根本无法对政界出手。

　　他第一次撰写卖淫贪污事件的文稿是在昭和三十二年（1957）10月12日。当日，《每日新闻》独家报道出全性理事长铃木被传唤，他在改版的晚报上进行了追踪报道。

　　这一切促成了立松的出场。尽管泷泽对这位伟大的前辈给予了很高的评价，但对他却无甚期待。因为在立松长期缺勤的这段时间里，检察机关屈服于政治，那曾经让立松异常活跃的舞台已转暗换场，不复往昔了。

8　问题报道

立松在泷泽所等待的银座后街的憩园中现身，是在超过约定的时间 2 小时的晚上 10 点。

"拿到喽！"

立松坐在对面的椅子上，从西服内兜里掏出记事本打开给他看。

"这些就是你之前提到的画了㊙标记的议员。"

听到这些，泷泽逐一看过里面列出的那些名字。全部都是东京都内选出的自民党议员，共计 9 人。

"听说，其中 5 个人的嫌疑已经确定了。"

"哦，好厉害呀！"

对于立松的说明，泷泽大声赞叹，结果惹得女服务生不禁回头看他。

这句话不带丝毫的夸张。在开始对卖淫贪污事件采访后的第五天，在听到"㊙记录"的传言仅仅 5 个小时后，立松如老鹰抓小鸡般将搜查工作的核心信息带了回来。

泷泽发出的感叹声中，还包含了一种震惊，没想到搜查工作在不知不觉间竟然已经进展到这种程度了。在见证了造船贪污受贿案搜查工作受挫的场面之后，他再次见识到检察机关是无法触及官场的黑暗面的，这就更让他感到震惊。

立松告诉了他爆料人是谁。那是一位曾在东京地方检察厅特搜部揭发贪污受贿大案的铁腕人物，现在虽然已经离开了一线，但他检察官的身份没有变，处于可以了解到搜查流程的位置。

据立松说，那个人把那份议员名单给他看时，是这样说的：

"立松君，你能恢复健康真是太好了。我作为一介穷检察官，没有什么能送你当贺礼。这就当是我的一份心意吧。"

两年多的空白期或许并不算什么——作为现役记者打算在检察厅扎下根基的泷泽，再次体会到了自己跟立松之间的差距。但另一方面，对于能够迅速拿到正适合庆贺前辈归队的独家新闻线索，他也感到由衷的高兴。已经过了十点打烊的时间，女服务生正忙着收拾准备下班，他们又各自最后点了一杯，两个人简单地举杯庆祝。

翌日17日中午前来到报社上班的立松，向景山社会部部长报告了取材的成果，并请求指示铃木顾问的账外放款和卖淫行业对议员的行贿，这两个哪一个先出稿。

景山立即决定：

"原警视总监用从赤线风俗产业得来的不义之财进行账外放款，这肯定也是一个问题，但还是先做关于议员的吧！"

"那样的话，接下来我就去'奈良'写稿了！"

"辛苦了。早刊编辑我来跟他说吧！"

告别景山那满足的声音，立松把糙纸稿纸塞进一个大信封里，沿着后面的楼梯来到车队。

在银座、筑地、新桥等地有几家跟报社签约的旅馆，有大事件发生时记者们会工作到很晚，早上又得早起，于是就会住在那里，负责长期连载报道的游军也会利用这些旅馆商谈或写稿。

其中有一家离赤坂见附很近的名叫"奈良"的旅馆深受社会部的欢迎。

这家旅馆，除了深夜有时在楼下走廊里都能听到那位三十好几的老板娘的闺房里传出肆无忌惮的声音以外，还算是稍微高级一点的。从这里往前街走三个路口就是城市中心，但却是个闹中取静的所在。店里的女佣已经对这群不喜欢被照顾又难以取悦的记者们习惯了，这里的常客每人还会免费获赠两瓶睡前啤酒。这一点也很受青睐，所以很多部员都会指名选择这里。我在地方上做驻警记者时，值夜班后时常会轻松地在这里休息，等到白天就让他们帮我烧好洗澡水。

泷泽当天下午在司法记者俱乐部接到立松打来的电话，决定傍晚6点在"奈良"见面。在俱乐部里，他第一次将立松前天晚上取材的内容概要告诉给了寿里。因为屏风对面有其他报社的人，所以二人之间是用笔交谈的。

到了傍晚，两人乘车去"奈良"。途中泷泽说："那些议员的选区和简历，你知道吗？"寿里想起来要拿国会便览，于是又让车暂时先开回去。因此，到达"奈良"时已经过了6点，但立松并没有在。

"他来过一次，但又出去了。也没听说留有口信。"

女佣说着，将两人带到二楼的一间六张榻榻米席子大小的房间。他们取了啤酒闲聊起来。总不能抛下在最后关头前来支援的前辈，自己先在这里喝个不停吧。更何况最关键的人物不在，也没什么事情可做。于是寿里就到楼下去泡澡。

这时，立松回来了，他和泷泽开始讨论文稿。

"就以'9名议员的㴆标记之疑云'的形式，啪的一下子把他们所有人的名字都给列出来？"

泷泽阻止了想法很激进的立松。

"9个人全部？那会是个什么结果？"

前一天晚上，在憩园，立松给他看标有记号的议员名单时的那份震惊和喜悦，暂时驱散了他对检察机关近似不信任的冷淡情绪。经过近一天一夜之后，那份感觉又重新涌上了泷泽的心头。

"就搜查技术来说，特搜部一下子抓 9 个人是不可能的，而从一两个人动手，搜查工作有可能被歪曲。所以我认为还是得好好考虑一下比较好。"

对于泷泽的慎重观点，立松提出了反问。

"你是说又会行使指挥权吗？"

"不，更确切地说就是，即使搜查暂时被阻挠了，这次也不会像造船贪污受贿案时那样露骨地表现出来。"

"特搜部已经那么落魄了吗？"

"至少跟你那个时候把现任内阁大臣至前总理大臣，凡是嫌疑对象都一一传唤的情况相比，我觉得已经是时过境迁、截然不同了。"

"是吗……"

立松一边将视线放在手里的笔记上，一边继续说道：

"造船事件的时候，如果佐藤和池田被牵扯出来的话，政权很有可能会变得岌岌可危，对方才会不顾体面插手。但是这里也没有那样的大人物，如果连这种程度的案子都办不动的话，我看还是把特搜部的招牌卸下来比较好！"

泷泽和立松一样，希望检察机关能远离政治权力的影响，恢复独立性。他一边寻思着接下来的谈话，一边拿起已经跑气了的啤酒开始往杯子里倒。立松把下巴搁在并齐的双膝上。那是他思考问题时的癖好。

这时，驻司法记者俱乐部主任三田和夫来了。之后没花多长时间，立松就得出了结论。

"今天的话，就像泷泽君所说的那样，最好聚焦确切的主线，然后沿着这条主线再做进一步的确认。"

他拿起壁龛旁边的内线电话，让前台接通一个东京都内的电话。

电话通了以后，立松开始向对方确认重要事项。三田和泷泽不用多问就知道对方是前夜的爆料人。

"对不起我有点啰嗦了，你说的是9人中有5人嫌疑很大？"

"……"

"近期能够对证查实的是谁跟谁呢？我再念一下名字。"

"……"

"其实我现在正要写稿子，要是按这个方针，能行吗？"

"……"

"我知道了。那明天的早报就只实名报道这两个人。非常抱歉，一次一次地给您添麻烦，谢谢了。"

立松放下听筒，在记事本上用圆珠笔把9名议员中的2个圈出来给三田看。

既然说"一次一次地给您添麻烦"，这就说明今天下午立松应该和这个爆料人有过多次接触了吧。三田对在自己面前进一步加以确认的这位同事是没有什么可说的了。一切就都交给他了。

当天，社会部负责晨报的窪美万寿夫次长是值班主任，于下午6点多上岗。他正从负责晚报的编辑主任那里接过移交的交稿簿时，景山插进来说：

"立松君有篇关于卖淫贪污案的稿子预计要发。"

景山说完，就离开了座位去见等了他许久的客人。7点多回来，还没有见到有关立松的原稿内容的说明。

8点多，"奈良"的立松给窪美打来电话。

"接下来我和三田君商量拢一下稿。估计11点左右交稿。"

他在电话里也没有提及原稿内容。

快到 10 点了，寿里来到报社。他在"奈良"泡完澡后，在门口的客厅看了看电视，还和因其他工作而来的社会部的朋友聊了聊天，之后才回到二楼的房间。当时，立松和泷泽正凑在一起，具体地商量写稿内容。他在旁边待了一会儿，因为约好了要采访东京都内赤线风俗业者和都厅的相关人员，所以 9 点前离开了旅馆。但是，两个采访目标都没在，他就这样白跑了一趟，然后直接回了报社。

不久，"奈良"的立松打来电话，指示他给将要在第二天的晨报上被点名为受贿嫌疑人的 U、F 两位议员打电话谈一下。

寿里首先给正在家中的 U 议员打了电话，进行了简短的问答。

"事实上，这个事情很难启齿。就是关于卖淫贪污事件，据说您的名字被爆出来了。"

"怎么回事？我不知道呀。"

"根据我们从某位内部人士方面得到的信息，在一份被认为是政治献金名单的记录中，先生的名字被标了济记号，您心里没数吗？"

"我没拿过钱，当地卖淫行业的人也是选民，所以我是认识的。但是，比起拿那种钱，我倒更想给他们钱。"

"但是，济的标记……"

"这种东西，也许是卖淫行业的人胡乱添上的呢？也可能是有人为了陷害我，故意策划的。总之，和我是绝对没有关系的。"

从回答中可以看出，U 议员似乎已经知道了自己的名字被写在"济记录"里，但从声音语调中听不出任何动摇的迹象。

寿里又给 F 议员的家里打了电话，回答说其本人在热海的八千代馆。寿里接着把电话打到那里，结果 F 也表示了全面否认。

"我根本就没拿过钱。卖淫业者也是选民，所以我认识。但是，他们最近来上访的时候，我也只是对他们说，现在已经进入了一个新时代，你们无论怎么反对都是没有意义的。我原本在卖淫的问题上就和卖淫业者持相反的立场。"

寿里把两个人的主张原封不动地写到稿纸上，然后交给了窪美。

景山8点半下班回去了，窪美这时才刚知道立松的文稿内容的一部分。

"两个人都否认了呢。"

"那是当然了。因为就算拿了钱，也不会从一开始就说拿了呀！真锅那会儿不也是一样吗？"

和窪美短暂地交谈几句之后，寿里便离开了报社。

立松如预先通知的那样，晚上11点在三田的陪伴下来到报社。三田从窪美那里拿到跟两位议员的谈话记录，看了一遍，连同正式的原稿一道，重新提交给窪美。这样他就履行了作为现场负责人的手续。

窪美是在游军位置上锻炼出来的。他年轻的时候被特派到战后日本第一次参加的赫尔辛基奥运会，文章表现力得到公认。他聚焦游泳400米决赛中以最后一名惨败的古桥广之进写的那篇杂感报道，被认为是尤为闪光之作。

古桥曾经屡次改写中、长距离的世界纪录，被誉为"富士山飞鱼"，受到了世界的瞩目。但因为是战败国的国民，他没被允许参加有望夺金的战后第一届伦敦奥运会。在接下来的4年里，他的全盛期过去了。当他终于有机会站到赫尔辛基的舞台上，却无奈上演了惨败的一幕。

窪美的那支笔，没有去描写站在领奖台上的胜者，而是刻画了赛后在跳水池里缓缓地游动，想要通过把脸浸在水里来隐藏泪水的古桥的孤独形象。他向故国传达了一个被荣光所抛弃的男人的悲哀。

总体而言，社会部的记者，有用文章的表现力作为主要武器的，也有通过选材能力来立足的。尽管两者兼备是最为理想的，但是真能做到兼而有之的实在是少之又少。

在社会部中取材竞争最为激烈的是警视厅七社会和司法记者俱乐部的那些事件报道记者。他们一旦被卷入事件的漩涡中，就会昼夜不分地进行采访，几乎等于完全没有了私生活。

大家各自在深夜采访完线人后回到报社，相互间交换搜集来的信息，如果有值得写的事件，就选一个代表执笔写稿。提交给晨报版面编辑后，再到报社后面那爿小馆里喝上一杯，商量下一个采访任务，然后才能回家。这如果是在夏天，天都已经亮了。他们会让乘坐的车原地等着，眯上一小会儿，然后又踏上了早间采访的征途。如此辛苦努力未必有回报，这也是事件记者的辛酸之处。

独家新闻大战的胜利者，无论什么时候都只有一家，其他的都要失分。因为事件记者日常处于心理紧张的状态中，所以即使他们想为将来作准备，寻找一些报道的主题，也没有余力。在执笔的时候，他们也没有时间好好斟酌文章的结构。这种情况久了，从狭隘的视角来看，他们就会被认为是"不会写文章的记者"。

但是，他们是"忠实于事实"这一堪称报纸的生命的基本原理的实践者，他们坚信自己才是真正的记者。那些没有经历过事件的炮火洗礼的游军，通常会被视为文弱之徒，遭到白眼。

社会部的编辑主任多数是游军出身，他们尊重现场的荣耀，除非是万不得已，否则不会置喙事件报道的原稿，这也成了不成文的规定。

当晚的窪美正是如此。他用毛笔笔尖蘸上代表编辑主任审核的蓝色墨水，逐句加上标点，没有做任何删改就交给了整理部负责社会版的编辑。

就这样，一则能够一举挽回《读卖新闻》劣势的独家报道，发表在了昭和三十二年（1957）10月18日早报的14版社会版的头条。

卖淫贪污

U、F两位议员
因涉嫌受贿必将被传唤
近期逮捕了行贿政界的业内人士

在上述的五栏标题的报道中，点了两位议员的名。鉴于之后的情况发展，在此仅以姓名首字母的形式处理较为妥当。

不管怎么说，这篇招来诉讼的独家报道，披露了搜查工作的如下进展。

针对由《卖淫防止法》的国会审议引发的贪污事件，东京地检于17日成立了以天野特搜部部长为总指挥的特搜班，启动了自造船贪污案后的第一次真正意义上的调查，目前已有约10名国会议员进入了搜查范围。截至当日，除了被视为政界第一批的真锅仪十（东京六区选出）之外，U、F两位东京出身的自民党议员也涉嫌接受了卖淫业者的贿赂。因此，搜查的重点已转向了"全国性病预防自治会旗下的东京都分会——地方议员"的贪污路径。最近已有行贿政界的业者被逮捕，U、F两议员也必将被传唤。（中略）

当局认为三干部（引用者注：铃木明"全性"理事长、山口富三郎"全性"专务理事、长谷川康"全性"副理事长）是"全性"本部号召全国各地区行贿政界活动的参谋。当局首先对"全性"本部的核心东京都分会进行分析调查，找出他们贿赂当地（东京出身）的议员的途径，结果掌握了继真锅议员之后，U、F两位议员接受了20万至50万日元"工作费"的事实。

　　行贿的手段是根据三位干部的指示，在各地区的业者中间挑选出"政界工作员"，在目标议员的周围安排一两名这样的"政界工作员"，进行"活动"后再实施贿赂。（中略）此外，当地出身的K、S、N三位议员也被标有㊉记号，对他们的取证调查正在加紧进行中。（后略）

　　K、S、N三位议员在报道中被做了姓名首字母处理。这是在泷泽的建议下，立松慎重行事的结果。

　　景山第二天早上在家里读了这篇报道，才了解到详细的内容。上午10点多到报社，他刚一坐到社会部部长的座位上，早已等候多时的小岛文夫编辑局局长就迫不及待地走了过来。

　　从局长的位置上看，社会部部长的座位就在左手边3米左右的位置。所以小岛要靠近景山，只需要走五六步。在旁观者看来，连这个都很费劲，那是因为他有着与五短身材不协调的便便大腹。

　　这个肥胖的苏格拉底，明明是深秋却由于厌汗穿着衬衫，被吊带安全吊着的裤子上面，随着他的每次呼吸呈现出浪打浪的样子，难看又显眼。在大家眼中，他自己开发的午餐吃两篓子荞麦面和蔬菜沙拉的高血压预防术，也不过是为时已晚之策。

　　"刚才U议员打来了抗议电话，应该没问题吧？"

　　小岛喘着粗气，但那是肥胖引起的常态，并不说明他今天早上特别兴奋。

　　"没关系。"

沉默寡言的景山以一句话打了保票。采访活动是建立在对每一位记者的信赖的基础上才成立的。局长和部长之间也是一样,小岛没有进一步地追问下去。

不久 U、F 两位议员一起来到报社,他们被引到编辑局入口附近的局长接待室,和小岛进行了面谈。

两位议员认为受贿指责是没有事实根据的,正式提出抗议,并就信息的出处提出了质疑。对此,小岛的回答是"来自检察机关人员"。

在这个阶段,社会部应该还没有告诉小岛消息的来源。因为卖淫贪污案是由东京地检负责搜查的事件,所以他便断定消息是来自检察机关人员。即使他知道了消息来源,也会做出同样的回答。为线人保密是记者必须遵守的基本规则,"来自检察机关人员"这一回答已经是最大限度的了。两位议员得到这个回答之后,就径直奔往了东京地检。

这一天中午过后,泷泽来到司法记者俱乐部,这里的气氛异常冷淡。作为发表了独家报道的一方,必须忍受记者俱乐部里这些人的无视,直至新闻失去热度为止,但同时也会由此享受相应的胜利的快感。但是,这一天的气氛却和平日有所不同。

"哎呀哎呀,原来是大人物来啦!不过,这么从容能行吗?被你们写出来的那些先生们此时此刻正在天野那儿怒吼吧!绝对是气势汹汹的。"

对方平时就是一个饶舌的人,经常揶揄泷泽。

但他并没有慌张。自己也有过类似的经历,没有抢到独家消息的一方总是希望对方发的是假消息。而且他还做好了一种思想准备:既然被揭发的是在选民面前最害怕被指名道姓说有丑闻的议员,那么他们肯定会做出某种激烈的反应。

对此，泷泽认为有必要与天野特搜部部长见一面。于是他去了地方检察厅的部长室。

"立松君干的吧。"

刚一进门，天野劈头盖脸地这么一句，后来证明隐含了重要的意义。

第二天19日，两位议员向东京地方检察厅提起了损害名誉的诉讼。被起诉的对象有读卖新闻社小岛文夫编辑局局长及撰写问题报道的记者某、向其提供情报的检察官某以及作为监督者的东京地检野村佐太郎检察长、检察机关最高负责人花井忠检察总长等5人。

关于不仅仅是读卖新闻社的编辑负责人和执笔者，检察当局的当事者和监督者，甚至后者的最高负责人也被起诉一事，U议员明确了如下理由。

> 如果检察当局即使是非正式地提供了事实信息，据《刑法》第230条之2的②项为"尚未提起公诉的嫌疑人的犯罪事实"，确认信息真实与否的责任主要在于检察当局，读卖新闻社的行为不受惩罚。在这种情况下，提供的无事实根据的信息等同于"尚未提起公诉的嫌疑人的犯罪事实"，则检察当局的一员或者下达指示命令的人员必须受到惩罚。
>
> 但是，如果读卖新闻社制造假新闻，或者将不负责任的街头巷议说成是来源于检察厅的信息的话，那就必须说他们是极为恶意的损害名誉的犯罪者。

立松既没有捏造也没有虚构，这在所有的叙述中都是显而易见的。因此，就针对检察当局而言，如果U议员不仅仅追究被视为新闻来源的检察官，同时也要一并追究指挥他的监督者的责任的话，那么除了起诉东京地检的检察长和检察总长之外，还必须起诉另外一人——东京高等检察厅的高级检察长。如若不然，那就不合情理了。

但是，不知是故意还是偶然，东京地检的上级机关东京高检的检察长被排除在了起诉对象之外，之所以担任该职务的岸本义广没有被一并列入被告人名单，是因为他要指挥东京高检展开对涉及此次诉讼的事件的搜查。

9 "你要被捕了"

编辑局的表指向了 3 点。两议员的起诉书提交后的第 6 天即 10 月 24 日，并排坐在社会部沙发上的立松和三田已经交谈了将近一个小时。

"你不觉得奇怪吗？"

立松说出了自己的想法。

前一天，东京高检的大津广吉检察官通过三田要求立松以非正式的形式过去配合调查。这次传唤到底是为了什么？立松猜不透东京高检的意图，于是和编辑局的领导商量后持保留态度，但是今天中午，川口光太郎主任检察官再次向三田提出了同样的要求。

"第一，起诉书提交 5 天后进行传唤，感觉好像不是调查名誉损害案时的手段吧？"

对于立松的疑问，三田也没有异议。

"确实如此。"

"而且，卖淫贪污事件本身的调查，现在才刚要进入实质性阶段。在事件分不清黑白对错的情况下，我的报道是否损害了名誉，是没法跟高检说的。"

"所以啊。"

"所以什么呢？"

"这次传唤没什么特别的意思。"

三田并不是单纯为了安慰自己。刚才，东京高检川口主任检察官是笑着这样对三田说的：

"对于立松君来说，这是一种'才干税'。因为下周公审要出庭，还有其他的工作会很忙，所以想在这周内商量一下日程安排。我们又不是彼此都不认识，所以……"

三田从川口的口气中推测，传唤立松只不过是一个形式，走过场而已。

"所以呢，我觉得只要露一面就可以很简单地结束了。"

在府立五中时参加过"剧团东童"①的三田，或许是受那时的影响，总是会发出悦耳的鼻音。他是在昭和十八年（1943）进入的报社，不久就应征入伍去了华北，在长春迎来了战败。

当时，三田刚当上少尉，就成为苏联军队的俘虏被送往了西伯利亚，在煤矿强制劳动。昭和二十二年（1947）10月，他作为全部由将校组成的梯队的一员复员，次月重回读卖。

三田在接到来自西伯利亚的复员人员进行"代代木参拜"②的消息后，成为共产党相关新闻的负责人，深入公安系统，并大放异彩。昭和二十九年（1954）1月，他在前驻日苏联代表拉斯托波罗夫二等秘书（实为苏联内务部陆军中校）向驻日美军机关求助流亡美国的间谍事件报道中大显身手，得到了好评，事后人送绰号"三田波罗夫"。

在三田被扣留在西伯利亚期间，立松开始了自己的记者生涯，所以他们二人是不分前辈后辈的同事，心无芥蒂的伙伴。

话虽如此，三田是驻司法记者俱乐部记者的头号人物，立松在

---

① 日本的一个儿童剧团。
② 代代木被认为是日本共产党总部所在地，因为其总部虽地处千驮谷，但附近最近的车站是代代木站。

工作方面给他增添了不少麻烦，这是不争的事实。立松考虑到近日奔波于东京高检与报社之间的三田的处境，另外，这天下午 2 点东京高检会对后辈泷泽进行情况问询，这也让立松不得安心。自己要是不去那儿走一趟的话，恐怕事情不会结束。虽然被要求出面仍然让他感到不安，但立松还是打定了主意。

"好吧！好久没去了，那我就走一趟。"

他拍着三田的膝盖站起来的时候，又拾回了往日里作为一名司法记者的自信。

"总之我去出面看一下，先让泷泽君回来。"

立松走到部长席附近，讲了一下自己和三田的结论。景山说：

"虽然泷泽君也……但毕竟你的病刚好，一定得早点回来呀。"

随后立松向编辑局总务原四郎打了声招呼，同刚才安慰立松"辛苦了"的景山迥然不同，原上来就表情严肃地问了一个问题：

"你知道新闻记者的道德底线是什么吧？"

对于他这种傲慢的措辞，立松不由得怒上心头。继竹内四郎之后担任社会部部长的原四郎与竹内四郎并称为"两四郎"。原四郎被誉为超越前任的名社会部部长，晋升为整理部部长兼编辑局总务。任社会部部长时他属于文笔派。同样是四郎，作为司法记者前辈的竹内在立松心里留下的印象更深刻些。"搞不懂什么是事件报道，算什么社会部部长"，立松内心多少有些轻视原。这样的感情，在不留情面的提问之下被触发，越发地强烈起来。

如果是平时的话，立松就会用他特有的揶揄来轻松回应了。考虑到时间和场合，立松还是顺从地回答道：

"如果是指如何找到消息来源的话，我是很清楚的。"

原并没有察觉到立松内心的想法，冒出了一句同他那端正的表情不符的老套说词："是的，主要是你的毅力和赋性的问题。"

下午 4 点，立松和三田一起在东京高检正对面下了车，来到三楼的公安检察室拜访了川口主任检察官。

"您好！"立松一如既往轻松地推开门进去，只见坐在川口对面的泷泽突然一副慌乱的表情。

"立松，不好了。川口正做我的笔录，他非得让我详细解释一下这篇报道。"

泷泽指着桌子上的报纸，不光是表情紧张，就连声音也在颤抖。

不管怎么说，泷泽还是见的场面不够，而且有神经质的一面。在这些预料不到的事态面前，他有些惊慌失措。立松并没有多想。

但是，泷泽从川口毫不留情的调查架势，已经察觉到了东京高检上层是要拿自己做诱饵把立松钓上来，而且感觉他们会用强硬的态度来处理。泷泽想要把这些都转达给立松，让他赶紧回去。

川口为了打乱泷泽的意图，停止了调查，催促立松到旁边的沙发上坐下。

"好久没见了。听说你生了重病，已经完全好了吗？"

"还行吧。"

在三四年前，川口担任东京地检特搜部的副部长，是出了名的第一线指挥官。而当年风头正盛的立松，常常在披露内幕方面得罪川口。

川口曾经对立松说过："妨碍搜查还是适可而止吧，我一定会把你的消息来源找出来，彻底给你了结了！"

但是，立松却一直对直截了当、正面表达的川口抱以好感。在车里听三田说，在说到传唤立松过去这件事时，川口说的是："我自认很了解立松君的性格。"从之前的交往来看，他的这句话并没有掺假。

川口看似很为难地切入了正题。

"这次我是从出差地突然被叫回来的。完全没想到我会成为调查跟你相关的事件的主任检察官。所以呢,你和我虽然以前吵过架,但毕竟也是老相识,如果别人认为我对你太宽大了那就不好了。但是,让我对你下狠手,从情感上来说也不是我所愿意的。所以今天对你的调查就拜托大津检察官了。你能理解吧?"

"哦,好。"

立松痛快地表示同意。不就是简单的程序安排吗,立松感觉川口似乎是在兜圈子。

川口把立松带到了一个大会议室。在这个小学礼堂般大小的会议室的一角,已经准备好了审讯立松的桌椅。

等在那里的大津检察官,立松做司法记者时只见过他一面。他出身于警界,据说是一个诚实专心的人,与检察机关内部派系和权力斗争毫无干系。他那和尚头发型似乎也说明了这一点。

询问从原籍地、现住址、姓名、出生年月日、学历、工作经历等项目开始,这是老套路。立松知道被记录下来的是嫌疑人的笔录,感觉心理上有很大的抵触。

询问转向问题报道的消息来源后陷入了僵局。"说吧","我不能说"。这样的一问一答在不断地重复着。

"但是,如果你不告诉我,就无法弄清事实真相。"

大津用这种生硬的套话表达了为难之情,他一脸失望地抱着胳膊。立松请示要去厕所。

立松解手的工夫,一位多年之后进入检察机关高层的检察官看了看周围没人,走到他旁边,小声对他说:

"立松君,你可倒大霉了。岸本好像无论如何都要逮捕你。"

下午7点多,立松给社会部打了一个电话。

"我是在别人关照下才打的这个电话,所以没时间多说。你就只听我说，做好记录然后交给部长。我好像是要被逮捕了。把我放在报社的那些记录材料都处理掉。可能还会到家里搜查，所以拜托你们有所准备。不要给检察机关施压。就这些。"

立松匆匆忙忙地只说了这些，就挂掉了电话。

做记录的是荻原福三。他在三田之前担任过驻司法记者俱乐部记者主任，现任职务是通信主任，统管都内版和驻警记者。他在司法记者俱乐部的时间很长，同立松合作的那段时间，在后面支撑着这位为追求华丽出场四处奔走的同事，以其对事件的深入解读和对事件结局的准确把握，屡次助力立松拿到独家特讯。如果说立松是果敢的实战型，那他就是智慧的参谋型，两人互相补充，被誉为最佳搭档。那个时候，同在记者俱乐部的三田专门负责的是暗中跟踪事件走向。

听说立松可能会被逮捕，社会部一下子紧张起来。景山把立松送到东京高检后，安排三田和荻原随时待命，一旦有什么情况，就去打探一下当局的态度。

倾盆大雨中，在赶往东京高检的车上，荻原向三田说了自己的预测：

"要说逮捕，凭损坏名誉的罪名肯定不行，估计是打算以拒绝作证的罪名。"

他说此话的根据是他在当司法记者时经手的"石井记者事件"。

昭和二十四年（1949）4月24日，松本市警署就松本税务署某职员涉嫌受贿的事件向松本简易法庭请求逮捕令，翌日25日执行。朝日新闻松本支局的记者石井清掌握了这一消息，并在26日的《朝日新闻》长野版报道了此事。

但是，松本市警署怀疑是法院或检察厅的职员泄露了该信息，要求石井记者作为违反《国家公务员法》的泄密罪案件的相关证人出面配合调查。

石井记者拒绝供述后，长野地方法院根据《刑诉法》第226条，向长野地方法院请求行使起诉前的法官的强制询问权。5月16日，长野地方法院高津法官传唤了石井记者，要求他作为"姓名不详的《国家公务员法》违反事件"的证人宣誓。

石井记者拒绝宣誓，因此也拒绝了作证。于是长野地检以拒绝作证罪起诉了他。

就这样，事件闹到了法庭上，石井记者辩称，为线人保密是记者的最高法则，为了查明真相强制作证是侵害了宪法保障的言论表达自由的行为，但是长野简易法庭吉川法官则以"现行法律并未赋予新闻记者特别的拒绝作证权。石井记者的拒绝作证不能说是正当的业务行为"为由，宣告其有罪，判处罚金3000日元。

石井记者对此表示不服，向东京高等法院提出上诉。中西审判长表示："为线人保密作为新闻界的法则而存在，这一事实我充分理解。不可否认这和其他一般营利事业的情况是不能相提并论的。"但他又表示："《刑诉法》规定国民有严格的作证义务，为了社会公共的福利，依此规定行使司法权是绝对必要的，即使因此造成了妨碍表达自由的结果，也只能说是对超越了界限的自由的制约。"以此支持了原审判决。

石井记者表示不服，进一步上诉抗争，昭和二十七年（1952）8月6日，最高法院成立了由12名法官组成的大法庭，田中审判长当庭宣布了驳回上诉的决定。

决定所表达的见解是，在现行《刑诉法》中，新闻记者和医生等不同，其拒绝作证权并未被认可，这是首要的理由。宪法对言论及表达自由的相关规定，也不能理解成"可以通过牺牲'作证义务'的方式，来保障拒绝作证的权利，而'作证义务'是为了维护公共福祉而最大限度公正地行使司法权时必不可少的"。

因此这就要求，只要没有新的立法措施来认可新闻记者的拒绝作证权，想要贯彻执行为线人保密这一原则的记者，在最坏的情况下，须做好成为罪犯的心理准备。即便如此，对记者来说，为线人保密是最重要的规则。这种认识是新闻出版界的共识。

听说要逮捕立松，萩原很快就联想到了拒绝作证罪，这确实是精通法律的他会做出的精辟解读。到达东京高检的萩原和三田首先拜访了冈原昌男副检察长。萩原看到已经在那个房间里坐着的岸本义广检察长，强烈地感受到了一种不同寻常的气氛。

岸本是典型的老大做派，在多数情况下都是把事件搜查的指挥工作交给手下去做。办造船贪污案时，他还是最高检察厅的副高级检察长。就连那起震撼全国的大案，他对负责的检察官也几乎没做出任何指示。

那样一个岸本竟然亲自坐镇指挥调查一个同那起贪污受贿大案相比，简直就是无足轻重的名誉损坏案，这份关心究竟从何而来……

如此说来，刚才路过窥见别的房间里，轻部刑事部部长、野中总务部部长等东京高检的首脑悉数到场。仅就调查一个新闻记者而言，这个阵势实在是有些小题大做了。

"检察长，还请稍后再让立松宣誓作证吧。"

面对直截了当的萩原，岸本傲慢地说道：

"我们不会耍那种小伎俩的！我肯定是要高瞻远瞩地做出判断，堂堂正正地干。"

"什么意思？"

"没什么意思。那篇问题报道一看就知道是毁谤。"

看来萩原的解读有些过度了。可是，因为损害名誉就抓人实在是让人无法接受。

"检察机关在名誉损害事件中通常对我们做出的解释是，报道本身就是重要的证据，极端地说，仅凭这一点来决定起诉与否就可以了。那篇问题报道已经以几百万份的庞大数量在全国发行了，现在再收回也是不可能的了。所以根本没有必要逮捕立松吧？"

"有没有必要，不是你们说了算，而是我们来判断。"

"过去以损害名誉罪实施过逮捕的案例只有日共系的《真相》、进行私下恐吓的《政界吉普》这两个前例。如果要是逮捕立松的话，那就不是他一个人的问题，也不是读卖报社一家有问题了。"

"感谢您的忠告。一会儿还得开会，失礼了。"

这次和岸本的会见是从下午7点半开始的，持续了30分钟就结束了。萩原和三田起身向大门走去，岸本冲着两人的背影甩出了这样一句话：

"听说你们报社请了了不起的律师来运作，是吗？"

岸本所谓的"了不起的律师"，无疑是指曾经在检察机关内部与他水火不容的木内曾益。

读卖方面在接到起诉后马上委托萩原挑选律师，最后确定委托木内以及从检察机关退下来的柏木博、中村信敏等两位律师。不过，顾及岸本与木内的关系，安排木内在表面上不对报社负责，而是为立松及其家人提供帮助。岸本是在哪里又如何嗅到了此事？他的那句话带有十足的厌恶。他明显具有攻击性。

几乎同时，大会议室里的立松也感受到了厅内紧张的气氛。长官会议室以及其他所有的办公室都灯火通明。不光是检察官们，从检察事务官到勤务员，全体职员好像都没有走。

在大会议室的门外，为了不刺激他而躲在暗处监视他的人在不断地增加，不知什么时候起从一人到两人，从两人又增加到了三人……立松已经陷入无法靠熟识的检察官关照一下就能给报社打电话的状态。

尽管如此，立松还是固执地闭口不言，大津问得已经有些烦躁了，中途几次离席走出大会议室。也许每次都是去向上层报告情况吧。

过了一会，川口代替他坐到了座位上。

"大津检察官的调查怎么样了？"

"没怎么样。在消息来源这点上没的可谈。"

立松简单地说明了原委，川口用恳求的语气说道。

"立松君，你应该清楚我作为检察官的立场。总之情况很复杂。作为结论，我是想尽量不对你使用强硬手段的。拜托了，告诉我线人是谁吧！"

"那就等于让我辞去新闻记者的工作。"

"你也没必要想得那么严重……"

"不，我要是听了你们的话，结果就会是那样的。"

对于毫不松口的立松，川口也是一副一筹莫展的样子。

"立松君，能不能再考虑一下？"

尽管立松跟报社说过有可能会被逮捕，但这个阶段，他的内心多半还是被"肯定不会到那种地步"的乐观想法所占据。因此，川口所说的强硬手段，在他看来只不过是在善意地暗示高检首脑层的方针，即这样下去的话起诉是不可避免的。

"我知道你的好意，但是我是不会说出线人的。"

立松一再拒绝，川口只好作罢，默默地离开了。

大津再次坐到座位上，调查开始围绕着报道的写作阶段进行，明显变得严厉了很多。但是，立松并没有动摇：

"在卖淫贪污事件这个正题的调查结果没有出来之前，调查此事是不是为时过早了？"

遭到反问的大津含糊其辞，又中途离开了。他拿着一张纸回来时已是晚上 10 点 15 分。

"很抱歉……"

大津把那张纸片展示给立松，反复说着"很抱歉"。

"你要被逮捕了。"

果然还是变成了现实。但是，大津对立松先后两次表示了同情，而且他并没有说"我要逮捕你"，而是使用了"你要被捕了"这样一种委婉的表达。从这些细节足以揣度出耿直的大津的内心所想。

川口主任检察官也好，大津检察官也好，都想尽量地避免由自己来执行逮捕令吧。立松看都没看一眼逮捕令，就默默地把它推开还了回去。不可思议的是，他竟然没有生气。

他走进隔壁的办公室，只见川口正和四五个事务官闲聊。

"接下来你们会把我拘押在哪里？"

"姑且就先让你去丸之内吧。"

透过窗户可以看到法务省陷入一片黑暗之中。立松想象着第二天早上，熟识的法官、检察官、事务官、司法记者们陆续前来上班的情景。他们见到我被逮捕了该会怎么想呢？想到这些，他才第一次感到有些凄惨。

"对了，这样一来，你觉得报社那边会怎样？"

川口像是刚想起来似的问道。他是像亲人一样在为立松考虑，但立松感到自己的内心被人看透了，那种悲惨的感觉越发涌上心头。

"被解雇呗。这样一来还能在报社待下去吗?！"

立松故意冲着窗户甩出这句话。川口再也不去问什么。

"我对高检有很多的话要说……"

立松咽下了后面的话。他身上那种胜过一切的自尊，不允许他在这种场合破口大骂。

10　前世的渊源

接到东京高检下达的逮捕立松的通知，读卖新闻社在编辑局局长接待室召开了会议，由萩原、三田向编辑局局长小岛、编辑局总务原、社会部长景山、社会部次长长谷川等干部就目前为止的事态发展背景进行了说明。

"比方说，如果新闻报道与事实有出入，就把记者一个一个地抓起来的话，那么被检察官认为有罪而被起诉的被告被判无罪的话，那就应该把那位检察官也抓起来，应该是这个理吧？但是，这样的案例目前一次都没听说过。最近发生的五番町事件，明显就是滥用职权、侵犯人权。即使那样，检察官也没有被逮捕吧？"

景山虽这么说，但谁都知道，报社记者和检察官是不能相提并论的。他把点上没多久的和平牌香烟窝火似的扔进了烟灰缸。

那表情像是嚼了苦果，事实上他确实是嚼了和平牌香烟的烟嘴。不过，他一脸不快的原因，自然不是粘在嘴唇内侧的烟丝。

景山为了说明检察机关的蛮横举出的五番町事件，是一起发生于昭和三十年（1955）4月京都市内五番町的伤害致死案。

京都地检将4名少年作为该案的嫌疑犯提起了诉讼，但是在公审时作为辩方证人出庭的现场女性目击者作证真凶另有其人。京都地检的泉政宪副检察长认定该证言是单方面提供的伪证，命令年轻的主任检察官以涉嫌伪证罪强行逮捕了那名女子。得知此事，良心受到谴责的真凶自首，报纸上批判的焦点集中在了检察机关人员的做法上。

那位成为众矢之的的主任检察官曾强烈地反对逮捕证人，但泉副检察长当时却当面骂他说，连一个女人都抓不到，还当什么检察官，他这才不得不无奈服从了命令，后来他提交了带有抗议色彩的辞呈。也就是说，他在检察机关里违背了被视为金科玉律的"一体性原则"，造了检察机关的反。

众议院法务委员会传讯了泉副检察长，由在野党进行的责任追究大有把火烧到检察总长甚至是法务大臣的态势。

当时担任法务事务次官的岸本担心议员们追究起来不放，答辩称问题归根结底是检察官人手不足而引起的，希望务必考虑增加定员指标等，想以人手不足为借口来转移矛头，但在野党并没有就此善罢甘休，结果京都的检察长、泉副检察长、主任检察官被处以警告处分，整个事情才告一段落。

检察长当即被降职，但不知为何，事件的责任人泉副检察长却被保留了职务。只有主任检察官以主动请辞的形式离开了检察机关。这是典型的蜥蜴弃尾、丢卒保帅的策略。

"部长说的五番町事件，"萩原开口说，"引发问题的泉非但没有被逮捕，岸本刚从副检察长升任东京高检的高级检察长，就把他纳入自己麾下。现在泉正处于逮捕、审问立松的位置上。外部的人对人权什么的都毫不在意，内部的则责任不明、稀里糊涂。这样一群人要是有了势力，那检察机关的公正就没有指望了。"

无论在何种激烈的气氛中，都能谨慎行事的长谷川提出了一个最根本的问题。

"就像刚才萩原君所说的那样，我也认为在调查了卖淫贪污案这个正题之后，再判断我报社的报道是否存在错误，然后再进入起诉调查环节，这才是常规操作。这次高检破例采取强硬措施的背景究竟是什么呢？"

负责驻司法记者俱乐部记者工作的三田对此做出如下回答：

"在检察机关内部，有抱怨的呼声说，检察厅最近也跟警视厅一样了。也就是说，他们对从内部泄露消息给新闻记者感到很焦躁。所以，他们会利用起诉立松这个机会，将立松的爆料人推上祭坛，杀一儆百，以加强内部团结。应该是有这样一个目的吧。"

景山插话道：

"这说到底，就是一种言论钳制。"

三田又补充了一个推测：

"岸本的政治性很强，所以在这个时候，他也许有着一流的算计，那就是迅速进行逮捕，为执政党加分。"

"原来如此，人们对岸本的政治性一直就有各种各样的说法。"

长谷川点头同意。坐在他的旁边的有着十年司法记者经验的萩原，透露了他在任职期间的见闻。

"在那次处理造船贪污案的关键时期，地检的马场义续检察长等人带领特搜部的成员，废寝忘食地持续进行调查，可岸本却像个没事人似的。光是如此倒也还好，可他却在最高检的副检察总长室，也就是当时他自己的办公室里，相当频繁地同前来探听消息的政治家们会面。

"正因为如此，在搜查因行使指挥权而中断后，有传言说是岸本给政府出了点子。这种传言说得有鼻子有眼，甚至连部分检察机关内部的人也信以为真。

"这好像是在冤枉岸本了，但也是他平时一贯多行不义所致吧。

"还有，就在去年秋天，喜欢赛马的河野一郎在农林大臣的庇护下，从英国偷偷进口种马到自己经营的那须牧场。地检将其作为违反关税法的事件进行调查，在调查进入关键的时候，充当进口窗口的那位商社负责人在办案负责人河井检察官不知道的情况下被释放了。该案因此戛然而止，无疾而终。有传言说这背后也是岸本指使的。"

一直没有开口的小岛编辑局长发出与体型相称的粗壮声音，问道：

"那么这件事也是岸本检察长受自民党方面的委托做的吧？"

三田回答：

"现阶段还没有确切证据。或者说，那可能是岸本很在意的事情，但不管怎么说，正如萩原刚才讲的那样，他是个随政治风潮而动的人，所以在他下决心迈出逮捕立松这一步时，我觉得他肯定在自民党和我们报社之间做了权衡。"

听到小瞧读卖新闻社的这番话，编辑局总务原厉声说道：

"简直是欺人太甚。"

原在担任社会部部长期间，发起了许多专题报道活动，在读者中留下了"战斗的读卖新闻社会部"这样强烈的印象。其中最具代表性的是，在战后黑社会蔓延的混乱时期，读卖新闻社会部发表了一系列旨在净化东京都内繁华场所，倾力整顿状况最严重的新宿地区的揭露性报道。当时在流氓横行的背后，潜藏着暴力组织与所属辖区警署的勾结。

当时的警视总监田中荣一最初在众议院法务委员会上就该专题报道的内容进行了答辩，对报道持否定态度，称"报道与事实有出入，给人添乱了"。读卖方面不得不忍气吞声，将当地居民的证言一个接一个地挖掘出来，根据确凿的事实总结出包含 64 条项目的公开质疑书，将其提交给了警视总监。最终，田中承认新宿的犯罪暴发状况和管理不完备，并承诺以该地区为典型事例，恢复东京都内繁华街的秩序,做出了更换第四方本部长、淀桥署长等的人事任命。后又将与暴力组织勾结的58人、有社会风纪问题的99人绳之以法,进行了大规模的送检。

这次报道活动获得了第一届菊池宽奖(1953年),赢得了全社会的喝彩。

这个时期,由于纸张不足而从战时就中断发行的晚报又复刊了,早报的页数也有所增加,此前与文化、体育的相关报道挤在一处的社会版,终于有了宽裕的空间。于是,原推出了被称为"拿手好戏"的系列专题报道。

基于大众报纸的性质而推出的这些专题报道使报纸的发行量有了飞跃性增加。以"报纸的正义"的具象化者自居的原,如其所愿地凭借着"名社会部部长"之名,不断地加强刑罚严明的风气。他一直在树立他的威严,但立松属于不想追随他的权威主义统率的少数派之一。

"逮捕立松是对报纸的挑战。岸本会有这样的决心吗?"

原对部下说话的时候,总是会用质问的语调。虽然三田只是负责说明,却像被斥责了一样缩着脖子。

长谷川在原旁边,像是要打圆场似的补充道:

"既然敢于冒险,岸本势必会得到相应的好处。那到底是什么呢?"

长谷川在战后不久的"读卖争议"中加入了罢工派。他本是个血气方刚之人,但是那段经历成了他的包袱,多少让他经历了些艰辛。

轮到萩原来进行回答了。

"在此之前,我想先说一下,刚才三田所说的检察厅内的采访限制和为自民党加分等,实际上是联系在一起的。正如大家所知道的那样,造船贪污案的搜查以那样的形式被破坏之前——我的表达可能不恰当——地检特搜部和我们一直在相互合作。也就是说，特搜部直接闯入了敌人的主阵，报纸则报道了这一行动，形成了舆论上的包围阵。虽然彼此间没有事先商量过，但我觉得可以这么说，两者有着这样的相互合作关系。这正好是人称'特搜之父'的马场从副检察长升至高级检察长的那一段时期。

"最高潮的时刻，他们甚至向执政党干事长发出了逮捕令，让政权濒临崩溃的危险。这就是造船贪污案的最后关头。如果让检察官再这样膨胀下去的话，不仅是政权，就连保守政治的根基也会丧失。这种危机意识让吉田采取了行使指挥权这一紧急手段。后来的事我就没必要说了吧。"

原皱起眉头问道：

"就这样检察机关不得不屈服了。检察机关内部肯定有人要对政府执政党做出反抗吧。"

"那也不一定。造船贪污案失败后的第二年，也就是前年1月，岸本当上了法务事务次官，掌握了人事大权，他把马场从检察长一职体面地赶到了最高检刑事部部长的位置，然后让被称为岸本直系的柳川真文接任检察长。下面的职务也都安排了自己人，这样进一步巩固了自己的地盘。岸本的势力瞬间得以增强。在检察官的一次集会上，同是岸本直系的桥本乾三，曾直截了当地批评了马场的搜查指挥工作，认为在造船贪污案中的做法会危及保守政治的基础，并非是检察机关应该走的道路。这个桥本是自民党的桥本龙伍的兄长。出席集会的马场派的余党听后异常愤怒，后来跟我们说到了这件事。桥本的发言大概是表达了岸本的意向。接下来进入正题。"

萩原正要进入问题的核心时，立松的母亲房子和妻子靖子在部员的带领下来到了会议现场。她们是冒着雨从祐天寺那里赶来的。

"我是立松和博的母亲。这次因为儿子闯下的祸给各位添麻烦了。"

房子打完招呼抬起头，她应该已经有 65 岁左右了，但是姿态挺拔，看起来比实际年龄年轻了十多岁，不禁让人怀念起她当年站在舞台上的风姿。她是从大正到昭和初期活跃在一线的女高音歌手。景山、长谷川那一代人里，很少有人不知道她的大名。

"现在我们正在请萩原君和三田君对这次的事件进行说明。关于后面的处理，报社会全面负责，所以就请您交给我们来处理，您觉得怎么样？您要不要一起听一下？"

在精明强干的长谷川的劝说下，房子坐在了相识的萩原和三田让出来的沙发中央。她毫不胆怯的举止，或许是作为声乐家自带的一种气质。不过，就算是打了几分折扣，她也如一个刚毅的女性，对于儿子的逮捕丝毫没有表现出慌乱。

与此形成对照的是坐下来的靖子，她气质沉静，脸色苍白，端庄谦恭。

转移到折叠式椅子上的萩原，将被打断的话继续说下去。

"我觉得立松的逮捕和检察机关内部的派系斗争有关联，这是另一个重要因素。不，倒不如说问题的根子就在这里。

"接下来要说的是战前的事，当时占据检察机关主流的是以盐野季彦为首的思想检察官①一派，与之对抗的势力是小原直的一派。这是不占主流的小会派的联盟。

"盐野是昭和三年（1928）对非法的日本共产党进行大规模取缔，也就是'三一五'事件②时的东京检察官，当时他动员了特高并亲自指挥了那场镇压。次年 4 月的第二次取缔镇压也同样是由盐野指挥的。共产党受到了近乎毁灭的打击，一直到战后都没能缓过

---

① 负责思想犯罪的检察官。这并不是一个正式的职位，只是对负责这一部分事务的检察官的称呼。
② 1928 年 3 月 15 日，日本政府镇压社会主义者和共产主义者的事件。

劲来。因此可以说战前的思想镇压的始作俑者就是盐野。

"另一方面,小原直是比盐野早入职4年的前辈,昭和九年（1934）被任命为冈田启介内阁的司法大臣。在那之前,小原担任的是东京控诉院院长,从司法官的排名来看,他跨越了大审判院院长和检察总长这两级。为什么小原会被破格提拔呢？这跟在那前后发生的帝人事件有着重大的关系。"

意外地听到帝人事件,让立松房子感到很是怀念。因为亡夫怀清就是这起事件的辩护团成员之一。

昭和二年（1927）春的金融危机之后,台湾银行对总部设在神户的新兴财阀铃木商店实行了融资担保,担保总额为3.5亿日元,抵押物为其子公司帝国棉纱的20.5万股股份。但是,铃木商店受歇业的影响业绩恶化,遂向日本银行申请了1.7亿日元的融资。

进入昭和七年（1932）,随着棉纱国内需求的扩大和出口的增长,曾任东京工商联合会会长的藤田谦一预判帝人公司很可能进行增资配股,遂计划劝说原铃木商店总经理金子直吉等人受让保管在日银金库里的那些用作担保的股票。

于是藤田拜托金融界的巨头、担任日银参事的乡诚之助男爵帮忙斡旋。乡与山叶证券常务永野护、富国征兵保险经理小林中、旭石油社长长崎英造等新晋实业家过从甚密。

昭和八年（1933）5月,以这些番町会团体为中心组织起来的收购团成功地收购了10万股,但是在这一过程中,主张压低价格买入的藤田一派被排挤出局,他们对此怀恨在心,宣称这次交易的背后存在行贿受贿行为,故意把事情搞大。第二年即昭和九年（1934）1月,权威报刊《时事新报》启动了一场"揭发'番町会'"的专题报道。

大日本粹民众党委员长莲井继太郎甚至向东京地方法院检察

官局告发，事件发展成贪污大案。但事实上这是以枢密院副议长平沼骐一郎为中心的法西斯势力为打倒斋藤内阁，实现平沼出任首相而策划的一场阴谋。现在这已经成为了定论。

平沼是检察机关的老前辈，主宰着国粹主义色彩浓厚的国本社[1]。在平沼的提拔下，在检察机关形成的一个大派系就是盐野派。

负责指挥这次帝人事件搜查工作的东京的检察长岩村通世，指派了盐野派核心成员之一，有着狂热右翼思想的黑田越郎为主任检察官。

就这样，致力"端正社会"的黑田检察官，对早在被告发前就以承担纲纪问题责任为由卸任的前工商大臣中岛久万吉反番町会的永野、小林、河合良成，还有大藏事务副官黑田英雄等政、财、官界的16人，以行贿受贿、渎职等罪名起诉。检察官们在审讯中给他们戴上一种特殊的皮手铐，用尽各种工具，极其残酷严苛，甚至使得美浓部达吉博士在贵族院的台上说出"我受尽了凌虐"这样的话。

被起诉的其中一人是正力松太郎，他于大正十三年（1924）承担下虎门事件的责任，辞去警视厅警务部部长一职，转行做了读卖新闻社的社长，他与立松怀清的友谊也由此开始。房子之所以拜托正力让儿子和博进入读卖报社，也是因为丈夫去世之后，两人仍保持往来。

3年后的昭和十二年（1937）12月，帝人事件以东京地方法院宣布全体涉案人员无罪而宣告结束，甚至事件本身也被认定是"空中楼阁"，检察官们身上留下了"法西斯检察官"的污名。而斋藤内阁没有等到那个时候，早在昭和九年（1934）7月就土崩瓦

---

[1] 国本社是以平沼骐一郎为核心建立的右翼团体，成立于1924年，1936年解散。

解了。

平沼一派的倒阁阴谋就这点而言取得了成功，但斋藤担心与陆军结盟的右翼势力抬头，强力推荐同为海军出身的冈田启介大将作为继任首相，将平沼政权扼杀在了萌芽中。

在冈田新首相麾下，小原被提拔为司法大臣。其背后反映的正是西园寺公望等元老们的想法，即借此来压制与平沼款曲相通的检察机关内部的盐野派。

现在的检察厅在那个时代叫检察官局，如大审院检察官局、上诉院检察官局、地方法院检察官局等名称所示，它们均附设在法院里。单从这些来看，检察官好像是法官的下级，但实际上恰恰相反，构成司法部主流的通常是检察官。旧《刑事诉讼法》（1924年施行）时代，从司法界起用的司法大臣全部都是检察官出身，这个事实就足以证明这一点。

小原就任司法大臣，看似阻止了法西斯色彩越发浓重的盐野派。但是，就在之后不久的昭和十年（1935）2月第67届议会的众贵两院上，吸纳了宪法学者一木喜德郎学派思想的美浓部达吉的"天皇机关说"[1]，在呼吁"国体明征"[2]、抨击政党政治的军部的压力下演变成了政治问题，致使小原陷入了困境。

美浓部被军人出身的议员江藤源九郎告发不敬罪，但他始终坚持己见。小原为了避免让美浓部成为刑事被告人，亲自说服其辞去贵族院议员，并在这样的"情形"之下给予了其延期起诉处分。

小原的这一举措激怒了盐野派的各路人马。在这样的背景下，"国体明征"运动的推进者平沼正在伺机而动。

身居枢密院议长要职的一木被时代洪流拉下了台，之后平沼逆

---

[1] 《大日本帝国宪法》下的学说之一，主张统治权归属于国家这个法人，日本天皇只是宪法下的最高统治机构。
[2] 日本军部及右翼势力围攻"天皇机关说"的运动。

袭上台，小原的处境越发窘迫。翌年即昭和十一年（1936），发生了决定日本向军国主义方向发展的"二二六"事件①。

从昭和二年（1927）开始就一直在东京检察官局一线工作的木内曾益（40岁）被任命为这个棘手案件的主任检察官。他是一个出了名的高傲之人。昭和七年（1932）的血盟团事件让他一跃成名。

血盟团头目井上日召主张"一人一杀"②，射杀了原大藏省大臣井上准之助和三井合名理事长团琢磨。事件发生后，井上藏匿于头山满的官邸内。头山满是右翼的一位大人物，对政界颇有影响力。检察机关内部产生了踌躇于是否要闯入头山府邸抓捕井上的气氛。当时，大胆主张"头山府邸难道是圣域？！照这样检察官的正道算是废了"的人正是主任检察官木内。

拥有这种刚毅性格的木内被寄予了厚望，他将代表检察机关成为戒严令司令部的议员，出席军官搜查联络会议。陆军方面以镇压叛乱军的戒严令为由，不仅是参加政变的军人，就连民间人士也被陆军方面要求在军法会议上进行裁决，他们要求木内将北一辉等人移交给宪兵队。此时，戒严令已经解除，这样行事完全是蛮不讲理。

木内的脑海里还记得"五一五"事件③（1932年）。那些同井

---

① 1936年2月26日发生于日本帝国的一次失败政变，由日本陆军部分"皇道派"青年军官发起。它是日本近代史上最大的一次叛乱行动，也是日本法西斯主义发展的重要事件。这一事件的结果，使得日本军部的影响力越来越大，5年后太平洋战争爆发。
② 井上日召教唆团员暗杀政商界要人的标语。
③ 1932年5月15日以日本海军少壮军人为主发动的法西斯政变。首相犬养毅被杀。由于政变规模小，缺乏建立政权的具体计划，未达目的，政变者自首。在审判中，军部大肆煽动舆论为政变者开脱罪责，并借此加强统治发言权。结果，5月26日成立了以海军大将斋藤实为首的所谓"举国一致"的内阁，政党内阁时代结束。

上日召气脉相通的参与政变的被告，分别被陆、海、民法庭判决。但军事法庭对青年将校宣判的刑罚都很轻，即便如此他们还不满足，最后甚至以特赦等名义获释出狱。将民间人士交给陆军方面的话，很有可能会重蹈当年的覆辙。木内坚持主张民间人士的审判管辖权不可让步，并进行了激烈的较量。

小原自始至终都在帮助木内，但还是败给了陆军方面。以这个事件为界，日本开始逐渐被法西斯主义的洪流所吞噬。而小原和木内则通过坚定的信任紧紧地团结在一起。愤慨于形势倾向盐野派的非主流检察官们对这二人心有所寄，后来就形成了思想检察派阀的对抗势力小原派。但是，这样的状态并没有持续很久。

因为"二二六"事件，冈田内阁集体辞职，广田弘毅内阁登场。小原被要求留任司法大臣，但遭到了忌惮他的陆军方面的强烈反对，结果被踢出了内阁。此外，木内在新内阁成立后的 4 个月内，也被调到了横滨的检察官局。

随着昭和十二年（1937）1 月广田内阁集体辞职，陆军大将宇垣一成接到了组阁的命令。为了应对大正民主运动的裁军要求，他废除了 4 个师团。对于这个宇垣裁军的执行者和原陆军大臣，陆军中央的中坚干部面露难色，宇垣组阁的计划最终流产了。取而代之的是陆军大将林铣十郎，他接受了重任，盐野季彦就任 2 月 2 日成立的新内阁的司法大臣。

这就正式迎来了盐野的天下。他将小原派的检察官从中央全部清洗出去，断然实行了前所未有的激烈的派阀人事政策。

盐野在林内阁之后的第一次近卫文麿内阁留任司法大臣，昭和十四年（1939）1 月终于见到天日的平沼内阁也理所当然地将他留在了那个位置上。

他不知道即将到来的国家性破产，还在讴歌已经到来的吾辈之春，创建起所谓"没有思想检察就没有检察"的一大派系，君临司法界。

在盐野派中，以鲜有的速度飞黄腾达的就是岸本义广。

岸本大正十四年（1925）出任官职，在平沼内阁成立时，担任东京区法院的普通检察官，昭和十六年（1931）1月成为首席检察官，昭和十八年（1933）3月被补为大审院法官。之后昭和十九年（1934）8月被进一步提拔为东京副检察长，仅仅8个月后，昭和二十年（1935）3月突然荣升东京的检察长。

在漫长的检察历史中，从未调离东京就从副检察长升格为检察长的，堪称史无前例。岸本开了先河，这才是希世之才。时年仅有48岁。

另一方面，早岸本2年，于大正十二年（1923）出任官职的木内，昭和十三年（1938）从横滨回到东京成为一名普通检察官，次年调到浦和，从昭和十七年（1942）到战败为止一直担任东京上诉院的普通检察官。

对比之下，他同岸本之间的差距就像是一万米径赛在最后阶段时，被落后一圈的对手赶超上一样。况且，在现实中，木内还是先出发的那一个。

如果是在行政机关的话，木内会在落后于岸本之前，接受劝告主动请辞，被淘汰出局。

但是，战败给承受着屈辱的木内带来了挽回局势的好机会。在GHQ的指令下，占据检察机关中枢的38人被驱逐，思想检察派阀被一举毁灭。岸本虽得以幸免，但其存在也因失去靠山而骤然褪色。

取而代之的是木内重新回到中央工作。战时作为经济检察官而处于旁系的马场获得了他的信任，势力得到扩张，木内-马场派作为检察机关的新主流登场。

一度衰落的岸本，在后文提到的事件致使木内下台后，又获得了新生，现在终于坐上了东京高检高级检察长的交椅，离检察总长只有一步之遥了。然而，继承木内衣钵的马场却占据了能够左右人事的法务次官的位置，拥有凌驾于他之上的势力，他无论如何都要阻止把检察机关的最高职位交给这个宿敌。

小原与盐野之间的对决已经融进了战前的检察史，前世的渊源延续到了现在，岸本和马场的生死较量已经迫在眉睫。

萩原简要地说明了一下这些情况。被唤作"小孩儿"的打工学生已经主动用印有报社名称的水杯给他端来一杯粗茶。萩原喝了一口润了润嗓子，开始说他要讲的最后一部分。

"就目前的形势来看，恐怕岸本还没有当检察总长的苗头。因此，我想他是作为起死回生之策，下决心逮捕立松的。

"在伯母面前，我这样说或许不妥。但是立松从伯父在世时起就备受木内的疼爱，也正因如此，他和马场一派的检察官们走得很近。岸本这次肯定认为消息来源是马场派的某个人，所以他就趁这次起诉的机会，强行逮捕立松，说什么都要让立松把爆料人吐出来吧!

"跟部长刚才说的观点略有不同，我估计，只要立松供出爆料人，接下来就是从检察官中抓出嫌犯。然后，岸本再以此为线索，企图一举击溃眼中钉马场及其一派。如果不这么想的话，我实在无法解释这种毫无道理的逮捕。反正，今晚看到岸本那个眼神，就知道事情不会那么简单。"

或许是声乐家共通的习惯，房子两手重叠放在胸前，聚精会神地听着。她用与年龄不符的响亮声音道出了内心的惊讶。

"啊！怎么会是这样——"

她喘了口气，继续说道：

"正如萩原先生所说，我和木内先生至今仍保持着来往。在我丈夫身体还好的时候，岸本先生也经常来我家。而且，我当时还觉得他和木内先生的关系很好呢。可是，听您这么一说简直太可怕了。

"不过，这世间之事本来就说不清楚。我家先生落到政友会手上，结果被迫辞去法官的职务，光这一点就让人觉得很厌恶了，这次和博又因为写了自民党的事情，卷入了纷争。这肯定也是某种因缘吧？"

11　朴烈事件

立松和博出生于大正十一年（1922），是时任东京地方法院预审法官怀清的次子。和博的上面有一个姐姐、一个哥哥，他是家中最小的。

怀清的父亲叫西平，是过去水户藩的士族，但家道中落，周围的亲友惋惜他的才学，于是安排他做了立松桑的养子。

由早年丧夫的立松桑守护的立松家，在爱知县海部郡拥有40万坪的土地，在名古屋市内也拥有大量的家产，是当地一个家喻户晓的大财主。

西平从这养母那里得到了学费，在东京明治法律学校学习，毕业后进入司法界，历任佐贺地方法院法官、名古屋上诉院法官、大审院法官等职务，退下来后担任过名古屋律师协会会长等职，成为在野的重要人士。

西平和立松桑的女儿钓所生的长子是怀清。怀清从爱知一中毕业，历经七高、东大，和父亲一样进入了司法界。

立松和博的外祖父叫园部久五郎。久五郎的母亲和西平的母亲是姐妹，也就是说，两人是表兄弟。

园部依靠尚在明治法律学校读书的西平的关系来到东京，进入警视厅供职，后迅速晋升，历任向岛、芝、小石川、上野、爱宕、筑地等警署署长。虽说是警视厅的初创期，但担任过这么多任署长的人可不多。园部柔道、剑道都是七段，是一个健硕的男子汉，相当有名。

明治二十四年（1891），房子出生，她是园部家的长女。父亲在总所任署长时，房子进入了府立第一女高，从龟户天神前的官舍到浅草七轩町步行上学，单程要近2个小时。

明治四十三年（1910），房子从府立一高女子学校毕业后进入位于上野的东京音乐学校声乐部学习。当时，其父担任的是向岛的署长。

房子天生丽质，有着完美的五官，长相像是欧洲人。一次偶然的机会，怀清隔了很久再次看到长大后的房子，一下子就被吸引住了，于是便经常往向岛署长的官舍跑。

有人说，怀清当时已经当上了法官，向岛地区每有案件发生，他都会当作借口前去拜访。但这说法好像是编出来的。

总之，房子18岁时，怀清通过她父亲传达了热切的求婚之意。房子无法拒绝，答应了下来，但她提出一个条件，就是必须允许她继续做音乐。她满怀热情，想要成为音乐家。

在德国聘请来的尹凯尔教授的熏陶培养下，房子得天独厚的才华得以绽放，她在本科二年级时就已经在音乐界出道了。那时东京没有像样的演奏会场，音乐学校的奏乐堂是唯一的新人登龙门的地方。尽管如此，西洋音乐热仍然很盛行，春秋两次的大演奏会是帝国大学和御茶水大学等学校的学生们趋之若鹜的地方，也是他们接触到从海外归来的华族等上流阶层的地方。

在这里华丽出道的房子于大正二年（1913）本科毕业后继续攻读研究生，期间她从外聘教师干起，很快就被聘为讲师，直至昭和十八年（1943）一直活跃在母校的讲台上。另外，昭和五年（1930）武藏野音乐学校创立后，她被聘请为讲师，后来成了该校的教授，战后仍在那里持续工作了很长时间。

在房子作为声乐家的地位不断巩固的大正十五年（1926），怀清因为所谓的"怪写真事件"失去了司法官员的身份。后来，这件事对立松的人格形成也产生了不小的影响。要介绍这起事件，那就不得不从著名的"朴烈事件"说起。

大正十二年（1923）9月1日，在关东大地震发生后的混乱中，"有迹象表明朝鲜人企图往井里投毒"之类的毫无根据的谣言在街头巷尾传开，大量的朝鲜人被自卫队成员等日本人杀害。

在历史上留下污点的这个异常局势中，自称"不逞社"的无政府主义者团体被取缔，包括其核心人物朴烈和他事实上的妻子金子文子在内的16人依照《行政执行法》被逮捕。东京地方法院预审法官立松怀清接受检察官局的预审请求，负责了他们的预审。

所谓预审是指，对决定被告事件是否应该提交公审所必要的事项，以及为保全证据而对公审中难以进行调查的事项，以调查为目的进行的法庭手续。这项制度在战后被废止了，但在那之前，由预审法官负责这项工作。

翌年大正十三年（1924）2月，检察官局对16人中的朴烈、金子文子、金重汉等3名被告提出追加预审的申请，指控他们违反《爆炸物取缔处罚条例》。直到7月7日，预审法官立松宣布了东京地方法院的预审裁决，认为朴、金子两被告存在犯有大逆罪的相关行为，至此结束了该项预审工作。

这种犯有大逆罪的相关行为，根据之后的判决理由叙述如下。

> 案犯拟以大正十二年（1923）秋举行的宣布皇太子殿下结婚仪式的活动为契机，借天皇行幸或皇储（引用者注：天皇的继承人）的行启之便，于中途向队伍投掷炸弹，以实施迫害。

为遂其行,入手届时所用之炸弹,在同被告文子协商之后……被告准植(引用者注:朴烈的本名为朴准植)亦于东京市本乡区汤岛天神町一丁目下宿业金城馆等地,多次与无政府主义者金重汉会合,与前示义烈团(引用者注:以上海为根据地的抗日团体)等联系,委托从上海进口炸弹事宜。遂得对方之承诺,但终未能获得也。

这一行为触犯了《刑法》第 73 条(大逆罪)及《爆炸物取缔处罚条例》的第 3 条。

《刑法》第 73 条对大逆罪的规定是:"对于对天皇、太皇太后、皇太后、皇后、皇太子以及皇太孙施加危害,或企图施加危害者处以死刑。"对该罪的判决由相当于现在的最高法院的大审院特别法庭做出,且一审判决即为终审判决。

由于大逆罪所涉及的行为是由两被告供述出来的,不在预审法院的管辖范围内,怀清不得不中止了地方法院的预审。

同月 17 日,大审院在收到检察总长提交的两被告预审请求后,为了让深得两人信赖的怀清继续担任预审,特任命怀清为大审院特别权限预审法官。

大正十四年(1925)9 月 30 日,怀清在大审院预审结束后,基于《刑事诉讼法》第 482 条之规定,提出了意见书。大审院决定于 10 月 18 日开始公审,大正十五年(1926)3 月 25 日,牧野菊之助审判长宣判两名被告死刑。

虽然这是早就预料到的结果,但 11 天后的 4 月 5 日,政府突然宣布了对二人的赦免。二人因摄政宫(现在的天皇)[1]的恩命而免于死刑,改判无期徒刑。

---

[1] 指昭和天皇裕仁。

文子下狱在宇都宫看守所枥木分所，她无视难得的大赦，于7月22日自杀身亡。此事牵扯到怀清，详情后表。

一周后的29日，以报社为首的各媒体，同时收到了一份谴责当时的若槻礼次郎宪政会内阁的右翼信件。以此为诱因引发的事态，最终发展成了大正末年引起骚动的怪写真事件。

那份信件揭露了司法部在预审中对朴和文子采取的很多"优待措施"，开头部分印着引人注目的"怪写真"。

那是一张朴坐在椅子上，文子坐在他腿上的照片。朴把右肘放在桌子的一端，托着腮，左手绕过文子的肩膀，正好放在她的左胸附近。信件中夸张地称该照片为"春画"，但二人看上去的确是很亲密的样子。

内务省立即制止了报纸刊登该信件，但街头巷尾已经充斥了各种各样的有关照片的怪文，于是不得已解除了禁令。因为信中说问题照片是立松怀清法官在预审期间所摄，谣言越传越邪乎，骚动越闹越大。

即便没有此事，右翼分子对内阁通过特赦将经过公审仍不思悔改，反而昂首挺胸傲然以对的大逆犯从死刑中拯救出来的措施，仍会心存不满。

就在这种时候，"怪写真"出现了。右翼分子借此批判司法机关的纲纪紊乱，在野党政友会也随声附和，要求若槻内阁下台的呼声一时间高涨起来。

在这舆论鼎沸之时，司法省于9月1日发表声明，正式承认问题照片是在大正十四年（1925）5月2日立松法官于预审庭五号法庭拍摄的。

重读一下那次的声明文书，就会发现几处很不自然的地方。准确地说是矛盾百出。

首先，其中关于摄影动机的叙述就让人难以理解。

"夜以继日，倾注心血进行审理，耗费多日，终于逐渐弄清事实真相。随着相关手续接近尾声，想到恐怕再无处理这等稀有案件的机会，以资回想起见"，特此拍摄两被告的照片。这好像是在说，好不容易捕捉到的大人物，不把他们印在相纸上总觉得说不过去，很像是一种猎人的心态。这同时让人觉得好像是怀清想在身边留下一个能够时时自豪地回忆起自己的功劳的念想，所以才向二人提议拍照的。至少从字里行间看不出怀清给予已经准备赴死的两被告的人道主义关爱。

动机到底是不是如发表文书中所讲的那样呢？

关于当时摄影状况的陈述如下。

首先让二人坐在不同的椅子上，然后测定焦距，正要拍摄之时，被告人文子突然移到被告人准植的椅子上并坐，同时准植将左手搭在了被告人文子的肩上。原本是想要制止的，但二人并未回应，不小心就这样直接拍摄了。

如果觉得这种坐姿不合适的话，用不着制止二人，完全可以暂停拍摄。

朴意识到镜头的存在，把脸朝向正面，表情极其平静，文子倚坐在他的腿上，甚至连镜头都没有看的样子，而是盯着手中类似审判资料的那一堆厚厚的文件。照片中所表现出的闲适，说明怀清和两被告之间并没有发生过发表文书中所说的制止之类的情形。

"这张照片冲洗出来之后，由上述法官保管。审讯被告人准植时，依照对方请求，展示给他看过，后被告人趁该法官不注意弄到了手。"

不必看怪写真事件引起社会骚动的结果，作为预审法官的怀清应该很清楚，这种照片如果流到外面被公开的话，马上就会引发大问题。

朴和文子到底都是在旧刑法下被认为罪大恶极的大逆事件的被告，不可能轻易就被饶过。

如果只是想答应朴的央求给他看看，怎么可能会让他有机会偷走照片？

像这样司法部发表的文书，总觉得有点不合逻辑。

所以，怀清是在双方同意的基础上拍摄的这张照片，并将照片亲手交给了朴，如此想来，所有的疑问就都解开了。

也许，事实就是这样吧。但是，如果直接就这样公布的话，显然是在给攻击政府的火上浇油。因此，司法部为了掩盖问题的核心，拼凑出了这样一篇很不自然的发表文书。

上述解释的根据后文会进一步明示，我想先讲一下两人的照片是如何传到外部人手上的。

朴烈已经做好了被判死刑的心理准备。他委托恰巧被关进市谷看守所隔壁牢房的石黑锐一郎，拜托他把记录了自己和文子两人在一起的最后形象的照片转交给他在朝鲜的家人。

石黑接受了无政府主义的洗礼，曾经和朴住在一起过。但是，在那之后，他涉足了今天所谓的"总会屋"①，当时他就正因恐吓麴町银行而被起诉。

石黑把朴托付的照片藏在了被套里，寄给了内兄平岩严。不久，在被保释后，他不顾朴的请求，策划把照片卖了换钱，经人介绍，他把照片拿到了北一辉那里。

因为指挥发动了"二二六"事件于昭和十二年（1937）8月被判死刑的北一辉，恰巧在那个时候，想要通过文稿揭露宫廷和政界

---

① 持少数股票出席股东大会进行捣乱的恶意股东。捣乱方式主要有抓住公司的丑闻进行敲诈、收取公司方面的金钱以阻止其他股东正常发言等，具有黑社会性质。

的丑闻,组织动摇体制的运动。

得到照片的北一辉及其一派,认为这正是攻击政府的绝好材料,于是同政友会的幕后黑手们商量好,接受了数千日元的资助,随即做出了文稿。正如我们现在看到的那样投给了报社。

点燃事件导火索的石黑 8 月 17 日在东京检察官局接受调查时,趁着负责的长官不注意从窗户逃走,同内兄一起失踪了。二人是否从此就安分守己了?显然并非如此。

平岩拍了一张自己在大宫公园悠闲地荡着秋千的照片寄到了报社,很快又在从东京开往大阪的车上,向他悄悄叫来的记者发表了颇具特色的声明,狠狠地嘲弄了一把积极搜索的当局。

仅仅拍了一张"怪写真"就引发了前所未有的丑闻,而身陷漩涡的法官夫人还是个声乐家,所以该事件的话题性很强。再加上平岩神出鬼没的状态,报纸一连几天都有相关的报道。

恰巧那时候,房子正计划在新潟市举办独唱会。新潟市当局以佐渡出身的北一辉老家就在附近为理由,害怕会引发混乱,劝她取消活动。

那时,房子的父亲园部久五郎担任爱宕警察署署长。这一点也让她的处境显得有些微妙。

但是,她下定决心坚持举行了独唱会。理由是自己并没有做过任何让世人指摘的事情。身穿制服的警察守护在舞台周围的那场演唱会也是没有先例的。这又成了媒体报道的话题。

10 月 16 日,警视厅特高负责人终于逮捕了潜伏在横滨本牧的平岩和石黑。不久立松法官引咎辞职,随着大正时期的结束,案件也被画上了句号。翌年的昭和二年(1927)1 月,政友会和政友本党就朴与文子的减刑奏请问题,以及经济政策导致不景气等问题进行追责,欲对内阁提出不信任案。但若槻首相与谋划下届政权的政友本党结成了联盟,暂时渡过了危机。但到了 4 月,寻求救济的台湾银行被挤兑停业，由此引发金融危机，内阁被迫集体辞职。之后，田中义一的政友会内阁登场了。

就这样，立松怀清陷到政治斗争的夹缝当中。如今的立松和博简直就是当年他父亲的翻版，同样被卷入了检察机关内部的权力斗争中，正处于失业的边缘。房子感知到了其中的因缘。

在下一章中，还必须要讲一下迄今为止尚未有人揭开过的怪写真事件的真相。

如此一来，或许多少能够得到一些线索，从而走近复杂多面的立松和博，了解他的为人。在他身上有着离经叛道的危险性格和古怪离奇的言行表现，当你认为这就是他的天性时，那些又好像是设计好了的愉悦周围人的恶作剧。可要说他精于算计，他却又会为知己、友人不惜牺牲自己，倾尽所有，从这一点来看，他无疑是一个善良的人。然而，他又有着满肚子的坏水，看到虚伪的人，他会以异乎寻常的热情去撕下对方的伪装，碰上傲慢的家伙，他又会设计出一些奸计，让对方成为笑柄。但尽管如此，他却不会招致对方的憎恶，总是能够受到大家的欢迎，成为焦点。

12　怪写真事件

　　大正十三年（1924）1月17日，怀清冒着刺骨的寒风回到家中，径直走向书房。他吩咐在玄关将包接过去的女佣美津，去把每天都会在客厅的三角钢琴前专心练习声乐的房子叫来。

　　"哎呀，那您不换衣服了吗？洗澡呢？"

　　怀清把从走廊里探出头来的房子请到了矮桌旁。

　　"你看看这个。"

　　怀清从包里拿出一摞文件放在桌上，然后，像是要测量它的厚度似的用一只手掌轻轻拍了两三下。

　　"这些是什么？"

　　"金子文子第二次预审的笔录。"

　　地方法院对拘留在市谷监狱的被告人朴烈和金子文子进行的预审讯问，是自去年年末开始的。12月24日、25日两天，对朴烈进行了第1次和第2次审讯；25日，对文子进行了第1次审讯。不过，那些都是以审问核实的形式结束的，新年后的这一天才是对文子进行的第一次正式的调查。

　　房子也只是听怀清粗略地讲过这些。但是，关于丈夫的工作内容，迄今为止她从来没听他详细谈过，更不用说阅读笔录了，那是一次都没有过的。

"我可搞不懂这么难的工作。而且，那么重要的东西，可以给旁人看吗？"

"这个嘛，倒也是。"怀清稍微迟疑了一下，然后感慨颇深地说道，"今天让我感觉很是心痛。哦，对了，我说的是金子文子的成长经历。实在是太可怜了。光是听着，我都觉得，照这样，她变得诅咒起这个社会也是必然的。总之，就是非常可怜的出身和成长。什么都别说了，你就自己读一下吧。"

怀清把矮桌前的坐垫让给房子，自己站起身来，这时好像才有了洗澡的心情，于是便去了客厅换衣服。

明治三十六年（1903），出身广岛县的佐伯文一和出身山梨县的金子菊野的孩子文子出生了。矿山师[①]佐伯来菊野的家乡出差期间，两人好上了，后来在横滨安了家。他们就是所谓的自由恋爱，因此文子生下来之后一直都没有上户籍。

文子刚记事的时候，佐伯在横滨寿警署做刑警。但是他经常把年轻女子带回家里，不然就是泡在花街柳巷，抑或召集一群人打花牌，总之就是一副无赖的做派。菊野但凡有半句怨言，他马上就会对她施以暴力。

文子6岁时，弟弟贤俊出生。恰巧在那个时候，菊野的妹妹高野因为养病寄居在家里。佐伯和高野发生了关系。翌年夏天，佐伯辞去刑警的职务，与高野两个人开起了一家冰店。然后，佐伯就以小孩子在会妨碍生意为由，又另外找了间房子，把妻子和孩子们都送到了那里。之后不久，佐伯和高野就失踪了。

菊野母子被抛弃后，把租住的房子退了，搬进一间四叠半[②]的

[①] 经营矿山的人，负责发现和开采新的矿山。
[②] 一叠即一张榻榻米大小，约1.62平方米。

小屋生活。菊野开始去纺织厂干活，过了 2 个月左右就把一个叫中村的四十七八岁的锻造工带回家，开始了同居生活。

这个中村心眼很坏，文子不接受他，跟他顶嘴，他就把饭桶放在够不着的架子上，或者故意从交给学校的学费袋里抽出现金来，让文子在学校里挨骂。最后甚至在文子嘴里塞上东西，用麻绳把她的身子绑起来，吊在河边的树枝上。菊野虽然知道中村如此虐待文子，却从未保护过她。

不久，菊野和中村就断了关系。但她很快又跟一个年纪比她小的名叫小林的码头装卸工搞在了一起。

  小林是一个性格极其懒惰的男人，不去工作，每天就是睡觉、玩耍，母亲开始学小林辞掉了工厂里的工作。结果，生活越来越拮据，就开始变卖家当，连厨房里的地板都拆下来当了柴火。然后，妈妈还让我在漆黑寂静的夜晚到林子那边去买烤白薯。等我出去之后，她和小林就纠缠在一起翻云覆雨一副丑态。我看了那些，虽然只是个孩子，但还是觉得很下流。这样的生活一直持续，没过多久，母亲给我买了一个很早之前就想要的梅花簪子，然后把我带到了一个大户人家。听了母亲和对方的谈话，才知道那里原来是人贩子的家，母亲企图把我卖了当妓女，正在那儿交涉这个事情。

结果那次交涉没有谈拢。走投无路的菊野搬进了小林的故乡山梨县北都留郡的偏僻乡村，又和他生了一个孩子。不久后，两个人分手，菊野把文子送回了娘家，自己嫁给了别人。

佐伯听到这些，把身在朝鲜忠清北道芙江的妹妹岩下久叫去了山梨，把文子当作菊野的亲妹妹提交了出生申请。之后，佐伯让妹妹把她领养带走了。彼时文子 9 岁。

这位姑姑过着富裕的生活,她把文子暂时送去了学校。但同时她也把文子当作女佣残酷驱使,还虐待过她。"她不让我去学校,朝鲜零下几度的大冬天的晚上,不给我吃的,就让我站在屋外,还责骂我。"

文子在 16 岁时近乎一无所有地被赶回山梨县。这时,佐伯来了,不知为何,竟劝她同户籍上是兄妹关系的菊野的弟弟金子元荣结婚。

> 那个人破了我的处女之身,反倒跟父亲说我是个不检点的疯丫头,借口解除了婚约。父亲很快就听信了那些,然后对我破口大骂。所以,舅父就是先在我身上行使了权利,自己又不履行义务,而是让我自己承担责任。我曾经被母亲卖过,再次被父亲出卖,还被舅父抛弃,已经无家可归了。大正九年(1920)17 岁的时候,我抱着一个旧书包独自一人来到东京,开始了苦学的日子。

文子做过报童、砂糖批发店的女佣、印刷工厂的拣字员、关东煮店的店员等等,辗转了很多职业。与此同时,她上午去正则英语学校的男子部,下午还到研数学馆代数初等科学习,燃起了迄今为止从未被满足的学习欲望。其间,她认识了一位救世军的男性,决心要向基督教寻求救赎。但是在对方身上,文子又看到了伪善,所以最后没能信教。大正十年(1921)开始,她通过堺利彦和大杉荣的著作,萌发了社会主义思想。随后,在接触无政府主义者的团体时,于大正十二年(1923)2 月前后,与朴烈相识,开始了同居生活。

房子内心被深深地触动,她继续读着笔录。看到文子加入无政府主义组织的段落，她感到了些许不安。前一年9月关东大地震时的一件事，她至今仍记忆犹新。文子的供述，让那件事再次被唤醒。

那是大地震过后的第三天，即9月3日，房子在家里接待了一个来访的女人。

"冒昧打扰，真是失礼了。我是平岩严的妻子，我家那口子承蒙夫人的父亲照顾了。其实我也是因为丈夫的事情踌躇不定，所以想拜托您丈夫帮帮忙，虽然我知道很失礼还是来了。先生如果在家的话，能不能让我见上一面？"

在恭敬的措辞中，带有一种被逼得走投无路的感觉。房子把那女人请到客厅，然后去通报给怀清。

房子对平岩严这个名字也有淡淡的记忆。她应该从父亲那里听说过几次。

园部久五郎在任芝警署署长的时候，辖区内的芝公园每次竖起红旗时，会场的讲台上总会威风凛凛地站着一个大汉，他不顾中止演说的命令，一直在那儿狮吼着。身材魁梧的他一旦乱闹起来是没人能够靠近的。于是，有两下子身手的园部就跑上去，一番要把舞台拆了似的较量之后，最终把他拽了下来。那个男子就是平岩严。细聊起来发现，他虽是三河以来的直参①出身，却像一个地地道道的江户哥儿，有着一竿子捅到底的率真性格。

性格豪爽的园部几次被迫这样找他的麻烦，可不知为何，后来竟允许了他的出入。

平岩原本是属于皇国一新会的右翼分子。大正九年（1920）12

---

① 三河是德川家康的故乡。直参是直接隶属于君主的家臣。也就是说，平岩严祖上在德川家康还是三河大名时，便是其直属家臣，乃名门之后。

月9日，他和同伴赤尾敏等人一起闯进在神田青年会馆召开的日本社会主义同盟创立大会，散发"杀死国贼社会主义者！"的传单。在这方面，他就是一个出了名的暴徒。

然而，在那之后不久，或许是有所感触，他转向了左翼，拜到高畠素之的门下。然后，在大正十年（1921）11月，他向全国的连队和舰队发送了主旨为"军人不要成为资本家的走狗"的传单，为此被判了6个月的徒刑。

大正十二年（1923）6月，平岩响应无政府主义者高尾平兵卫的号召，参与了战线同盟的成立。

前一年的9月30日，日本工会总联合在大阪的天王寺公会堂举行了创立大会，目标是形成阶级斗争的共同战线。次日，布尔什维主义的总同盟派宣布"将这种错误的思想驱逐出劳动运动的圈外……"，向无政府主义者下了战书，总联合只过了一天就分崩离析了。

由此，一直以来始终持续的无政府和布尔什维克之间的对立一下子表面化。高尾过去反对大杉荣所提倡的无政府及布尔什维共同战线，与他分道扬镳，建立了劳动社。随着孤独感的加深，高尾变得倾向于过激的直接行动。新结成的战线同盟，是与高尾有着共鸣的30人所组成的集团。

平岩刑满释放后，加入了加藤一夫的自由人社，因为"二把剃刀之枪"的别名而被人惧怕。性情举止都很率真的他，一和谁吵架，就拿出两把剃刀，他把一把刀递给对方，接着马上就用第二把刀砍过去。高尾青睐其敏捷的行动和豪迈的气概，把他邀请到了战线同盟。

大正十二年（1923）6月26日，高尾伙同平岩，外加吉田一、长山直厚共计4人，闯入位于赤坂溜池的美村嘉一郎律师府邸的防止赤化团总部大闹。

他们同团员们乱斗一场之后，用日本刀打碎玄关处的玻璃窗。4人正准备撤回时，团长米村回到二楼拿出手枪，一直追到外面一通扫射。

后脑勺中枪的高尾昏倒。平岩和吉田把他伪装成急病患者带到附近的民宅，打电话拜托医生出诊后逃走。

平岩的右耳旁边被击中，但因为穿着黑色衣服，血迹并不明显。于是，他换乘电车回到位于武藏小山的家中，和妻子等一起躲到了多摩川一带。右腿被射伤的吉田用毛巾包扎了伤口，来到位于涩谷羽泽的同志神近市子家寻求救助。只有长山一人平安无事。

尽管平岩和吉田异常机智，可高尾被送到民宅时就已经是濒死的状态，后来还是不治身亡。他的死给无产阶级带来了巨大的冲击。山崎今朝弥策划为其举行日本首例"社会葬"，还向布尔什维派的中心人物南葛工会的川合义虎寻求谅解。川合不计前嫌，欣然同意，而且积极奔走于日本共产党和总同盟之间。

就这样7月8日，在青山殡仪馆举行了盛大的"社会葬"。各团体派代表到会，平岩严的悼词由他的妹妹清的配偶石黑锐一郎代为宣读。这是因为当时平岩在防止赤化团袭击事件后就失踪了。

自那之后不到2个月的9月1日，关东大地震发生了。一些危险分子趁混乱想要制造不稳定因素。根据这样的流言蜚语，龟户警署得到军队的支援，从当日到3日共检举逮捕了1300多人。

狭小的警署里到处都是被检举逮捕的人，警署的职员不得不把文件运到室外进行办公。

被捕人员指责警察机关的不正当行为，高唱革命歌曲。代为负责看守的军队为了平息骚乱，用刺刀刺杀了川合义虎等南葛工会的8个人和主持劳动咨询所的平泽计七，共计9人，然后把他们的遗体与堆在废墟上的震灾遇难者的遗体一起浇上石油烧了。

同一时期，平岩因为加藤一夫的自由人社设在巢鸭，被关进了巢鸭警署的牢房里,他的生命也是危在旦夕。在那些所谓的各种主义者之间,都有这个警察局办案是出了名的残虐的说法。

9月3日晚,平岩加乃听到街头巷尾的暴虐传闻后,感到丈夫的生命有危险,决心向以前听丈夫提过的立松法官求救。

当时,立松怀清主要负责对思想犯的调查,在他们之间作为一个与众不同、能聊得来的法官备受欢迎。加乃怀着溺水者一般的心情敲开了立松家的门。

据平岩的遗属说,立松给担任警视厅警务部部长的正力松太郎打了电话,具体内容不得而知。总之几天后,平岩就被释放了。

加乃前往巢鸭警署接丈夫时,发现平岩穿的飞白花纹布衫,因为大量出血染成了红色,堂堂的大男子汉已是一副气息奄奄的样子,几乎无法自己走路了。

就这样,平岩好不容易逃过劫难。但是,在朴烈事件的终审后,可以说又被妹夫石黑锐一郎拖累,牵扯进了怪写真事件,对立松法官恩将仇报。这一点如前所述。这里面究竟有什么因缘呢?说到因缘,平岩加乃拜访立松府邸的9月3日,朴烈被逮捕,翌日4日文子也被逮捕,这也是大逆事件的开端。

顺便再讲一件跟其中的因缘有关的事。

大正十年(1921)4月,前文提到过的高尾平兵卫扔下一段以"老矣,大杉荣君……"开头的告别辞,就去创立了劳动社。他和同志们一到晚上就去上野三桥开街头演讲会。那座桥的旁边有一位站在那里卖晚报的年轻女子,她总是非常热心地听他演讲。

有一天晚上,演讲会结束后,高尾拿着一本《假如进入社会主义社会》的小册子走进了听众当中,那位女子小声地说:"请给我一本。"

"嗯,谢谢。40文钱。"高尾大声喊道。一位很早就关注到她的同志告诉高尾:

"喂，那个女人应该会成为我们的伙伴。就按原价给她吧。"

"嗯，是嘛！那就这样吧！20文就好了。"

那女子很快就成了他们的同志。这就是遇到朴烈之前的金子文子。

就这样，怀清在担任朴烈事件的预审之前，通过平岩-高尾这条隐形的线同文子连接在一起。

在书房里，房子面对文子的笔录，顺着这样的脉络感受到的并非是不安。虽然丈夫身为预审法官，可她对有着过激思想的被告文子感到深切的同情，不觉之间牵挂起来。

怀清是司法官，但他并不是老老实实地被规制在体制的框架中，而是在很多地方都有所逾越。

怀清的长男乔现在已经步入初老之年，他将怀清身上的那部分称为"健全的不良性"，认为其与弟弟和博身上的性格是共通的。年轻时的房子虽然爱慕丈夫的这种性格，但另一方面却总是有种挥之不去的恐惧。

地方法院对文子进行的第3次预审讯问是在第2次的5天后，即1月22日。这一天晚上，怀清回到家，又把笔录摆在了房子面前。里面讲述了她对寻求灵魂救赎的无政府主义的绝望，最终产生虚无思想的心境。

我觉得，在这个世界上如果说有绝对普遍的真理的话，那么我认为这个真理就是生物界弱肉强食的宇宙法则。既然已经承认了生存的斗争和优胜劣汰的真理，那我就没办法加入"理想主义者"的行列去践行建设无权力、无支配的社会那样一个幸福的想法。而且，既然只要生物不从这个世上消失就无法制止这种关系中的权力,既然当权者还在悠然自得地维护自己的权力凌虐着弱者,既然我过去的生活是在所有权力的蹂躏之下的,那么我就要否定一切权力,去反抗他们。我本来就是因为期待人类的灭绝才去策划这起事件的。

21 岁,本应是有着大好时光的花样年龄。如此年轻却不得不否定包括自己在内的人类的存在,她的那份心境让房子怜悯不已。

"一个人失去生的希望,就是这样吧。她是头脑清晰的好姑娘。"

怀清的语调中包含了一种非同一般的痛切。

预审讯问在次日 23 日进行了第 4 次,24 日第 5 次,25 日第 6 次、第 7 次,包括这天在内连续 4 天没有间断。 25 日怀清回到家时已是深夜。

房子因为早上要早起,于是就先上床了。但因为一直很担心始终没露面的丈夫,于是她披上长褂,去书房看了看。她发现丈夫还穿着西装,面对着矮桌,若有所思的样子。

"这样会感冒的。"

"嗯。"

"让美津给你端杯热的红茶吧。"

怀清默默地背对着她,一言不发。房子没再说什么便回卧室了。

怀清认真地反复读着文子的笔录,内心却难以真正接受其中所讲述事件的严重性。从早上的第 6 次讯问开始,调查就开始围绕核心问题——炸弹的购置计划,文子异常痛快地供述了那些让怀清感到惊愕的事情。

  我记得是去年 4 月前后。当时报纸上刊登了皇太子将于秋季结婚的报道。于是，我和朴觉得那时候是一个绝佳的机会，就计划筹备炸弹，届时扔到现场。朴跟我说了他的计划："皇太子结婚时，皇太子以及其他达官贵人肯定会列队前往，那时，瞄准皇太子和那些达官们投掷炸弹。"

  在这一天，之所以又再次进行第 7 次讯问，是因为文子做出了上述重大的供述。如果这是事实的话，那就是犯了大逆罪，即使只是在预审阶段，也能够判两被告死刑。

  文子在 1 月 22 日的第 3 次讯问中，称将皇族认定为第一阶级、大臣和其他政治实权者归为第二阶级，她说："我想过要向这两个阶级投掷炸弹，在和朴同居之后也曾跟他一起商量过。"在这一点上，可以说她是思想上的恐怖分子，而将目标锁定为皇太子婚礼列队来实施行动或准备行动，那就更不是普通的犯罪。

  夜深沉，怀清独自一人面对着矮桌，突然难以相信急于赴死的文子关于皇太子的那些供述。

  之后过了 3 天，1 月 29 日，在第 8 次讯问中，怀清与文子进行了如下的对话。

  问："上次的陈述确定无误吗？"答："没错。"问："被告你作为一个女人，会不会因为自身的一些情况才激昂地说出了上次那样的供述？"答："不是那样的。"问："被告会不会是为了夸耀自己才讲了像上次那些事情？"答："我没有开玩笑。那些会是为了炫耀才说的话吗？"

  这种形式的对话一直持续，尽管仅摘录了上述部分，但是可以看出怀清试图努力要让文子推翻上次的供述。

但是，文子并没有推翻供述。结果，在这些口供的基础上，翌日起开始对朴烈进行预审，两被告的大逆罪逐渐被查明了。

朴按照文子供述的脉络，于翌年即大正十四年（1925）5月2日做出了全面承认的供词。要注意的是，这一天是正式拍摄那张"怪写真"的当天。

一直以来，朴和文子的供述都有着微妙的出入。他这样说道：

> 迄今为止，我从未明确地说过所谓阴谋的对象或目标。但如果金子那样说了的话，我也可以对这一对象给出一个明确的说法。事实上，我把日本的皇太子作为了投掷炸弹的最主要的对象。然后，如我以前说过的那样，若炸弹能弄到手的话，只要有好的机会随时就能付诸实施。肯定是这样的了。不过，还是计划一切尽可能赶上日本皇太子的婚礼。（朴烈第16次地方法院预审笔录）

怪写真事件被认为是司法部门对两被告采取的优待措施，引发了问题。松本清张在《发掘昭和史1》（文春文库）中的"朴烈大逆事件"里介绍了一份右翼文件，其中披露了下述"奇闻内容"。

> 立松预审法官看到朴烈和金子文子二人态度傲慢，审讯难以顺利进行，于是便同上司商量，决定对两被告提供破格优待，一味地采取怀柔逼供的策略，这已是众所周知的事实……奇怪的是，有一天调查结束后，立松不知为何只把朴烈和文子二人留在了预审庭上，自己借口去厕所中途退场。对这两个重大被告没有任何监视，只是把门锁上，这一状况持续了大约30分钟之久。被抓入狱，久别重逢的两个人，在完全摆脱监视的30分钟里，在这个没有人的预审庭内会做些什么，这是很容

易就能想象出来的。

后来，朴烈和文子因为"生理方面的某种机能得到调节，才逐渐顺从"起来，他们把立松法官称为理解者、同情者。

总而言之，这就是怀清为了让两被告招供而采取的怀柔政策。

这是自当时就很普遍的看法。从怀清的立场着手研究朴烈事件的森长英三郎律师也援引了公审中布施辰治律师在辩论中的说法："预审法官这个人经常对其表示同情和理解，并安慰他们。我觉得或许是由于采取了这样的做法，才最终让对方说出了符合事件进展的口供。他们从一开始就没说过受到了威胁或是压迫。"并表示，那"不愧是独具慧眼之举"。（《法律时报》昭和三十八年（1963）4月号）

从这些陈述来看，感觉这种看法已经成了定论。

或许怀清就是一个长于奸智，为体制服务的法匪。接下来的这部分，终于要给这个经历了漫长岁月的陈年往事画上句号了。

怀清建议狱中的文子将其从成长到与朴烈相识的经历整理成手记。这就是将怀清第一次让房子看的笔录，即大正十三年（1924）1月17日第二次地方法院预审笔录中叙述的内容，以小说的形式构思写成的作品。这些文字在文子死后的昭和六年（1931），经她的同志们整理，以《究竟是什么让我成为这样》为题出版发行。

假设怀清是一位热心于罗织大逆罪的预审法官的话，他应该完全没有闲心去劝文子撰写手记之类的吧。

文子在大正十四年（1925）5月21日公审手续准备阶段寄给怀清的私人信件中写道："对于不想活下去的人，想要通过说教让他活下去，是件非常滑稽的事。"

已经提及多次，大逆罪是死刑。怀清为了引出作为证据的那份供述竭尽了全力，可为什么他还要劝说文子活下去呢？

怀清"优待"了两被告的确是事实。

我所了解的立松和博如果站在怀清的立场上，也一定会故意离开，把两个人放在预审庭里，让他们享受相逢的喜悦吧。关于这件事，我曾经询问过他的遗属，得到的回答也是，怀清中间离场的确是事实。

不仅如此，据说怀清回到家后经常说："今天天气冷，我给暖水瓶的红茶里加满了威士忌，给朴喝。"

此外，怀清还说："日本对朝鲜的统治不好。会出现怀揣着朴烈那种想法的人或许也是必然。"甚至曾经称赞说："他虽然被称为无政府主义者，但其实是为了朝鲜独立下决心豁出性命的民族主义者。在日本能有几个那么优秀的人，杀了他简直太可惜。"

朴在"怪写真"拍摄前一天的第 15 次地方法院预审询问中，专门让人在笔录里记录下题为《神圣不驯之鲜人所作歪诗》的一首川柳①："法庭之审判，施于公平面具下，足智多谋也。"他还奇妙地赠怀清古诗，曰："辨内心之诚兮，开莫言之悟性。"

后来，怀清被任命为大审院特别权限预审法官，担任大审院的预审。怀清把这件事告诉了朴，朴这样回答道：

"我原本并不认可你们的预审、公审之类的，但如果是你的话，那就接着开始的势头，配合一下你。"

这些都说明了朴在脱离被告和法官这一官方立场的条件下，对怀清个人抱有信赖感甚至是亲切感。他是一个做好赴死准备的男

---

① 日本的一种诗歌形式。章节同俳句，但不那么严格。内容多以调侃社会现象为主，文字诙谐，类似打油诗。

人。如果"优待措施"单纯是一种奸计的话，他一定是能识破的。

大正十五年（1926）3月15日，临近判决的一天，怀清向房子提出了一个奇怪的要求。

"你有好几身振袖和服吧？"

话说得很突然，所以房子露出了惊讶的表情。

"嗯，有是有……你要干什么呢？"

"能给我拿一件最好的吗？"

"你叫我拿，我肯定给你拿，但是你想要干什么？"

"其实今天文子说了这么一件事。'听说您夫人是位有名的声乐家，想必有很多好衣服吧。我从来没有穿过一件漂亮的和服。我希望至少在上最后一次法庭时，能打扮得跟别人一样。'我就满口答应说'好的，知道了'。你能帮我实现文子的愿望吗？"

"好的，好的，当然可以。"房子连声表示同意，不由得说出了之前的担心。

"我说，还是死刑吗？"

"判决不得不是那样吧。但是……"

"但是什么？"

"这个嘛，我不能告诉你。只是也不是没有获救的可能。嗯，先不提这个。到时候你就知道了。"

房子从衣柜里挑选出振袖和服和腰带，一套小物件，还有木屐也一齐备好了。翌日清晨，丈夫去上班时，让他带走了。然而，那天傍晚，怀清又把包袱原封不动地拿了回来。他把东西扔在了一旁，表情失望地说：

"果然是不让穿的。"

死刑判决之后，司法当局立刻着手对两被告进行大赦。但是，自从颁布大赦令制度以来，还没有过实行的先例。正因为这确实是个问题，多数意见表示，不应该由司法大臣去申请奏准。4月5日上午，若槻首相去了东宫御所，在得到摄政宫的同意后，正式办理了大赦上奏手续，当天之内就可以进行裁决。

牧野审判长被新闻记者要求发表感想，他说了下面一席话。

"对于朴夫妇，我作为审判长，只是遵从法律的命令，慎重地进行了审理并下达了判决。但二人之所以最终会走向犯罪，都是没有温暖的爱或者适当的监督者的结果，在这一点上我也觉得他们很可怜。我希望，二人在今后很长的一段时间里，诚心悔改，纠正错误的思想，回报皇恩。"

上述想法，明显地反映出了在怀清预审法官向牧野审判长提交的意见书中所表达的意思。这一点想必无需再述了吧。

大正十五年（1926）7月22日凌晨2点左右，房子突然感觉好像有人来访。她在黑暗中静静地侧耳倾听，本应在旁边熟睡着的怀清对她说：

"喂，好像有人来了。"

"是的，所以我刚才也醒了。"

"那我没听错呀。"

"你去房门那儿看看吧！"

怀清转了一圈回来说"没有人"，两个人才又睡下。

翌日清晨，怀清接到宇都宫监狱栃木分所的西茂打来的电话。他是怀清的堂兄弟。他在分所里的职务仅次于所长。

"金子文子死了。"

"什么时候？"

"具体时间还不清楚，是在早上的巡视中发现的。"

"自杀吗？"

"上吊。"

怀清让房子马上收拾好，一起坐车赶去现场。

"不过，这个事可真是不可思议。是她临死前过来告别吗？"

房子在车上提起昨夜发生的那件事，怀清没有答话。对文子的"规诫"还没结束，却迎来了今天这样的结局。这似乎让怀清备受打击。

房子得到西茂的特别许可，打扫了文子上吊自杀的单人牢房，将途中买的花束供奉在一角，上好事先准备的香。之后，在西茂供职栃木分所的那段时间，每月 22 日的忌辰一到，房子都会去给文子上供。这件事迄今为止从来没有被世人知晓。

被关在千叶监狱的朴得知文子自杀的消息后，企图通过绝食的方式追她而去，但最终未能如愿以偿。后来他被转押到了大阪监狱，战败时是在秋田监狱。

昭和二十年（1945）10 月 27 日，刚被占领军解放了的朴径直赶往东京，在布施辰治律师的陪同下，拜访了位于祐天寺的立松家。

怀清于昭和十三年（1938）6 月 30 日因结核病病故，所以当时已经不在了。朴在灵前供奉了一个当时最豪华的水果篮，还按照朝鲜的礼法跪拜了一番。

房子一边看着佛坛里的遗像，一边想起故人在预审最紧张的时候苦笑着说："朴烈是个很好的家伙，但就是他光抓着我不停地喊'你小子''你小子'，这一点真让我受不了。"

之后不久，朴邀请立松一家到后乐园球场附近朝鲜人村的一家餐馆，款待他们。桌上摆满了当时罕见的山珍海味。

乔记得同席的布施律师在政治路线上好像和朴的意见相左，二人之间还发生了激烈的争论。

朴在出任新朝鲜建设同盟委员长之后，又担任了在日朝鲜侨民团团长。1949 年（昭和二十四年），他主张的体制失败，于是回到了韩国。翌年，朝鲜战争爆发，他被押送到了朝鲜（朝鲜民主主义人民共和国），一度销声匿迹。但后来他被抬到了领导人的高位。 1974 年（昭和四十九年）1 月，朝鲜南北和平统一委员会副委员长朴烈与世长辞，结束了他 72 年波澜壮阔的一生。

朴回到韩国之前，每月 30 日怀清的忌辰都会去立松家上香，以此来赞颂故人的德行。这件事也完全不为世人所知。

13 惊人的早熟

　　话题拉回到立松和博。在他刚刚懂事时，父亲怀清就开始做律师，在日本桥和小石川开设了事务所，还在麻布本村町的高地拥有800 坪土地，并在其上建起了一座占地 120 坪的宅邸。

　　不管怎么看，对于做法官时不拘常规的怀清来说，这种不受规制的在野状态似乎更适合他。事务所也好，家里也罢，各种来头的客人络绎不绝。

　　这份热闹不仅说明了怀清作为律师的人气，也体现了他那受人青睐的自由豁达的性情。

　　这正是立松从父亲那里继承的最具特点的天资。

　　现在已经 90 多岁的房子，仍然一天不落地在自己家里给年轻弟子们上声乐课。每当她谈起自己这个小儿子时，都会开心地眯起眼睛。

　　"他呀，脑子非常灵光，特别孩子气，不论是事务所的人还是客人们都很喜欢他，真的是个不可思议的孩子。不过，就是太调皮了。"

　　聊起小时候的立松，房子的脑海里浮现出他跨坐在二楼的屋顶上远眺品川河面的样子。他虽然被很多人疼爱，但并没有因此就特别爱撒娇，他是一个突然间会独自躲起来，在某个空想的世界里玩耍的男孩子。

立松到了上学的年纪，去的是小石川传通院一侧的女子师范附属小学。这里每个年级男女都是只录取 50 个人，主要招生对象是旧中产阶级子弟里少数精锐。用现在的说法就是精英学校。

可是，要说这个选择是否适合立松呢，不得不承认答案是否定的。我所认识的立松，最讨厌的就是自作聪明，他是那种在自轻自贱的伪装下韬光养晦的一种人。

像他这样的专挖独家新闻的记者，从不夸耀自己的功绩。每次提到这些，他都会这样说：

"我这个人吧，经常偷懒。失踪个一两周之后，空着手也不好回来，所以才想要找点什么。其实，我就是比别人更贪玩儿，没办法，只能写些引人注目的东西了。"

从立松的口中，我从未听到过"报纸的正义""言论的自由"这类套话。照他说的来理解的话，他的独家新闻就是放荡不羁的代价。

且不去细究这些，总之立松蔑视世人所谓的优等生。俗话说三岁看老。附属小学的好孩子，恐怕跟立松不是一路货色。

在附属小学一起度过那 6 年的人中的一个，是后来在立松的引荐下成为读卖报社同事的野田黎二。

后来成立了经济研究所的野田父亲，当时是朝日新闻社的经济记者。继承了那种活泼性格的野田是班上的孩子王。一到休息时间，他就会叫上一帮同学，玩当时流行的一种类似棒球的游戏。他们用脚踢球，然后让人跑垒，玩得特别开心，而他也总能成为小伙伴们的中心。

然而，在这样的圈子里，有一个 6 年来没有参加过一次这个游戏，总是一个人捉弄女生的男孩。他就是立松。

"应该是说别出心裁呢，还是我行我素呢？或许他天生就不喜欢群体游戏，也或许是惊人的早熟，对小孩子的游戏可能根本就没有兴趣。"

成年之后，立松还是称呼野田为"小黎"。在这位罕有的竹马之友看来，立松似乎也是有些让人摸不透的。

"立松君的算术、作文都特别好。他很喜欢狗，经常把狗写到作文里。文中有大家所熟悉的那种无论多大都改不掉的淘气包的样子。那是些颇具他风格的暖心作文，至今仍给我留下深刻印象。但是，不知道为何，他要表达的好像不是人类的爱，而是一种类似动物的爱。"

说到狗，立松在 6 岁的时候，曾经因为失踪引发过骚动。

那天从早上开始一直下着雨。天黑下来，过了晚饭时间，也不见他的踪影。家人分头把宅邸搜了个遍，还去外面询问线索，结果发现哪儿都没有立松的踪影。难道是出事了？大家一下子紧张起来。

结果，什么事都没有。那时候他在院子角落的狗窝里睡着了。给家里人提供线索的，是被立松霸占了家而有家不能回，站在狗窝外面淋得湿漉漉的短毛猎犬。

立松在那之后也没改掉在狗窝里睡午觉的习惯。怀清偶尔在家时讨厌他这样，于是想要去拉他，结果猎犬守护在小主人旁低吟，跳着扑过去，不让一家之主靠近。

上了小学之后，上学途中要从仙台坂自家门前那道很长的缓坡走过，他会打开女佣美津刚装好的便当，随便喂给过来的狗。这成了立松早上必做的事情。不久，立松每次走过那道坡路时，那一带的狗都会在他身后排起长队。

这个故事让我想起了身体还很健康时的立松。傍晚，每当想要喝上一杯的他出现在社会部，总是不管对方是谁，只要是在场有空的同事、后辈，他都会邀请上，带着大家一起前往银座的后街，一直闹到深夜。

就因为要给狗喂便当吃，立松去上学应该会来不及吧。但实际上却并非如此。他会路过仙台坂派出所，从派出所的巡警那里借50文钱，顺势拦下一辆出租车，然后坐车去学校。

这样的情况，也是得益于立松不认生的性格，平时在路上碰到谁时，总是不忘打声招呼。巡警虽然觉得这有悖于自己应该教诲少年不该这样的本分，但最终还是忍不住打开钱包拿出了一枚50文的银币。

就这样，最初的一隅一旦失守，后面就都依照少年立松的步调了。每到月底，派出所就会在他指定的时间，派一个代表去立松府邸的侧门，一次性收回当月垫付的钱，这已经成了惯例。

那应该是他借助原法官、现律师父亲的社会地位的光环做成的第一笔借贷生意。立松在这个年龄就已经掌握了笼络大人的方法。

对于这样早熟的立松来说，加入小孩儿的游戏成为其中一员，就像野田所说的那样，也许真的是非常无聊的事吧。

便当在出门时已经喂狗吃了，到了午饭时，立松就从学校附近的面包店买很多面包，不仅自己吃，还会大方地分给同学们。这部分的赊账欠款，一个月下来也有不少钱。

伴随立松终身的这种异乎寻常的招待、馈赠的癖好在那个时候已经表现出来了。不管怎么说，究其根源，恐怕是和近乎放任他的家庭环境不无关系吧。

怀清正值事业的高峰期，辩护工作十分忙碌，无暇顾及家庭。作为声乐家的房子也经常不在家。从幼儿期到少年期的立松，是在无人知晓的孤独中成长起来的。

乔比他大5岁，少年时期相差5岁便是另一个世界的人了。他和姐姐美代子的年龄差得更大，所以也很难成为交谈的对象。这样看来，在家里能与立松心灵相通的就只有狗了，立松自任是它的监护人。"为什么不是人类的爱而是动物的爱",野田所感到的疑惑的答案就在于此。

立松从出生后不久,就在美津的照顾下成长。美津也是茨城县出身,虽然嫁给了警察,但是夫妻关系不和,离家出走后正愁着没地方去的时候,在园部的同乡的介绍下,住进了立松家。

自那之后,直到立松去世为止,尽管其间有过短暂的离开,但基本上美津在这个家里生活了有 40 年之久。除了出身于偏远的农村家庭这一点之外,她还属于不是很亲切的那一类女性。

但是,这位美津在同她嘴里的"小少爷"立松接触时,感觉就跟换了一个人似的。她的表情和态度,自然而然地就流露出对自己亲手带大的立松的慈爱之情。这份情感的另一种变形,就是对于像我这样立松带来的客人,也抱以热情的接待。

立松于昭和二十四年(1949)娶了靖子之后,美津也没改口,仍叫着"小少爷",勤勤恳恳地照顾着他的生活起居。她看起来就好像是要通过这样的方式,来显示出在这个家里自己是立松最亲近的人。

如果这是一出戏剧的话,那么她在其中最为恰当的角色就是,在深陷阴谋漩涡中的主家,拼死也要从灾祸中拯救幼主的奶妈。

立松家的继承人乔把房子拜托给弟弟夫妇,自己搬到了外面,所以立松家并没有上演戏剧舞台上的那种暗斗。只不过用乔的说法,房子对立松毫无原则的溺爱,也可以说是与长子自立门户之间有一定的关系的。

我开始出入立松家的时候,美津被除了立松之外的所有家人所疏远,他们说她是个表里不一的女人。其中,或许也掺杂了下面的一件事。

进入昭和三十年代①，立松向房子借钱。

"妈，给我 20 万日元。我会从工资中按月付款还给你的。"

立松说的"还"是完全靠不住的。战后不久，乔准备了现金 60 万日元，作为逃避财产税的手段之一，他打算在东横线的日吉车站前买一块 6000 坪的土地。知道了这件事的立松只说了一句"借给我一下"，便拿走了其中的 5 万日元。那个时候普通人的月薪才几百日元。

那笔巨款变成了高级衣料和洋酒，用在采访时的送礼上了。并且乔始终也没有收到还款。就因为少了这部分，土地买卖的事也就泡汤了。

乔曾悔恨地说："如果买了那块地，就光直接拿着，现在就得值上个几十个亿了。"前几天乔看到在百货商店里展示的一把价值 1100 万的月山贞一②时，又想起了一件事。

立松去世后，乔回到家里整理仓库，发现父亲那辈留下的一把刀不见了。从那以后，他就一直对此耿耿于怀。不见了的就是一把月山贞一。

房子对于立松百依百顺，但在面对他 20 万日元的借款请求时，还是问了一下用途。

"买车。"

立松是读卖报社员工里头一个开上自己车的人。他很早就开着一辆二手福特。夏天的时候，从西装到鞋子，他穿的肯定都是雪白的。在银座玩腻了，他就带上一些同事和女招待飞驰到横滨去。

不过，后来立松把那辆福特处理掉了，原因是开的时候车门有时会自动打开，已经成了老爷车。房子毫不怀疑次子的话，直接就

---

① 1955 年到 1964 年间。
② 日本有名的军刀。

给了他 20 万日元。

尽管把钱交出去的那一刻起就没期待他还，可结果是他并没有换新车。不久后，房子从一位过来上课的音乐大学的女学生那里得知了一个意外的情况。

女学生家在世田谷区，占地面积有 100 坪左右。因为需要用钱，所以割出 30 坪要出售。她无意间跟美津说了这件事，结果美津提出来，能不能等等，卖给自己。现在美津正跟女学生的父母谈着这个事情了。

毫不知情的房子把美津叫来，解释了误会，但得知钱的出处竟是自己时，房子大吃一惊。

美津和在茨城长大的前夫有一个女儿，以前她就希望母女能一起生活。偶然听到割地出售的消息，她就告诉了立松。立松是这样跟她说的：

"好！我来给你买那块地。你房盖好了就跟孩子一起住吧。"

于是，立松自称买车，从房子那里取了 20 万日元，交给了美津。

这只是我个人的一个随意的推测。估计立松是想送给为自己辛苦多年的美津一块栖身之地，权当是预付退休金了。而且这样还省去了说服母亲的麻烦。

立松的口头约定得以履行，美津拥有了一个最后的栖身之所。她虽然一度被立松家辞退，但之后又再次回来，一直待到立松临终。

不过，不管美津如何献身尽力，也不及亲生父母的温暖。

众所周知，立松是个有艳福的人，据说，但凡是他看上的绝对跑不掉。这方面颇有手腕的立松，曾经跟一位很亲近的人开玩笑似的谈起过去。

"我妈要去德国的时候，我当面说不出口，就写了封信，希望她不要去。可结果她还是去了。我的情书被拒绝的情况就只有那一次,之前之后都没有过。"

当记者时的立松和博,经常是一个站在舞台中央沐浴灯光的存在。在私生活方面,他经常通过一些离奇的言行不断地提供话题,引人注目。但那仅限于他意识到周围人的目光时。一旦离开了众人,他会明显地变得沉默寡言,甚至看上去有些阴郁。

他在这样的时候所表现出的阴郁,究竟是与生俱来的,还是成长环境造成的,抑或是战争体验所留下的烙印,我也说不清楚。只是,在职场上被称赞、惊叹和憧憬的立松和博,也许只是由他自己扮演出来的而已,我甚至有时会觉得他那种罕见的人际交往方面的纯熟,很可能是出于他对人类的极度不信任。

小学进入高年级后,立松的恶作剧就明显地变得过分了。

连接校舍的走廊里并排放着大约六层的木制鞋柜。用脚踢上面的盖子,它会很有趣地从正中间裂成两块。一天放学后,立松约了野田,两人从边上开始一个一个地依次把鞋柜踢坏。

班主任是从上学年开始一直带他们班的男老师,是一个与教育者的身份相称的性格温厚的人。只有那次,他用粗暴言词斥责了两个人,还暗示要给他们开除处分。

野田信以为真,吓得脸色苍白,但立松丝毫没有慌张的意思,他看得出那只是单纯的吓唬而已。

"现在想来,立松从来不会按照表象直接接受事物,他总是会怀疑事物背后有什么隐情。我记得,那家伙经常说:'其实会不会是这样?'不知为什么,他总是那样笑着说。说好听点儿,他是在不停地追求真相是什么,说不好听了,就是他认为所有的一切都是扭曲的。这是从孩童时代开始一贯下来的精神,同那份新闻记者精神也联系在了一起。这个社会上的确有很多内幕,但为什么立松还是小学生时，就已经知道这些了呢？"

野田似乎始终无法完全理解这位与众不同的同学。

进了父母好容易选择的精英学校，但立松的天资却只发挥在了与小学教育无关的方面，学业成绩非常糟糕。

升学时附属小学的男孩都去了府立一中、四中、五中或私立的麻布、开成之类的地方。立松极其例外地进入了被戏谑地称为"笨中"的本乡中学。乔上的是府立一中，所以仅从这一点来看就称得上是贤兄愚弟。

那年秋天某日，房子被叫到了学校。

"您可是声乐家，能不能帮我们管管孩子呢？"

4月29日天长节①时，集合全校学生的典礼上，进入齐唱国歌的环节，只有立松一个人在高八度的调上唱，惹得一片窃笑。那次就那样算了。但是11月3日明治节②上，立松又用尖声搞怪，这一天大家窃笑不止，最后引发爆笑，严重地破坏了庄重的仪式。

记得有一幅不知是欧洲的还是美国的漫画，画的是教会里所有的人都在低头虔诚祈祷，只有一个人毫无顾忌地抬起头来，瞪着大眼睛。这幅漫画的题目是"新闻记者"。中学一年级的立松，就已经让人感受到了与此一脉相通的个性天资。

对于实际年龄未满13岁的立松而言，说到底也没有人会认为他这是出于不敬。最有可能的就是他对这种全员参加的仪式感到无聊，想以这种形式搞一下怪。

"尽管是在高八度的调上唱，但还是在规规矩矩地唱啊，所以老师也没办法生气。"

---

① 日本庆祝在位天皇生日的节日，二战之后改称天皇诞生日。天长节的说法来源于中国唐朝唐玄宗的生日。
② 庆祝明治天皇生日的节日。1948年起改为文化节。

房子回想起来这件事开心地笑着，到底是轰动天下的怀清之妻。她并没有因为那点小事而大惊小怪。

一到休息时间，立松就在校舍的屋檐上倒立行走，博得同学们的喝彩。老师为此把家长请来，就立松这种杂技演员式的惊险表演，提醒家长注意。但母子二人都没有反省的迹象。

乔所谓的立松的"健全的不良性"，在本乡中学得到了发挥空间，越发光芒四射。

立松升入二年级不久的一天，日本桥的三越总店送来了一份夫妻二人都没有印象的高额账单。

三越在江户时代自称越后屋，自那时起流传下来的店内行话有好几个，把洗手间称为远方，把食堂称为喜左（喜左卫门的简称）。顾客叫前主，其中最大的顾客就是账前主。

被冠以这个称号的少数特定顾客，由专门负责的店员作为导购引领着在卖场里逛，被挑中的想要的商品，会被立即送到停车场的"座驾"上。此时，并不是用现金结算，而是将销售额记在店铺的账簿上，日后发送账单。"今天帝剧[①]，明天三越"的时代，三越的账前主是一个人身份的象征。

在立松家，怀清外出的时候，一般是从燕出租车公司叫预定出租车。有一天，预约了出行司机的立松，让车开到了三越，叫来之前就熟识的导购川村一同去了文具卖场，一口气买回来了50支当时刚进口来的一般难以买到的钢笔。账单就是那些笔的钱。

怀清听了房子关于事情经过的汇报，把三越的负责人叫到自己家里，当面责怪对方："一个孩子说要，你就把商品给他，这叫什么事！"虽然这么说有道理，但那也是孩子的问题，因为事情是立松干的。这个强词夺理听起来好像站得住脚，负责的店员再不情愿

---

① 指帝国剧场，1911 年开幕，是日本第一座西式剧场。

也只能点头。

事情败露后，怀清打算把全部商品退回三越，但马上就知道不行了。因为那 50 支钢笔已经分发给了全班同学。

"可是，我就觉得既然我想要，大家肯定也想要吧。"

怀清感到束手无策，他也认识到了对立松放任自流的弊端，于是决定把这个小儿子暂时送到园部久五郎身边。立松在这位严厉的祖父的监视下，被重新戴上了"紧箍咒"。但这在他身上似乎没有任何效果。

立松在下雨天拿着洋伞出去的话，如果雨下一整天倒还好，一旦中途雨停了，一定会空着手回来。久五郎觉得必须得从这一点开始纠正他，于是在一个下雨天的早上，就提醒了立松一句，让他别忘了把伞带回来。

结果当天下午，立松回到家，把一抱 30 把洋伞默默地扔到了门口的过道上。他把放在班里伞架上的伞顺手都拿了回来。

这么做可是相当于盗窃罪。这位大名鼎鼎的署长就因为答应照看不听话的外孙，还得等到日落之后，趁着夜色把一抱洋伞都送回教室。

暂时的托管没能成功，回到家里的立松在二年级期末考试中，主要科目全部取得了近乎满分的好成绩。怀清对这种突然转变感到怀疑，于是逼问立松。立松坦白说是他给了学校勤杂工好处，事先拿到了考试题。面对原预审法官的审讯，连立松也没有招架之术。

怀清叫人把那个勤杂工带到自己家里，让他和小儿子并排站在一起，诚恳地教诲了一番做人的道理。然而，他却没能看到自己孩子的成长，翌年，就因为肺结核去世了。

丈夫先逝，让房子更加奋起。她手上虽然留有相当多的资产，但是出于"立松家的东西一分都不碰"的老派作风，仅凭一介女子肩负起养家的义务。正因为如此，她必须对声乐艺术更加精益求精。转年，她乘坐箱崎丸号前往欧洲，在柏林师从那个领域的大家——吕特根。

立松就是在这个时候给房子写了那封"情书"。

房子旅居欧洲期间，曾上柏林电视台演出，收获颇多，但立松的学业依旧不振。

但在考大学这一件事上，立松总算听从了乔的劝说，他参加了明治大学法学科专业的考试，但是没能考上。后来在怀清的一位朋友，原大审院法官、明治大学教授的帮助下，获得了补考的机会，总算混进去了。

那时一家人搬到了东横线祐天寺站旁边。因为麻布本村町的宅邸太过宏大，所以房子把它卖了之后找了一处大小合适的二层楼房。

进入明治大学后，立松开始去镇上的拳击馆训练。

在距离新家几十米远的车站附近，聚集着一些和立松年龄相仿的不良少年。他们把看上去就是一副少爷做派的立松当成戏谑的对象。性格倔强的立松为了自卫决心要练习拳击，至于比赛之类的他从一开始就没有想过。

每个男孩都有一段憧憬朴素的肉体力量的时期。立松受到不良少年的触动，迅速提高了拳术。

一天，立松回到家，脸颊淌着一道血。

"怎么了？"

面对乔的询问，他若无其事地说道：

"有一伙4个人，跟我说'喂，过来一下'，我就跟过去，他们突然用剃刀砍我。我急了，就从边上把他们给撂倒了。现在马上过去的话，应该还有2个人在那儿躺着吧。"

他同不良少年没有任何来往，可一旦被找上门打架，肯定会照单收下。见他瘦弱的美少年的外表去欺负他的人，被他用出乎意料的腕力一个一个地打倒。不久，那群不良少年也把据点从车站周边移到了其他的地方。

立松几乎没去上过大学。出入立松家的见习司法官曾代他去参加过《刑诉法》的考试。但结果却是不及格。

"什么呀！这未来的法官跟我也没什么两样嘛！"

虽然没拿到学分，但彼时的立松好像是发自内心地感到愉快。

日后发生的事就有些不太光彩了。那名见习司法官后来当上了检察官，在北陆地区的地检工作时，跟一名舞蹈演员发生了关系，结果被对方的情夫纠缠上，陷入要提交辞呈的窘境。当时在司法记者会的立松，向一位颇有交情的检察机关首脑说情，才避免了他在检察机关内部出问题。这名获救的检察官后来还担任了要职。

昭和十七年（1942）9月末，立松报考了海军飞行科第12期预备学生，合格后，入伍土浦的练习航空队。前一年的12月8日太平洋战争爆发，在无论走哪条路服兵役都是不可避免的情势下，考虑到都要从当一介小兵的苦罪受起，还是主动报名短时间内能晋升士官的预备学生为上策。

海军预备学生制度规定招收两类学生，一类是飞行科预备学生，以昭和九年（1934）修完课程就任少尉的那一届为第一期；另一类是兵科预备学生，以太平洋战争开战后不久昭和十七年（1942）1月结业的为第一期。这两类都是以大学、高中毕业生为招收对象。

立松觉得与编入舰队在海上航行相比，还是当飞行员在空中飞行看起来更帅气，也更轻松，于是选择了飞行科。但刚入队他就发现自己想错了。从教官们的说话口气中得知，一旦奔赴战场，几乎就相当于去送死。

于是立松开始考虑从土浦逃跑的方法。恰巧在120名同期生中还有一人，正在同一件事上绞尽脑汁，那就是入队第一天就和立松搭讪的小川丰。

在那之前，小川在大阪大学工学部的前身大阪高等工业学校的精密机械工学专业攻读航空工程学，在川崎飞机的明石工厂实习。

他 7 岁时，父亲带他乘坐了游览用的水上飞艇。自那之后，他彻底迷上了飞机，后来也选择了向这方面发展。但是就在明石工厂，他亲眼看见了驾驶着同盟国德国提供的梅赛施密特的日本试飞驾驶员坠机身亡的现场，一下子变得恐惧起来。

小川当时已经收到了飞行科预备学生的录取通知，没办法只好在土浦入队。在做适应性检查的单脚站立时，他故意将抬起的脚尖提前着地，从旋转台上刚一下来，就假装头晕故意摔了个四脚朝天，假装适应性不合格。

此外，他在模拟驾驶席的地面模拟器上也故意反复出错，后来被带去霞之浦航空队，使用复叶的水上飞艇开始进行离着水的训练，结果让坐在后座上的教官不得不慌忙间通过连动杆重新操作。

结果，小川同其他从操纵科目上刷下来的 19 个人一起被命令转为兵科第二期预备学生。在那个落选组里就有立松。

10 月 17 日，在佐世保海兵团与 526 名兵科预备学生会合的 20 名转科生，通过海路朝台湾高雄进发。在小货船的船舱里，立松和小川紧挨在一起。

那时还没有美国潜水艇进行鱼雷攻击，海上旅行非常平稳。晚上站在甲板上，海里的夜光虫显得异常鲜明。

"喂，你是故意被刷下来的吧！"

小川向立松抛出了在土浦时就一直压在心里的疑问。

"那个，你不是也一样嘛！"

被人戳破心迹，立松显得有些不好意思。他也是故意重复了跟小川完全一样的失误，成功地从土浦逃了出来。

预备学生从高雄登陆后，乘卡车被运送到距离约一个小时车程的东港，在这里的海军航空队接受6个月的士官教育。上午是讲座，下午开始学习皮划艇、游泳等实操技能。

小川在培训期间，经常会患在部分人里流行的"周一骨牌病"，也就是通过装病来达到继星期日休息之后，连着星期一也能休息的目的。

但是，预备学生的士气总体来说都很高，其中有一名从东大来的民法大师的儿子，他勇敢地高呼要歼灭美英军队。立松似乎对他的言论感到无语，对小川这样说道：

"那家伙真是个蠢货。说得就跟自己是水兵出身似的。"

在全员中，高专组只占了三成左右，相对那些大学来的同伴，自己的年龄小，所以显得有些拘谨。20岁的立松也许是发觉现实与预想的不同，所以并没有再随性搞出任何恶作剧，始终都是一个不怎么起眼的存在。

学生们基本上分成了20人一个班，一起生活。藤本宪治和立松同在22班，在他看来，立松是一个总在小卖部请朋友喝酒的有钱少爷。从小学时代喂狗吃便当开始，款待、赠答的癖好伴随了他一生。

藤本在东大修的是美学。一听这个，你可能会把他想象成是一个性格懦弱的男人，其实完全不是。

在晚自习时，他和同班的宫内英二因为什么事发生了冲突。

"出来！"

先挑衅的是在中大①赫赫有名的大学柔道之冠宫内五段。

同屋的人都觉得藤本会害怕。

---

① 指中央大学，位于东京的私立名校。

"嗯，藤宪①那家伙，你猜怎么着？兴冲冲地就出去了！"

我想起立松异常开心的表情，他闪烁着那双颇有特点的眼睛讲给我听。

在外面两个人一直相互对峙。

"算了。"

提出和解的也是宫内。

结束了6个月的基础教育，海军兵科第二期预备学生于昭和十八年（1943）3月30日，按各自被分配的兵种，进入了各地的技术学校。

立松和藤本被调到通信科，进入了神奈川县的久里浜海军通信学校。立松属于密码班，掌握己方通信，藤本和同期的阿川弘之一起在特训班学习破解敌方的密码。

昭和十八年（1943）8月31日，全员就任少尉，负责中国的阿川被派往汉口的长江特别根据地，负责英美的藤本前往新加坡，立松则跟随第五舰队司令部登上了那智号重型巡洋舰。

小川在馆山的海军炮术学校对空班，成了驻拉包尔的东南方面舰队司令部参谋的跟班，确定奔赴瓦纳坎努基地。利用出发前的一点时间，小川拜访了位于祐天寺的立松家。新任的海军少尉们，被强制要求不能将赴任地告诉家人。

小川首先被出来打招呼的立松姐姐美代子的美貌所吸引。近距离看见大屏幕上的女演员就是这种感觉吧！那是一下子怦然心动的感觉。

房子把在上野和武藏野音乐学校上学的地方名家、大财主家的几位小姐们安排在二楼。立松起身过去，每次要啤酒，都是不同的

---

① 原文如此，可能是对藤本宪治的昵称。

小姐端到两人所在的房间里。

在台湾，立松和小川成了亲密的战友。

自从去了台湾，近一年的时间他们都生活在男人堆里，这些小川久违了的素人（普通女性）个个都显得美丽、腼腆、优雅。

但是，小川的美梦般的感觉并没有持续多久。因为立松把她们的名字一一都说了出来，而且说的时候是一副没有意思的表情。

"我把她们全都搞定了。"

昭和十九年（1944）10月15日，在广岛湾岩国海域的第五舰队，接到命令出击营救己方飞机在台湾海上空战中坠海的乘员。但是18日，帝国海军在败局已定的情况下发动了孤注一掷的捷一号作战。因此，第五舰队作为第二游击部队（作战名），承担作为诱饵的小泽机动部队的护卫任务，计划从苏里高海峡进入莱特湾。在重巡洋舰那智号的通信室里，立松一半念头已经认定"我命至此了"。

但是，作为主力的栗田舰队中途做了一个在战争史上成为谜团的大掉头，致使作战受挫。10月25日凌晨，按照预定计划进入狭长的苏里高海峡的第五舰队，在司令官志摩清英中将"即便突袭也只会成为守在那儿的敌人猛攻的饵食"的情况判定下，放弃了进入莱特湾，掉头从海峡逃出。立松这才捡回了一条命。

那智号于11月5日在马尼拉湾被炸沉，被抛到海面上的立松又一次保住了性命，以厚木基地第一〇一航空战队司令部所属人员的身份登陆。之后，司令部转移到了横滨的水上基地，为避免美军的空袭，一直固守在伊贺上野城。这也正是海军登陆的意图。立松在这里迎来了战败。

不知是谁说的，我刚进报社时，听到了社会部的一个传说。在海军特攻队的前进基地作为飞行员等待出击的立松，刚一接到战败的消息，便觉得久留无益，于是偷了架战斗机，比谁都早地飞回了东京的近郊。

他本人是不可能说这种瞎编的故事的。只有波茨坦大尉立松的海军生活的起点是飞行科预备学生这个事实，不知何时开始不胫而走，后又被添加了一些看似合理的枝叶。

不过，虚构出来的内容与社会部普遍对立松抱有的那种"猜不透的男人"的印象十分吻合。

实际上，立松从海军那里偷来的是几把手枪和数百发实弹。复员后不久，立松把院子角落里准备好的沙袋当靶子，借着相隔一条马路的东横线电车通过时的噪音来掩盖枪声，享受着射击的乐趣。

虽然有点幼稚，但他或许是通过这样做体会解放的感觉。

在成长期恰逢严格的国家统制时代，那个时代带给从小就"别出心裁我行我素"的立松的，是与所谓的意识形态无关的东西，多数肯定还是生理上的不堪重负。

反过来说，由于体制的崩溃而突然产生的政治、社会、思想上的无序，可以说激发了他那被迫矫正了的本性吧。

建筑物变成了一堆瓦砾，路标被烧毁，在分不清左右的东京的废墟上，豺狼似的野犬被从锁链中解放出来四处横行。

如果立松没有与正力松太郎有关系的家庭背景，也许会踏上以特攻队复员人员为代表的典型的无赖之路。

立松被赋予了读卖新闻社会部记者的名片，开始对枪支不屑一顾，因为他拿起了在"杀伤力"方面远远胜出的笔杆子。

立松的心理状态同那个时代的产物——街头巷尾的无赖没有什么区别。但是，在攻击目标时，不管他主观有没有意识，正义总会随之而来。这就更让立松想伪装成坏人。战败的混乱时期成了他得意的时代。

彼时，立松家里食客满堂。其中有年近初老却不知为何没有家眷的兜町股票经纪人、目黑警署工作的通情达理的单身警察，还有后来在立松家正对面开诊所的小牙医等等，年龄、职业都不尽相同。同怪写真事件相关的平岩严的长子，把我引荐给立松的平岩正昭也是其中之一。

还有一位叫木村的人，虽然不是食客，但也经常出入立松家。他是立松海军时代的部下，和兄弟们在涩谷开了家饭庄，还在室町经营着一家歌舞厅，后来在银座开起了日本第一家香颂咖啡店"银色巴黎"。木村兄弟还创办了《日本观光新闻》，亲自走访搜集详尽的色情游乐信息，在部分人群里颇有人气。

擅于经商的木村，靠做这种一本万利的人气生意发了大财，把新币送到曾经的上司那里。立松拥有充裕的采访经费的秘密中也有这方面的因素。

"在立松君家里，也有以前的中校、上校之类的人，不管是谁他家都欢迎。但普通人很少有来的。可以说是段位高，抑或是太有风格了，就是带有痞气的朋友居多——这儿说的痞气并不是不好的意思。"

说这句话的是前文提到过的藤本。

战败一个月后的昭和二十年（1945）9月13日，读卖新闻社还在筑地本愿寺设立临时事务所时，社内编辑局的副部长、社论委员会委员级别的45人向正力社长提出了民主化改革方案，要求更换主编、编辑局局长等。这也成为掀起社内第一场论战风暴的导火索。其间，通过正力的关系才被录用的立松，自然表现得是一副破坏罢工的姿态。

那年年底，正力和原首相平沼骐一郎、广田弘毅、思想家大川周明、王子制纸的社长藤原银次郎等58人一起被指定为战犯嫌疑人，落得个收押于巢鸭拘留所的下场。因此，无疑要辞掉社长职务的正力，利用入狱前那段匆忙的时间，试图收拾局面。

正力推举了读卖"周日评论"的执笔，战时被军队禁言的自由主义者马场恒吾继任社长，并取得了斗争委员会的同意。由此，双方签署了协定备忘录，主旨是设立由社长和员工代表组成的经营协商会、公开承认员工工会等，论战于第49天得到解决。

作为罢工派领袖的铃木东民继续担任员工工会会长，同时就任编辑局局长，次年年初局内人事调动，主要职务上都安插上了罢工运动中的活跃分子。报纸很快就呈现出一副共产党机关报的模样。

昭和二十一年（1946）6月，在对此不甚满意的GHQ新闻课课长英博登少校的支持下，马场社长决心要夺回编辑权。他首先辞掉了铃木等6名工会干部，然后任命原经济部部长、副主笔安田庄司（后为董事长）为新的编辑局局长。

但那6个人依然来报社上班，铃木在工会成员的保护下不让出编辑局局长的职位。安田无奈只好占据了社长室。

员工们分裂成工会一方和自称革新委员会的报社一方，双方的文件混杂在一起。其间，英博登少校暗中透露要关闭读卖新闻社，给主张罢工的强硬派施加压力。因此，才以上述6人递交辞呈的形式达成了一致，纷争暂时平息。

终于入位的安田，于7月3日进行了编辑局的人事调动。此时从社会部次长升为部长的是竹内四郎。

由于同样的调动，被认为是工会主导者的16人被从总公司调到分局的通信部，或者被安排干编辑局后勤工作而被踢出一线，这次的反对声浪是以工厂为中心高涨起来的，一直持续到10月8日，形成了历时93天的第二次读卖论战。在此期间，罢工派和从革新委员会改称为再建协商会的报社之间的对立变得越发严重。

结果，铃木等6人被支付了退职金离开报社，争议团300多人中的31人在复社仪式之后，于社长室在辞职书上签字辞职，这场争议以罢工派的失败而告结束，由此工会实现一元化，之后仍有一段时间，职场上的反目余烬未熄。

"竹内先生，我认识一个好保镖。"

立松向竹内社会部长推荐藤本是在第二次论战的白热化阶段。

保镖这类说法只是立松的独特表达，肯定不是字面意思。他机敏地把握住报社内部的动荡形势，成功地将因宫内一事而令自己倾倒的战友变成了职场上的同伴。

虽说是战败后的混乱期，但刚入社不到一年的新手记者，无条件地让报社录用一个人，应该是无法实现的交涉。不得不承认让其成为可能的立松有着特殊的才能。

附属小学时期与立松同年级的野田偶然在有乐町附近和他邂逅，也是在那前后的事情。

野田即将从庆应大学毕业，想和父亲一样成为经济记者。在混沌的世道下，要占卜社会发展的未来，学习经济是一条捷径。

野田刚透露了一下这样的期望，立松当即说：

"认真参加考试的话，虽然不是特别难，但也是很难。这事就交给我吧。"

不久，野田被立松叫出来，拿到了两张手绘的地图。上面画有位于东京都内高井户的安田家和位于逗子的竹内家的路线。野田前去拜访了这两家，翌年昭和二十三年（1948）被读卖录用，分配到了社会部。

虽然他本人希望进入的是经济部，但对帮他入社的立松来说，也不能提出更多的要求了。

彼时，立松总是泡在有乐町车站后街石井好子经营的一家名叫"栗子"的咖啡店，享受那里的蛋糕美味。不知是什么缘分，立松竟能从石井家侧门进入，受到亲人一般的礼遇。

一天，立松在栗子咖啡店一边向野田极力推荐着蛋糕，一边这样开口提起了这件事。

"你可能不喜欢社会部,那就先暂时忍耐一下。"

野田没有作答,立松像往常一样默默地笑着说道:

"实际是什么情况?你不是想去经济部吗?"

立松既然能这样说话,那大概是已经有些把握了吧。察觉到这一点的野田并没有特意把愿望说出来。但结果没过多久,经济部就给野田下达了调令。

这项人事调动是怎样实现的,立松并没有向野田解释过。但是我不认为是仅仅靠部长级别的人物就能谈妥的。当然,作为编辑局局长安田应该是最终决定者。

若是如此,入社一年的立松,不光是直属上司竹内,就连安田他都搭上不一般的关系了。

毫无疑问,这其中亡父怀清的友人正力的存在,也有形无形地发挥了作用。但是,即使除去这些因素,立松所发挥的社交能力也是大放异彩的。

恰逢日本前所未有的变动期,立松在剧烈摇摆中的读卖新闻社找到了自己的位置,无论是对外还是对内,他都不愧是个风云人物。

14 检察机关内部的复仇赛

昭和三十二年（1957）10月25日，立松和博在丸之内警署的拘留所里度过了一个不眠之夜，迎来了被捕后的第二天的清晨。他从下午开始在法务省的医务室接受了该省委托医生的健康检查，然后在东京高检与川口主任检察官闲聊了一会儿，这既不算是接受调查，也说不上是拉家常，最后他又被送回了丸之内警署的拘留所。

立松做过胃溃疡手术，胃被切去了将近一半，所以出院后他一直坚持少食多餐，但这在拘留所里是行不通的。川口检察官虽然告诉他会给他"行方便"，但立松显然不可能被允许一个人随心所欲，早、中、晚三餐他都只是稍稍动了一下筷子。

但是，饥饿相对可以忍耐，口渴却是一种痛苦。

被拘留人每次上厕所时，都要说："长官，我要上厕所了，拜托了。"一一提出请求，让他们开门。但立松的自尊心不允许这样做。因此，他一口水都不喝。

还有一件痛苦的事，就是不能看报纸。

对立松来说，浏览报纸与其说是一种习惯，不如说是生活中不可或缺的一部分。仅这一项的付之阙如，就会让人感到不安，但更让人心烦意乱的是无法确认报纸是如何报道自己的被捕的。逮捕令的执行时间是前一天晚上的10点15分，在东京总社的管辖范围内，北海道、东北、北陆、东海地区第二天早报的截止时间虽然赶不上了，但是面向关东地区和东京都内的第二天早报是有足够的时间发报道消息的。

不知道自己这次不同寻常的被捕，在记者同事的笔下会形成怎样的一篇稿子被拿去付印，他想尽快地确认一下报纸内容。哪怕他不是记者，这种渴望也是极其自然的。

然而，虽然那天的《读卖新闻》早报被送到了拘留所里的立松的手上，他所能感受到的也只能是沮丧和随之而来的心烦意乱。

不知何故，《读卖新闻》在10月25日的早报上对立松被捕的消息只字未提，当天的晚报上也没做任何报道。

同一天中午，读卖新闻社的编辑局局长小岛、编辑局总务原、社会部部长景山等编辑干部邀请中村、柏木两位律师到社，协商当前的对策。

商议的结果是：向东京高等法院提交立松的医疗证明，以其术后不久、健康状况不允许被羁押为由，要求予以释放。

报社方面从立松住院的前田外科医院分院院长林周一那里拿到了相应的诊断书，两位律师在社会部主任萩原的陪同下造访了东京高等检察厅。

厅内显得较前一天晚上更为匆忙慌乱。检察官们频繁出入高级检察长室，可以看出他们连在调查过程中的细节都在请求岸本高级检察长的指挥。

两位律师要求与之会面的大津检察官说的这句话，证实了这一点。

"我现在已经不是高检检察官了，我现在做的调查，就好像回到了当区检检察官的过去。"

他想说的并非是这次的事情就像区检处理的事件一样小。他是在自嘲自己就像当年做区检检察官当小跑时一样，一切都在听从上层的命令行事。萩原是这么理解的。

大津拒绝接受律师们出示的诊断书。

"不好意思，请你把它交给副检察长好吗？"

"好吧，那我就直接交给岸本先生吧。"

中村律师没有丝毫犹豫，熟门熟路地走进了检察长室。

中村是昭和四年班①的能干的检察官，但因缘际会使他没能当上检察长，最后他辞去了东京高检刑事部部长的职务。考虑到其做检察官时被认为是岸本派，同时要寻求与木内律师的平衡关系，所以萩原向公司高层建议委托中村办理案件。

不到十分钟，这个中村便愁眉苦脸地走了出来。

"从没见过岸本先生那样僵硬的表情。看上去怪吓人的。"

中村向正在走廊等候着的柏木和萩原说了这么一句感想，然后就先站起来向楼梯走去。

"冈原君也是态度冷淡，莫名其妙地过来找茬儿纠缠。他说，不管什么事，都要问检察长。事情就是这样。"

副检察长冈原也被认为与岸本走得很近，与担任检察官时的中村关系亲密。

上车后，中村这样对萩原说：

"在报社接受背景说明的时候，我认为岸本先生怎么可能出于政治上的考虑采取逮捕行动，内心对你们很愤慨。但是从实际情况来看，读卖方面的看法也许是正确的。"

这就是所谓的"检察一体原则"：检察官即使退休后也不要向外界说针对检察部门的带有负面批评之类的话语，这已经成了一条潜规则。敢于说出这句话的中村律师，似乎在对方的软钉子应对中嗅到了一些不寻常的东西。

---

① 1929 年入职。

萩原作为一个外人，以谨慎的态度避开了随声附和，默默地将目光移向车窗外。车正要驶向日比谷十字路口，左手边是庄严的第一相互大厦。 萩原想起了麦克阿瑟将军被解职的那一天。

昭和二十六年（1951）4月11日凌晨1点（华盛顿时间），美国总统杜鲁门在突然召开的时间反常的记者招待会上宣布，解除道格拉斯·麦克阿瑟将军盟国最高司令官、联合国军最高司令官、美远东军总司令及远东陆军司令等职务，由马修·李奇微中将接任。

总统在声明中说："军队司令必须遵守政府的政策和指令。在危机时期，这是特别必要的。"担任朝鲜战争总指挥的麦克阿瑟将军强硬主张越过鸭绿江攻击中国，与持反对意见的白宫尖锐对立。杜鲁门为了将野心勃勃的军人的冒险防患于未然，突然动用了总统的大权。

这个令人震惊的新闻在20分钟后的下午3点20分（日本时间）左右，以急报的方式传遍了盘踞在东京电台大楼（广播会馆）二楼的外国各通讯社的支局。其时恰逢吉田首相在位于目黑的外相官邸召开宴会，出席宴会的各通讯社代表在接到急报后立刻一齐向停车场跑去。

自从飞抵厚木，麦克阿瑟将军便是真正意义上在日本君临天下的最高权力者，如今他就这样被毫无预兆地废黜了。从签约的各通讯社那里拿到新闻稿的各报社，开始了争分夺秒的号外制作工作。

常驻司法记者俱乐部的萩原因为所处位置比较近，接到社会部编辑主任的命令，前往堀端的GHQ（第一相互大厦）采访。他当时是以负责杂项报道的主力记者的身份去的。这种事平时是不会有的。属于机动记者领域的工作落到了萩原的头上，这让人能想象出当时总社的混乱状况。

下午5点15分，麦克阿瑟将军乘坐的黑色克莱斯勒在飘泼的雨中离开了美国大使馆的大门。印有 GHQ 那个形象不再高大的偶像的新闻电影①海报被点燃，照相机的闪光灯闪烁成一片。这种行为从来就没有被允许过。现在禁令被打破了。

作为蜂拥而至的国内外记者团中的一员，萩原正躲在正门旁边的柱子后面避雨。这时，法务总裁大桥武夫从里面走了出来。他当场认出了萩原，说道："美国总统真好啊。即使是麦克阿瑟，也会干脆利索地将其解职。"说完，他就钻进等候他的车里扬长而去。

大桥的话中蕴含着一种令人信服的真情实感。不久前，他策划驱赶副检察总长木内曾益，却遇到了意想不到的抵抗，当时他刚刚陷入棘手无助的境地。

昭和二十年（1945）12 月 3 日，在战败后的第一次人事变动中，木内从东京上诉院检察官转为了大审院检察官，并于昭和二十一年（1946）2 月调任浦和检察长，其后又仅用了 4 个月的时间就将东京检察长一职收入囊中。由于傲骨，他曾被法西斯势力盯上，满怀髀肉复生之叹，是战败给了木内复权的机会。

紧接着，昭和二十一年（1946）7 月 3 日，GHQ 发布了勒令思想检察官及有关人员退职的命令，凡是担任思想检察官 2 年半以上的，都要被驱逐出检察机关。

作为木内的政敌的岸本，昭和二十一年（1946）2 月从战败时的东京检察长调到大审院任检察官。由于他曾隶属于思想部，负责与右翼有关的案件，因此有传言说他免不了被清洗。岸本本人也完全意识到了这一点，于是对在大审院检察官局并排而坐的同期检察官窪谷朝之说："我要当律师，我现在每天都在银座找事务所。"一副服软的样子。

---

① 记录时事新闻的专题电影，一般由报社发行，在电影院上映。1970 年代随着电视的普及，新闻电影渐渐消失了。

然而，他担任思想检察官的时期为 2 年又 2 个月，离 2 年半虽仅有 4 个月的时间差，但因此幸免于难，未被清洗。在驱逐退职令发布的同一天，他被任命为札幌上诉院的高级检察长。

翌年即昭和二十二年（1947）5 月 3 日，新的法院法和检察厅法与新宪法一起得以实施，检察机关变成了现在的样子。

与此同时，作为第一任东京地方检察厅检察长而留名史册的木内，在 6 月 30 日，将刚从东京区法院检察官局高级检察官调入他麾下的马场义续任命为二把手副检察长。从那时起，木内-马场体制逐渐成了新主流，取代了战前的盐野-岸本体制。

从战前延续下来的司法部，战后经历法务厅、法务府，成了现在的法务省。昭和二十三年（1948）2 月 15 日，片山哲内阁集体辞职后的第 5 天，木内被任命为法务厅检务长官。次月 10 日成立了芦田均内阁（民主党、社会党、国民协同党三党联合执政），木内效命于该内阁法务总裁铃木义男（前司法大臣、社会党中央执行委员）。

检务长官是次官级的，但被认为比次官级别高，在其下设有相当于现在法务省刑事局局长的检务局局长等。木内占据了堪称新检察机关王牌的这一重要职位，他密切注视着思想检察官集团残余势力的一举一动，这些残余势力受到了驱逐退职令的致命打击，但仍在寻找复活的机会。

其中最重要的人物是岸本，他好不容易逃过了清洗，在札幌得到了喘息的机会。然而，他在那里的处境并不安宁。

在此之前，GHQ 民政局次长查尔斯·凯迪斯上校在写给当时的片山内阁司法大臣铃木的备忘录中指名岸本为"不受欢迎的检察官"，要求驱逐他。

两次当选的铃木是东京大学毕业的律师，一个聪明人，有前东北大学教授的头衔，他对驱逐在政治上与保守势力穿一条裤子的岸本持积极态度。

但是，司法部人事课课长河本喜与志违背了这一意向，对GHQ表现出了顽强的抵抗。"驱逐令中并没有驱逐不受欢迎的检察官的规定。岸本不符合驱逐令的规定，不能被驱逐。"最后，他终于说服了凯迪斯上校。

就这样，岸本渡过了两次危机，但在稳步巩固主流体制的木内的阴影下，已经没有了往日的影子。

芦田内阁在昭电事件的风暴中倒台，昭和二十三年（1948）10月19日，第二届吉田内阁上台，向战后政治史上的一大特色——保守长期政权迈出了第一步。昭和二十四年（1949）5月16日，在第三届吉田内阁法务总裁殖田俊吉（留任）的领导下，进行了法务厅人事变动，木内和岸本在检察机关的境遇，明暗更加明显。

也就是说，木内从法务厅检务长官荣升至最高检副检察总长，而岸本则从札幌高检高级检察长转为广岛高检高级检察长，之后再无升迁。

从检察机关的序列来看，检察总长居首，东京高检高级检察长、大阪高检高级检察长紧随其后，往下是最高检副检察总长、法务事务次官（现）紧随其后，再往下依次是名古屋、福冈、广岛、札幌、仙台、高松等地的高级检察长。

如果只从表面上看这一序列，木内更上一层楼，登上了检察机关四号人物的宝座。但实际上分量完全不同。

最高检副检察总长与检察总长、事务次官一起，是可以左右检察机关人事安排的职位。

昭和二十一年（1946）2月，检察总长中野并助被赶下台后，其空缺被一直从事律师工作的木村笃太郎填补，木村在同年5月22日成立的第一届吉田内阁中被提升为司法大臣，但他只干了4个月，他的继任者是在野法律界人士福井盛太。

让平民成为司法官僚机构的头号人物,这是前所未有的,对骄傲的检察官来说,这简直是一种耻辱,但就像驱逐思想检察官一样,如果这也是 GHQ 的授意,那也就只能默默接受了。

然而,对于担任最高检副检察总长的木内来说,福井是一位不了解内部情况的律师,这是正中其下怀。因为这样他就可以随心所欲地进行人事调整了。

那时,萩原听到过好几次木内亲口所言"节操苦守竟十年"。这句话充满了木内自己的使命感,即现在是时候了,一定要重振从战前到战时被以盐野为代表的思想检察官们所搞乱了的检察大义。然而,不可否认的是,这也反映出他对岸本义广有着长期的怨恨,岸本义广以在战时体制下玩弄时代潮流而显赫一时。

当木内被任命为最高检副检察总长并将人事大权牢牢掌握在手心时,他将与岸本有关联的继承了盐野谱系的所有重要人物都从重要职位上移除。有人对木内明目张胆的报复性人事安排皱眉头。然而,在这里,检察机关显然是木内的天下。

昭和二十五年(1950)6 月 25 日,朝鲜半岛的三八线上燃起了战火,朝鲜军队以压倒性的优势向南挺进。

麦克阿瑟将军在战争爆发之前的 6 月 6 日致信吉田首相,指令将日本共产党的以德田球一总书记为首,包括政治局委员在内的 24 名中央委员全体开除公职,这反映出美与中苏对立的激化,以及美国将占领日本政策的重心由民主化转向了反共要塞化。以昭和二十四年(1949)为分水岭,所谓的逆向路线开始形成,至此终于成了定局。

昭和二十五年(1950)6 月 28 日,吉田首相为应对国内外形势的剧变,对第三次吉田内阁进行了大改组,更换了多达 9 名内阁成员。当时,在担任战争灾害复兴院次长后离开官场,刚刚从岛根县首次当选众议院议员，年仅45岁的大桥武夫被起用为法务总裁。

大桥新总裁是在旧体制承担主要支柱角色的内务官僚的培育下成长起来的，因此具有强烈的权力意识，而且是一个带有老旧色彩的反共主义者。

在他看来，检察机关在调查昭电事件时不留情面的追究最终使当时的政权走向崩溃，这种做法无异于给左翼增添气势，招致政治不信任，进而危及保守体制，这在吉田政权下是不应该再发生的。

在大桥就任法务总裁半个月后的7月13日，福井检察总长退休，佐藤藤佐被提名继任。

佐藤是和木内参加同期司法官补试的同事。他是一位历任前桥、横滨、东京地方法院所长的法官，一个偶然的机会使他在战败后的昭和二十年（1945）10月当上了司法省刑事局局长。他是一位与你死我活的权力斗争无缘的温厚笃实之人。

检察机关的第一代、第二代检察总长均为律师出身，之后又迎来了第三代旁系法官出身的检察总长，有人认为这也是木内设的一个局。

然而，策划通过佐藤掌控检察机关的实则是滨口雄幸的女婿、颇得吉田茂赏识的新法务总裁大桥。

在佐藤登上检察总长宝座的当天，他就把自己的意图说出来了：

"总有一天，我要换掉木内副检察总长。"

佐藤对此含糊其辞地说："我也是刚换上来的，情况还不熟悉，说起副检察总长，那应该是妻子的角色，在适当的时候……"

到了昭和二十六年（1951），刚开始工作不久的1月8日，大桥总裁在旅途中于广岛面对记者团，提出要对检察机关进行人事革新。

"我想对检察机关的干部进行人事变动，以两位高检高级检察长为中心,还会涉及地检检察长。从前年 5 月开始就没有进行过人事调整,检察机关内部空气沉闷。希望通过人事调整注入清新的气息。"

这次媒体谈话使木内深受刺激。说起广岛,就会想到那是岸本担任高检高级检察长的地方。

不知是故意还是偶然,大桥在广岛称要"以两位高检高级检察长为中心"进行人事革新。显而易见的是,这一设想的真实用意,是不需要向一有机会就被催着撤换木内的佐藤确认的。他一定是打算把木内扔到某个高级检察长的位置上,然后扶持岸本来当最高检副检察总长。对于实施先扫荡外部障碍再处理内部障碍战略的大桥,木内的内心充满了强烈的敌意。

不久,这一谋略盘算从大桥传达给了佐藤。大桥出现在俱乐部,半开玩笑地披露了木内的待遇。

"说起大阪的高级检察长,级别比副检察总长还要高。这不就是升迁吗?"

检察机关首脑部的定期调动将在 3 月份进行。日期临近,大桥向佐藤私下透露并转告给木内,木内的调动迁出地不是大阪,而是札幌高检的高级检察长。

从札幌调到广岛任高级检察长的岸本被提升为最高检副检察总长,而比他资格要老的木内毫无过失,却被降级为札幌的高级检察长。这种刁狠的人事安排,其他人也是绝对不能接受的。

接到佐藤的非正式告知,木内以检察官身份保证条款为挡箭牌,表示了强烈反对。

《检察厅法》第 25 条规定,"除前三条规定的情况外,不得违反检察官本人意愿褫夺其职务,暂停其职务或减少其工资。但是,采取纪律处分的行为,则不在此限"(身份保障条款)。前三条指的是到龄退休、被检察官资格审查委员会解雇、由于废除检察厅或其他原因而成为冗员等情况。

对于正面反抗的木内，大桥的权力意识展现无遗，他摆出了一副推开木内的架势。3月2日，在需要天皇认证的检察机关十大高官中，除了检察总长以及东京、大阪、福冈高检高级检察长之外的其余6人的人事变动案得以出台，并被提交给了佐藤。佐藤立即通过电报将新任职单位通知到本人。毋庸置疑，人事变动案中包括被承诺担任最高检副检察总长的岸本和被强行调任札幌高检高级检察长的木内。

在大桥的这一强行措施的背后，吉田首相的意向在起作用，这也是不言而喻的吧。

与大桥同样是官僚出身的内阁官房长官冈崎胜男在当天的记者会上表示："对于检察厅首脑的人事变动，法务总裁当然有人事权，这没有法律疑义的余地。"正式表明了政府的强硬态度，并表示该变动案将在3月6日的例行内阁会议上正式通过。

站在大桥和木内的恩怨中，为稳妥解决事态而苦思冥想的佐藤，事到如今，也不能不表示不承认人事变动案。因此，检察总长与法务总裁正面对立这一本不可能发生的场面在国民面前暴露无遗。

大桥强行进行人事调整的举动引起了检察机关的一致反对。最高检的全体检察官和在京的东京高检、地检的有志之士等约70名检察官，聚集在最高检第一检察室进行协商，他们一致认为，木内以保障检察官身份的条款为挡箭牌拒绝调任的态度，在法律解释上是正确的。因此，最高检的3名部长检察官作为代表，当晚汇总了他们的意见并提交给了大桥总裁。

从那天到次日，地方检察官们陆续进京。不能进京的则给最高检发了电报。

在许多情况下，刚直与顽固互为表里。木内在检察界的声望并不高。正如我们已经看到的事实所示，他早就阐述派系的弊端，但在自己掌握实权后，却进行了带有浓厚派系色彩的人事安排，不少人对他的做法持批评态度。但在必须排除政治对检察机关首脑人事的露骨介入这一点上，多数人选择了支持木内。

但岸本和与他有联系的少数派则是例外。老大岸本不理会中央发生的"木内骚动"，悄悄地蛰伏在广岛不动，对于大桥的人事安排是他与政府、执政党相互勾结的政变这一谣言保持沉默。

大桥、木内两人都毫不让步。在这场对决中，双方互不见面，这反而更加令人感到窒息。终于僵持到5日，翌日清晨内阁会议就要召开了。

这一天是星期天。佐藤邀请木内到位于麻布的总长官邸进行最后的说服，同时让法务府的刑政长官草鹿浅之介和官房长柳川真文到场作陪。

事情的发展到了最后关头，佐藤担心的是，"木内骚动"会不会超出最高检副检察总长木内曾益个人问题的范畴，从而对将来的检察官身份保障问题产生重大的负面影响。

"为了保护全体检察官的身份，你姑且先出去走走，不要让法务总裁对法规进行不合理的解释。"

佐藤以同期之谊恳求木内，但木内无论如何也不点头答应。木内走后，佐藤整夜在相关人员之间来回奔走，寻求解决办法，以避免大桥对《检察厅法》第25条的不当解释成为既成事实。

也就在这个夜晚，萩原在中野区野方署后面的最高检副检察总长的官舍里，等待着晚归的木内。

木内始终保持着与大桥对决的姿态，司法记者们也间接地听到了木内的心声，但由于他一直在回避，记者伙伴中没有一个人直接叩开过木内的心扉。在快要见分晓的时候，木内在想什么，打算如何决一胜负，这是一定要亲自采访本人才能得到的重要信息。 萩原向刚调换为负责警视厅二课方面报道的立松请求斡旋。

立松在司法记者俱乐部工作期间，曾这样向萩原征求过意见：

"我从来没有从木内那里拿过独家新闻。"

立松非常讨厌父母的光环。老检察官和司法记者都知道，他是立松怀清的儿子。但是，他所有的线人都是用自己的力量开拓出来的。只有一个人知道这一点，那就是萩原。

不过，如果有人认为木内和立松的关系是一种特殊的关系的话，那么立松索性不予否认。不说别的，若说让人这么想就是沾了父辈的光，那么立松大概是无可反驳的。但是，作为记者不去接近有可能成为最有力的新闻爆料人的木内，这是骄傲的他为自己制定的规则。

萩原深谙立松这种气质，如果是其他事情的话，就不会请他帮忙了。

但是，在备受世人瞩目的事件的最后关头，尝试采访漩涡中的人物，是记者理所当然的职责和自然的欲望。而且，这是一件所有的竞争者都无法完成的工作，对于采访对象木内而言，这一天有可能会成为他的检察官生涯的最后一天。局势严峻，且这并不是直接为了立松自己的功绩，如果让立松违反一次规则，应该是可行的吧。按照这种逻辑，萩原给立松打了个电话，对方只回了一句："见个面吧。"于是，他把一辆摘下公司旗帜的汽车停在了一条从木内的官舍看不见的小巷里，坐在车里等待着木内回家。

"总裁眉毛胡子一把抓，把《检察厅法》第25条所说的检察官的'官'的含义弄乱了，以为只要检察官还是检察'官'，无论让他们去哪里都不会触犯身份保障的规定，用乱七八糟的解释强加于人。"

在客厅里，坐在对面的木内的口才与萩原的预想相反，流畅干脆。

"按照这样的法律解释,不需要我本人的同意,只是法务总裁的一道命令,就能打发我,他还打算提交给明天的内阁会议,这太离谱了。如你所知,在《检察厅法》第 3 条中的'检察官种类'中,规定检察官包括检察总长、副检察总长、高级检察长、检察官和副检察官。也就是说检察官的'官'有 5 种。"

这是大桥与佐藤、木内等检方之间围绕着身份保障规定解释所产生的根本对立点。

萩原想起了在俱乐部里,自信坚定的年轻法务总裁气势汹汹地阐述自己的逻辑:"所谓官并不是指每个人的身份。如果说停止担任检察官的话,那就需要得到本人的同意。但是,副检察总长和高级检察长都是经天皇认证的官,因此是同等的,所以无论如何也不能说这次的调任命令违反了《检察厅法》。"

"大桥君在担任冈山一带的警察部长时,就对检察官颐指气使,现在当了法务总裁,还保持着内务官僚时代的做派。不能把检察官和警察当作同一系列,正因为如此才有身份保障一说。从副检察总长到高级检察长,从高级检察长到普通检察官,或者从检察官到副检察官,对这些'官'进行调动时,都需要经过本人的同意。这是法律的原则,即便是总裁,也不能下一道命令想干什么就干什么。"

矛头直指法务大臣,到最后关头也毫不退缩,顽固倔强的木内言谈间并没有表现出激动。他淡淡地发表了自己的意见,给人的感觉是,比起检察机关的一方之雄,他更像大学教授。

注意到时间差不多了的萩原,找准机会,提出了最重要的问题。

"那您今后打算怎么做?"

木内将视线转向窗外,沉默片刻,抬起头来,给出一句颇有禅意的回答。

"此时吾心境，恰如窗外月。"

窗外，一轮银月在晴朗的夜空中熠熠生辉。

第二天6日的《读卖新闻》早报，以社会版头条整版的篇幅刊登了萩原的专访报道。

"炸弹男木内夸夸其谈"的大标题多少有些与实际情况不符。整理部一旦被告知是独家报道，就会不由自主地想要炒作。

木内在《读卖新闻》早报上没有表明他的去留问题，6月6日清晨，他前往位于麻布的总长官邸拜访了佐藤，干脆利落地提交了辞呈。追踪报道这两位检察首脑动向的记者们涌向官邸，上午10点一场记者会开始了。

"虽然我可能有些自负，但我认为在这次的问题上得到了国民的支持。通过我的战斗，检察官的身份保障问题也被广泛知晓。不再穷追猛打此事了，我自己作为当事人必须承担起责任。"

说起辞职的理由，木内的表情非常明朗，给人一种清爽的感觉。

萩原在想，这就是木内仰望月亮的暗示吗？同在司法记者俱乐部的伙伴、《朝日新闻》的藤富孔明对他说：

"今天早上在你们的报纸上一看到立松君的报道，我马上就想木内要辞职了。作为检察官应该主张的事情，利用最后的机会借得意门徒立松君之口，已经全部说出来了。"

这位出生于熊本，堪称好汉的资深记者的解读，除了弄错了执笔者这一点外，其余可以说是直击要害。木内据理力争坚持到了最后的一刻，在事情走向高潮时以戏剧性辞官的方式结束了紧张局面，让检方的主张在人们的脑海里留下了更广泛、更深刻的印象。早就下了必死决心的木内，在干脆果敢地退身而去之际，赢得了公众舆论的极大同情。但是，不可能不知道这一点的大桥，却意气用事地扮演了白脸角色。

检察机关首脑人事任命在当天的内阁会议上得到批准后，大桥会见了司法记者俱乐部成员，他的无畏发言让萩原大吃一惊。

"检察机构有两个'眼球'，第一个被摘掉了，现在该轮到摘第二个了，那就是马场。"

一个月后，大桥在 GHQ 面前向萩原表示羡慕美国总统的权限，因为美国总统甚至可以随意将麦克阿瑟解职。

在内阁会议当天，大桥在记者团面前勇敢地宣布要消灭马场，但由于在撤换木内时经历了很大的麻烦，他应该不会认为那将是一件轻而易举的事情。

马场义续是在担任东京地检副检察长时，亲自参与指挥了昭电事件的调查而一举成名的"鬼检察官"，昭和二十五年（1950）4月10日，经木内最高检副检察总长策划的人事调整，他担任了东京地检检察长这一要职。

如前所述，在一直坐镇东京的情况下，从副检察长晋升为检察长是没有先例的，岸本是唯一的例外。再现这一幕的马场又实现了另一个例外。他"连升二级"，最终，在 38 年的检察官生涯中，他虽一次也没离开过东京，但却登上了检察总长的宝座，作为一名超级精英，他空前绝后的经历被载入了日本检察史。这是后话。他是东京地检特搜部之父，率领着他的精锐部队，盘踞在检察长的宝座上，目光炯炯地注视着政界的黑暗之处。对于与政权勾连在一起的那帮人来说，马场是比木内更厉害的肉中刺。

想要对这个"第二个眼球"下手的大桥，反而遭到了猛烈的反击。当年 10 月 25 日，"木内骚动"余烬未熄，东京地方检察厅的检察长马场，向现任法务总裁大桥提出了关于"双排气筒事件"的十项质询书。

昭和二十三年（1948）春，足利市内一家名为"足利工业"的板金公司接受了特别采购厅的一份订单，该订单的内容是订购5万个装在进驻军设施上的双层排气筒。尽管实际上只交付了1.8万个排气筒，但田中平吉社长和高桥正吉专务共谋，谎称已完成全部订单，从该厅拿到了5万个排气筒的4107万多日元的货款。这是伪造并行使公文的诈骗行为。该欺诈事件就是社会上所说的"双排气筒事件"。

大桥是足利工业的顾问。而且，以审计院指出特别采购厅过度支付为契机，昭和二十五年（1950）11月参议院内阁委员会开始受理该案，有关大桥的丑闻浮出水面。其中主要有：违反《所得税法》，未申报从该公司获得的30万日元报酬而逃税；违反《政治资金规正法》，涉及高桥专务在首次参加众议院选举时提供的20万日元；贪污该公司为偿还多拿的那部分货款而委托其出售的汽车的款项等。

对这一丑闻的追究由参院结算委员会接管，并应在野党的要求传唤大桥作证，但他始终坚持说自己是清白的。

此后，该丑闻一直持续发酵。在马场向大桥提交了以"有必要进行调查并根据《刑事诉讼法》的规定提出问题"为开头的措辞严厉的十项质询书后，结算委员会决定传唤检方三首脑作证，他们是佐藤藤佐检察总长、佐藤博东东京高检高级检察长以及马场。

检察官被允许拒绝就职务上的秘密作证。在后来的造船疑案中，尽管是在调查结束阶段传唤证人，马场检察长仍拒绝在国会作证，但这一次他的回应是积极的。

当被问到在涉案人员中，为什么只有对大桥的调查进行迟缓时，他在证人席上理直气壮地这样断言道：

"我认为，与其再三对大桥氏进行调查，不如等整个事件调查结束后，再对他的供述或辩解进行问询。这并不意味着放松对他的调查。职务上来讲，即使对象是法务总裁也可以进行调查，所以根据实际情况有时会进行直接询问调查，直到得到令人信服的答案为止。"

此外，对于该丑闻的多个疑点，他提供了以下与调查内容有关的罕见的证词。

"关于触犯《政治资金规正法》的问题，在选举的时候，足利工业的高桥专务给了20万日元，这即使确实违法，也已经过了时效。"

"关于出售汽车以偿还双排气筒的多付货款一事，山下（注：大桥的熟人）的供述模糊不清，轮廓不明。在这一点上，大桥先生也部分地参与其中，我们将在调查询问情况后决定如何处分。"

"关于向大桥先生支付顾问费的问题，据高桥专务的供述，他于昭和二十三年（1948）6月28日支付了30万日元作为预付顾问费，另外还以顾问费的名义支付了数万日元。到底是不是顾问费，其性质不得而知，因此已书面向大桥先生质询此事，待其答复后再决定如何处理。"

如此一来，马场作为下属，不仅没有包庇拥有检察官指挥权的法务总裁，反而相当于在国会上揭发了大桥。政府、执政党与检察机关间权力的争斗，让萩原感到不寒而栗。

正如萩原所感受到的那样，马场检察长的国会证言被普通百姓认为是对强行驱逐木内的大桥法务总裁的复仇。

马场自己的意愿姑且不提，最后的结果是这样的：12月26日内阁进行了改组，大桥被撤销法务总裁一职并被降级为无任所国务大臣①，法务总裁由木村笃太郎接任。

两天后，就像俗话说的要痛打落水狗一样，东京地检把大桥叫到位于品川的法务府官舍恩齐寮接受冈崎格特搜部部长的调查。大

---

① 又称"不管部长""无任所相"。不主管某一个部的事务而专管其他大臣（部长）所不管辖的特殊重要事务的国务大臣。

桥以这样的方式被迫向马场检察官的质询书作答。

来到昭和二十七年（1952）1月23日，特搜部以嫌疑不充分、时效已过等理由，决定对大桥的所有丑闻不予追究。然而，同年10月30日第四次吉田内阁组建时，大桥受到了马场猛烈的一击，没能继续留任无任所大臣一职。这个昔日以最年轻的内阁成员的形象而风光一时的大桥，在就任法务总裁2年又4个月后，彻底地失势了。

在这场宿怨复仇赛中完胜的马场，踏着木内的足迹，迈着坚实的脚步，沿着通往王者检察官之路踽踽前行，但是有一个强有力的对手想要挡住他的去路。不用说，他就是东京高等检察厅的高级检察长岸本。

15 "请忘掉法律什么的吧"

岸本出生于明治三十年（1897），是在大阪府泉南郡信达村大字幡代（现泉南市）偏僻农村务农的田中喜平的第5个孩子。但父亲喜平很早就去世了，他是由母亲喜代及长兄喜重抚养长大的。

在升入府立岸和田中学时，他由亲戚岸本菊藏收为养子来照顾。当时，村里只有一两个人能走出去念中学，没有顶梁柱的田中家，是拿不出足够的钱来支付老五的学费的。

养父菊藏是大阪知名的投机商，在北滨二丁目十字路口东北角的第二个门脸房开了一爿店铺，是座黑墙的坚固建筑，另在岸和田拥有一处豪华的主宅。

从这里到岸和田中学上学的岸本，5年来一直担任班长，是免除学费的特待生。

在曾经的同学们的回忆言谈中，一定会出现他在上军训课时的样子。他把连长才能佩戴在腰上的军刀从刀鞘里抽出，走到腰别短刀列队而立的同学们面前，喊出"向右看——齐"的口令。他高大挺拔，豪气自生。

大正五年（1916），岸本一度立志成为一名工程师，考进了第三高等学校的二部乙类。由于福田教师对制图的学习很挑剔，占用了岸本很多时间，岸本没有闲暇玩耍。他看到文科学生们正在享受着当时被称为人生放牧时代的高中生活，非常羡慕，于是向学校当局提出了转科申请，但没有得到批准。于是，第二年，他报考了一部的丙类（德国法），重新入了学。那时，岸本的养父母和他的义妹荣子住在芦屋的另一所房子中，但他们为了配合岸本在第三高等学校上学也搬到了京都。起初，他们住在南禅寺的一间平房里，不久便在靠近都城宾馆的黄金地段买入了一处宽敞的二层小楼。岸本在这所视野开阔的房子里，被女佣照顾着，度过了物质和精神两方面都很充实的3年。

当岸本在大正九年（1920）考入东京大学法学院时，他的养母和义妹又搬到了东京并在驹込买了一所房子。虽然谈不上是孟母三迁，但仅从多次迁居可以看出他在寄养家庭是多么被重视。大学时代的朋友们经常出入岸本在驹込的家，受到其家人的款待。

从明治时期、大正时期到昭和早期，在日本各地都有这样的例子：一位家财万贯的富翁，有钱却没受过良好的教育，于是他便收养一个出身贫穷上不起高级学校但学业优良的孩子，以此寄托自己的梦想。岸本的事例可以说是这种合二为一优势互补的典范。

大学时代的岸本，经常在星期天约朋友们去远足。例如，他们只要去柴又参观帝释天，便会钻进一家叫做"料亭川甚"的饭馆去享受河鱼的美味。在这种情况下，一般总是由岸本付款结账。他从养家那里得到财力，做老大的性格不断彰显。加上他与生俱来的社交爱好，总有不少人围绕在他的身边。

大正十一年（1922）5月，岸本被司法省录用为见习司法官。

这一年，由于考试制度的修改和经济衰退的影响，报考司法官的人中许多来自官场，可谓是人才济济。司法省为了尽可能地留住优秀人才，决定招聘超出预算规定的人数，首次在东京、大阪两地分别举办了联合修习。对于报考检察官的人，从大正十四年（1925）3月到次年10月，首次启用了预备检察官制度。

岸本等7人结束了这段"清偝儿"生活，被指派到东京区法院检察官局任职，那里是每位检察官职业生涯的起点。

当时从南方引进的藤制手杖在东京很受欢迎。28岁的岸本拄着粗大的手杖，阔步前行在日比谷公园附近。

在旧体制下担任最后一任检察总长的中野并助当时是上诉院检察官，但他有一个响亮的绰号"中野吞助"①。岸本和他的一位同期生将中野（Nakano）改为音读，将其名读作"Tyuya"，再用汉字表达就成了"昼夜吞助"②。

这个岸本从年轻的时候起也是经常喝酒，一般是喝到凌晨一两点才回来。

担任检察官后的第二个月，即大正十五年（1926）11月，岸本与广岛县福山市太田操的长女一枝结婚，在小石川的植物园北侧安家。

在旁边的家庭旅馆租住的是第三高等学校出身的东大学生登石登，他后来成为了一名检察官。他在给《岸本义广追思录》投稿的一篇文章中写下了这样的回忆：

"听别人说他是检察官。有一天，隔壁房间的租客说，他那里有一个不知从哪儿跑来的月薪袋，并拿来给我看。后来，我把这件事告诉了岸本，他苦笑了一下。袋子上面写着一百二三十日元的金额，大概就是当时的十级工资吧。我没有见到当时的岸本，但有传言说他经常喝完酒回家，事实上，我也听到过深夜醉酒的歌声。"

岸本任助理检察官时的同事给他起了一个绰号"山贼"，这一绰号通常被简称为"小山"。

岸本不修边幅，懒得去理发店，把头发弄得乱蓬蓬的，这就是

---

① 意思是"中野酒鬼"。
② 意思是"昼夜酒鬼"。

被叫作"山贼"的起因。除了毛粗眉重的容貌特征之外，他那不顾忌周围的粗犷声音、无所畏惧的刚毅态度、深更半夜仍豪爽饮酒的样子等，大概也是起这个绰号的参考因素吧。

在成年的岸本身上，已经没有了穷乡僻壤农家小赤佬的形象。虽说是环境比门第对人的成长更重要，但他似乎很好地融入了养父母家的水土。他身上透着一种威严气派，显示出他即使辞去检察官的职务，也能够以北滨著名投机商的继承人的身份出色地工作。

岸本在围棋、将棋、麻将等对抗性比赛中，每一项都很厉害，从年轻的时候开始，他打台球就能一口气打进 200 个。

还是初出茅庐的检察官的某一天，岸本为了启蒙同期来的两位同事，邀请他们来到司法省后面的台球场。在那里，他们正好碰上了技艺超群的大审院副检察长小原直。于是，岸本厚着脸皮开始了与小原的比赛，一决雌雄。岸本一边谈笑风生，一边表现得平起平坐，他的胆量之大、脸皮之厚，让两位同伴咋舌不已。

成为少壮检察官的时候，偶然为岸本占卜将来的算命先生说："你是一个强行开拓人生的人。"这种程度的事，岸本周围的人即使不学习算卦，也能很快地感觉到。

大约是昭和七年（1932）的夏天，也就是岸本 35 岁的时候，在日比谷公园附近有一家名为"瓢"的料理店，他没有换拖鞋便带着预备检察官上了二楼，对后者这样告诫道：

"你小子当上检察官了，今后要面对社会的汹涌波涛，但不能抱着检察官的顽固意识去调查他人。既然学了法律，通过了高等文官考试，当上了东京检察官，懂法律是再正常不过的了。不知道这些，是干不好法官的。但是，关于干检察官这一行，请忘掉法律什么的吧。如果你凡事依赖法律，就会忘记人的存在。听明白了吗？听明白了的话，来，干一杯。"

"请忘掉法律什么的吧。"如此一语道破，不管好坏，这就是岸本的特色。

在昭和十一年（1936）的二二六事件发生时，出现了一场年轻的检察官们排斥当时的检察总长光行的"打虎骚动"。在东京地方法院检察官局的右翼的思想部，地位仅次于部长的岸本被推上了主谋之一的位置。

事发当天早上，岸本冒着积雪来到办公室，打开了途中捡到的油印的奋起意向书，大言不惭地说：

"嗨，我是从叛军中杀出来的。"

可是，在大审院二楼的走廊上，有人看见岸本在士兵端着刺刀的追杀下四处逃窜的狼狈相，便插嘴揶揄道：

"岸本君，你不是被士兵捅了一下吗？"

"你都看见了？"

"是的。"

"真讨厌。"

说着，岸本挠了挠头，跑到了另一个小组里，又同样地大言不惭起来。

在这一非常时期，检察总长光行没来办公室，行踪不明，这给检察官局造成了一种不平静的气氛。

随着元老、重臣们被杀的消息不断传来，缺少最高指挥的检察官们在前往受害者住宅进行现场勘察前，都要悲壮地举杯壮行。岸本负责的是赤坂表町三丁目的大藏大臣高桥是清府邸。

一线的检察官们都是抱着这样的想法来履行职责的，但光行检察总长当天始终没有露面，第二天27日午后也没有露面，因此要求这样的检察总长辞职的呼声越来越高。

结果，东京地方法院检察官局的20多人和通过电话召集的区法院检察官局的40多人全部赞成检察总长辞职，傍晚他们在辞职劝告书上一个不落地签了名。

到了这个时刻，光行终于出现在了办公室，因此东京上诉院副检察长松阪广政从中斡旋道："提交这个书面文件并不稳妥，要慎重一点。"于是他们决定，首先全体人员要求检察总长进行解释，遂一齐涌向了检察总长办公室。

"总之，我早就预料到了会发生这次事件，我正想着不至于丢了性命，我儿子工作的《东京日日新闻》的政治部部长带了一辆汽车赶到，说是要我到与他有关系的人家里避难，我就坐上汽车离开了家。因为车上插着日日的旗帜，就径直到了目的地，进了那人家。我上楼后发现，那是一个等候室式的房子，大概在那里喝了一两瓶酒吧。"

检察总长的这种说法不仅难以说服众人，效果反而适得其反。

检察总长一职，在大正元年（1912）平沼就任时，从敕任变成了亲任。在那个年代，亲任是极其有限的显赫职位，能受天皇亲自委任的有师长、镇守府司令官、大臣等，并且每年领取两次天皇所赐的内库金，数目几乎与年薪相等，实质上待遇优厚。

作为回报，亲任的检察总长出差时也需要一一得到敕许。在大演习期间，虽不必随从行幸，但必须与大元帅同在一地。此外，当天皇去避暑或避寒时，他要前去拜访问安，已成惯例。也就是说，亲任的检察总长是天皇的检察总长。

在这种背景之下，当发生军队侵犯天皇的统帅权、反叛作乱的紧急事态时，检察总长自己却贪生怕死逃往等候室并在那里饮酒，并且，他本人还说自己事先就预知了会发生这种事件，所以这件事处理起来很是棘手。

即使在叛军投降后，检察官局的青年检察官们的愤怒仍难以平息，苦于如何平息事态，司法大臣小原通过松阪要求会见他们的代表。于是，从区检中选出的 2 名代表与从地检中选出的 3 人，一同前往小原府邸。岸本是其中的一名代表。

这场骚乱以 12 月 18 日光行辞去检察总长职务而告结束。有一种说法认为，反对小原的盐野集团把光行的过失当作良机，积极地煽风点火，目的是要把小原从司法大臣的宝座上赶走。

　小原与岸本等 5 名代表见面是在 3 月 8 日，一个星期日。

　这一天，因二二六事件而倒台的冈田内阁的继任者广田弘毅的组阁已接近尾声，而被认为肯定留任的司法大臣"自由主义者"小原，由于法西斯势力的反对，没能进入内阁。这个消息传到了会见席上。

　如前所述，至此，战前的小原时代宣告结束。

　随着检察总长光行被撤换，盐野在 12 月 22 日司法省人事任命中，从名古屋上诉院高级检察长转任大审院检察官局副检察总长，从而进入中央，并在翌年即昭和十二年（1937）2 月 2 日成立的林铣十郎内阁中担任司法大臣。此后，盐野派体制稳如磐石，因此很难想象在"打虎骚动"的背后完全没有派阀斗争的意图。

　被称为司法省叛军的团体有 10 名核心人物，最热心的造反推动者是与盐野有联系的岸本。顺便说一句，接受立松事件委托的律师中村信敏也是其中的一人。

　昭和十二年（1937）3 月 29 日，岸本就像承担了造反责任一样，被调至甲府地方法院检察官局。从形式上看，这是一次完全的降职。

　然而，新宿站头的送行美人交织，甚是华丽，让人们感觉不出岸本是被降职了。那倒也是。那时，盐野已经坐上了司法大臣的宝座，岸本的"甲府轮值"只是一种走过场。事实上，他在恰好一年后翩然回到东京，开始走在洒满阳光的道路上。

　昭和十六年（1941）1 月至昭和十八年（1943）3 月担任东京区检高级检察官的那一段日子，是岸本最注重指导和培养年轻检察官的时期。

当时，在春日町的区检大楼前，有一家名为"富士菜馆"的中餐馆，岸本动不动就邀请部下来这里。饭局一开始，他会默默地闭上眼睛，倾听每个人的发言，但通常是随着酒兴愈浓，他便会愈加地唱起独角戏。

岸本喝了酒就会随性地盘腿而坐，开始谈笑风生，纵论天下国家。这样一个岸本，大白天会把两条腿伸到办公桌上，打着大呼噜睡个午觉。公审中现场检察官岸本的瞌睡，在法院也是出了名的，是人们谈论的话题。

在意气风发被认为是检察官的特性的时代，岸本是其中之最，检察界许多人都仰慕他豪放的人品。

与此相反，战后岸本的发展超越了检察官的规则，让某些人皱起了眉头。司法记者就是这些人的代表。《朝日新闻》的野村正男在《岸本义广追思录》中这样写道：

> 在造船疑案调查进入最关键的时候，河野一郎三番五次地出现在副检察总长的房间里，成了贴身采访的记者们的话题。可以说是播下了莫须有的传闻的种子。现在想起来，他这也是经重政诚之等人的介绍，为了获取消息而造访的，虽说是那个时期的事，但他多少也应该顾虑一下旁人的目光。
>
> 同一时期，社会党的三轮寿壮也曾拜访过检察总长佐藤藤佐。三轮先生对我等人诚实地笑着说："如果这么做的话，也许也会提到我的名字。"但记者们对三轮先生几乎不感兴趣，而是把兴趣集中在河野－岸本身上，这是理所当然的吧。
>
> 这种与"人"交往的感觉，我想也应该多加注意。仔细想想，岸本就是因小失大的那种人。
>
> 我深信不疑，岸本这个人，就像是一个招人喜欢的老板娘，但最终，还是一块未被雕琢的玉。

岸本与政治家的交往也让同事们看不下去，其中一人在该追思录的卷末座谈会上这样说道：

"从那时起，岸本君就是那样一种人，他经常在副检察总长的房间里与政界人士见面。总之，来者不拒。虽不是有意交往，但作为检察官，他与政界人士的接触却是有些过于紧密。我想政界人士也是抱着某种目的才来找他的。从那时起，我就认为岸本先生有在政界施展一番的志向，即所谓的大志，而不是只想在检察界了此一生。

"在这一点上，他有一种我们这些政府官员所无法察觉的大格局。正如刚才大家所说的那样，他是一个辽阔的海洋，他有一种不拘小节的包容力。我认为他是一个有这种心气的人。"

岸本是有望成为检察总长的二号人物，在立松被捕的第二天，即昭和三十二年（1957）10月25日下午1点，应司法记者俱乐部的要求，他充满自信地出席了记者招待会。

这一天，俱乐部从早上开始就一直在谈论立松被捕的话题。在这一背景下，人们普遍认为，东京高等检察厅对读卖报社采取的强硬措施不仅是针对一家报社的问题，而且是一起关乎整个报界的重大事件。

另一家报纸的一名记者行走于法院内，就逮捕立松一事是否正当进行采访，他来到读卖报社的三田的席位旁，向他大致传达了采访结果。

"法院里开始出现认为签发立松君逮捕令的法官不够慎重的声音。我见到的地方法院高级法官小林百思不得其解地说：'我也在怀疑，如果是我的话，会不会签发逮捕令，高检会不会向签发逮捕令的法官施加压力？'最高法院的矢崎秘书课课长更明确地说：

'如果是我的话，我就会驳回高检的请求。'这是毫无疑问的。"

事后才搞清楚，没有事实表明高检施加过压力。事情的真相是，非常凑巧，申请逮捕令的川口主任检察官和东京地方法院当晚的值夜班法官是同期，所以事情就顺利搞定了。

不管怎么说，俱乐部的记者们对岸本高级检察长的质疑集中在对立松的不当逮捕问题上，这一切都是顺理成章的。

然而，岸本高级检察长却很强硬。

"大家都这么说，但我不这么认为。立松记者和读卖报社的其他相关人员的供述有出入，有毁灭证据的嫌疑。也就是说，此次逮捕有其必要性和紧迫性，符合《刑事诉讼法》的程序。"

到目前为止，他的发言很正式，措辞也很礼貌，但后来，他说出了自己的心里话。

"重要的是，立松君应当向当局说明一切真相，即问题报道的爆料人，那位检察官到底是谁。那样的话只需短短的几个小时，一切就都解决了。"

当听到岸本明目张胆地说逮捕的目的是为了追究爆料人时，一名记者顶撞了一句："逮捕也好，责备也好，他怎么会说出爆料人呢？为采访源保密，不仅对立松君，对我们所有人来说都是最基本的底线。检察长您难道不知道吗？"

岸本对此予以了正面回击。

"我知道有这样的惯例，但这个惯例必须要打破。报社记者不需要透露采访源，那只是你们的说法，法律是不承认的。这正是自称为司法记者的诸位不可能不知道的吧。"

"检察长！你做了一个重大的发言。你想挑战新闻报道自由吗？"

另一名记者表情激动地逼问岸本，但岸本却始终傲慢不逊。

"随你们怎么理解，这是你们的自由。但是，法律不会因此而被扭曲。事到如今，多说无益，你们所谓的为采访源保密的权利是不被认可的，这一点在石井记者拒绝作证事件的最高法院判例中也是明明白白的。"

虽然读卖报社没有发表言论，但却使各路记者的态度强硬起来，记者会上出现了正面冲突，结果不欢而散。记者俱乐部里的所有人无一例外地一致认为，逮捕立松是不合理的。

三田用报社直通电话呼叫出萩原，向他说明了记者会的经过，并将俱乐部的气氛和其他报社记者所告知的法院的见解，一并传达给了萩原。

编辑局总务原在自己的座位上收到了这一报告，他拍了拍膝盖，向景山社会部部长命令道：

"好！让立松成为英雄。明天的早报头版，开火！"

再说一遍，《读卖新闻》在当天的早报上对立松被捕一事只字未提，晚报也对此视而不见。

正如开篇所说，前一天深夜，准确地说是凌晨，我与立松的妻子靖子在丸之内警署相遇，没有人关照靖子，她是冒着暴风骤雨去给立松送东西的。是别家报社的平岩同我安排了他们夫妻的会面。读卖报社那样冷淡地对待靖子，让我感到愤怒。

但我还是努力说服自己，这可能是意外事件造成的惊慌失措所致。

我无论如何也不能理解，报纸为什么对立松"24小时见死不救"。

《读卖新闻》自己的记者被以史无前例的措施监禁了。为什么不立即站出来抗议呢？这就是当我打开当天的早报之时，拿起当天的晚报之际，内心所发出的质朴的疑问。

只有报纸才有的最有效的快速反应之路，然而读卖报社却在一个昼夜之间亲手将其关闭了。这不是对作为言论机构的自我的否定吗？

编辑局总务原在前面提到的《世界》座谈会上如此说：

"这个问题的起因是我们写的报道中出现了名誉毁损问题。我认为，日本各地的报纸都不会对此表示同情，他们会采取这样的态度：读卖报社那帮家伙，就是在瞎写，即使有谁被逮捕了，也是咎由自取。但是，即使在这种情况下，我们也坚持认为，对于不正当的逮捕，我们必须做坚决的斗争，哪怕只有一家报社这么做。"

作为著名的社会部部长，原的认识与把立松的被捕视为全新闻界问题的现场司法记者们的观点相比，不得不说是逊色了许多。

这位指挥员究竟有怎样的深谋远虑，身处基层的我无从窥探。从表面上看，报社似乎把立松扔进拘留所不管，继而又犹豫不决不敢燃起反攻的烽火，我恨报社的这种软弱。

当原得知与自己的预想相反，各报社有要站出来批判高检的迹象后，终于在晚报截稿后的下午4点从座位上站起身，前往东京高检抗议。

出来会面的岸本高级检察长面对指责不当逮捕的原，又重复了一遍与记者会上的答辩相同的话语，以法务省委托医生"（立松）可以忍受羁押"的诊断为根据，驳回了立即释放立松的请求。

即使逮捕了立松，报界也不可能齐刷刷地支持读卖社。岸本的这一判断和前一刻原的判断是一致的。

而且，此时《读卖新闻》的版面还是悄无声息。看来对方是很容易对付的，原刚一离开，岸本立即居高临下地发动了攻势。

下午5点半，受气团锋线的影响，秋雨突然变得更加猛烈了，一辆漆黑的轿车驶过来，停在了读卖新闻社的正门。从车里钻出来的是东京高检的冈原副检察长、菊池健一郎检察官以及书记官共三人。

在三楼的编辑局，萩原从接待处得知冈原想见小岛编辑局局长的来意后，立刻做好了报社被搜查的准备。虽然冈原最后并没有下决心采取这一行动，但事后得知，正如萩原所担心的那样，冈原是准备好了搜查令才进入读卖新闻社的。

此时小岛编辑局局长正在开会。下午 6 点，他在编辑局局长办公室会见了冈原一行人。

冈原对小岛的提问是以证人调查的形式进行的，对话记录在笔录中。问题的第一点是关于问题报道的线索来源问题。

U 和 F 两位议员在访问读卖新闻社进行抗议时，询问了新闻的出处，小岛回答说是"检察厅"，这也成了他们起诉读卖新闻社方面的同时起诉检察总长、东京地方检察厅检察长以及"某检察官"的根据。

冈原就这一点追问小岛，小岛艰难推脱。

"我没有说是检察厅。我不会一一向负责采访的部门询问新闻线索的出处，这次，由于贪污事件的调查是由东京地方检察厅特搜部负责的，所以我认为应该是由包括警视厅、警察厅在内的广义的调查当局进行的，所以我根据自己的判断回答说是来自检察机关的消息。"

小岛文夫明治三十七年（1904）生于东京，先后就读于早稻田中学、第二高中，昭和三年（1928）毕业于东大文学部社会学专业，进入读卖新闻社工作。从在整理部工作开始，历任通讯部部长、联络部部长、编辑局次长、工务局局长、总务局局长、报道审查委员会委员长、报纸制作改善委员会委员长、编辑总务，昭和二十七年（1952）就任编辑局局长。

正如这段经历所表明的那样，他完全没有第一线的采访经验。他肯定是一个新闻人，但并不能说是一个经历过战场厮杀的严格意义上的新闻记者。

在背地里，记者们称小岛为"哈里先生"。这个昵称脱胎于小岛年轻时的称呼"干劲十足的男孩"①。

他是一个与八卦逸闻无关的人物。下面说的是他为数不多的逸闻中的一个。

自从进公司以来，他总是提前 30 分钟上班，在无人值守的编辑部里，从一个角落走到另一个角落，将前一天晚上被丢弃在地板上的铅笔之类的东西捡起来收拾好。这个清晨的日常工作被正力松太郎偶然注意到了，从此他便走上了出人头地的道路。

后来的事情是，昭和四十年（1965）8 月小岛从编辑局局长升为新设的总编辑，同年 10 月从常务董事升为专务董事。11 月 13 日早上，小岛在上班途中突发脑出血。他在报社露了一下面之后住进了虎门医院，住院后的第 3 天凌晨去世，享年 61 岁。

碰巧那一天，秘书课课长从五楼下来，向正在写小岛死亡报道的社会部的我传达了正力社主的要求："小岛总编带病上班，倒在公司门口。这是壮烈的战死，一定要宣传讴歌。"老社主送给忠心耿耿一路走来的"老臣"小岛永别之言，虽是那个大时代的事，但仍有打动人心之处。

"……再说一遍，小岛君的一生，是诚实和奋斗努力的一生。"

正力的悼词中的这段话，道尽了他的一切。他是"平安是名马"②的编辑局局长，故在任时间长达 13 年之久。

在立松事件中，编辑部内没有人指望小岛能解决问题。于是，社会部出身的总务原接过了指挥棒，社会部次长长谷川担任参谋，萩原负责实际工作，这样的一种架构就自然而然地形成了。在这种局面下，在人品方面无懈可击的景山社会部部长不谙阴谋诡计的单

---

① "干劲十足"的原文"張り切り"的前半段读音为"哈里"。
② 原指能力虽非最出众的，但能无病无伤一直活跃在一线的赛马。

纯性格成了一种缺点，形式上姑且不论，实际上是被排除在了这一体系之外。

面对冈原副检察长的调查，小岛的回答一步也没有超出社会部人士所提出的答辩范围，就这一点而言，大可不必担心他会充当讲解的角色。

冈原停止了对消息来源的追究，将问题的重点转移到了问题报道原稿现在何处上。

东京高等检察厅似乎并没有完全放弃对这样一种可能性的调查，即那篇报道的执笔作者是泷泽而不是立松。这是因为在两位议员发出诉状的当天晚上，泷泽在藤泽的家中面见了东京地方检察厅特搜部部长天野，并坦白了自己是执笔者。

24日，也就是前一天，在东京高检川口主任检察官的调查中，泷泽是这样推翻之前的说法的：

> 吃完饭，部长走了过来，他这样对我说："为什么要写那篇报道呢？登在报纸上后，我整理了一下报道中提到的没收文件，没有发现读卖报纸上说的那笔金额。"我求他说："那篇报道确实是立松采访的，但稿子是我写的。告诉我真相吧。"我这么说是因为我来到俱乐部后和天野已经有3年左右的交情了，如果我说和我有关系的话，会得到进一步的同情，那样我就会了解到接近真相的东西。我还说："我认为报道线索的来源不是地方检察厅。"我听说检察厅和读卖社一起被起诉了，我认为这可能会妨碍以后的采访，所以我说这是为了让他们放心。"虽然我不知道爆料人是谁，但因为那是立松采访的，所以应该相信他。不管怎么说，对病人立松太可怜了，我会把一切都承担起来的。"这时，天野部长说："这么做，立松能同意吗？"

泷泽对地检的天野特搜部部长说，是自己根据立松采访的信息执笔写的报道，对高检的川口主任检察官间接迂回地供述说，采访人和写稿人都是立松。

　　高检自然会抓住这个矛盾。冈原副检察长为了弄清执笔者究竟是立松还是泷泽，要求提交原稿。小岛对此回答说，用过的原稿在保存3天后会做适当处理，为了明确这一点，他喊来了编辑总务部部长棚桥。

　　棚桥订正说，原稿的保存期限为5天，之后便会出售给3家签约的废纸批发商。另外，为了慎重起见，值班次长跑到进行报纸制作的最后一道工序的校订部，也就是最后见到原稿的地方，寻找该原稿，但由于原稿提交已经过了一个星期，最终没有找到。

　　冈原询问了3家特约店的地址和电话号码，但由于当时店里负责业务的人已经下班了，小岛答应第二天前往调查并做出答复。

　　就在这当口，下午临时离开读卖新闻社的中村、柏木两位律师又回来了，他们不知道冈原等人也在公司，突然出现在局长室，于是苦笑着说了句"真是吴越同舟啊"，并与冈原等人表面上寒暄交谈了一番。

　　高检的三人借机起身告辞。在丸之内警署与立松会面的柏木汇报了见面经过。

　　"首先，我要说的是，立松君要我转告给报社的意思是，他绝不透露爆料人，报社方面也不要透露。关于这一点，他说得比较抽象，只是说消息是从检察机关内部一个绝对可靠的人那里听说的。问他是真的吗？他说没错。问他你信任对方吗？他回答对方也信任他。调查的重点好像还是在消息来源上。立松君的看法也与报社方面一致，认为自己陷入了检察机关内部派系争斗的旋涡中。"

这一天，立松在拘留所里一直在思考，为什么东京高检的高级检察长被两位议员排除在起诉对象之外？

被起诉的是"《读卖新闻》编辑局局长及《读卖新闻》的某记者，涉嫌向其提供恶意假消息的某检察官，以及涉嫌指挥和命令他的东京地方检察厅检察长及检察总长"。如果指挥命令系统成为问题，那么东京地方检察厅的上级机关东京高等检察厅的高级检察长应该先于最高负责人检察总长被列为起诉对象。这就是所谓的顺序吧。

既然矛头指向的不仅是读卖新闻社方面，还包括检察机关的相关人士，那么在起诉时，两位议员一定是麻烦了法律专家。如果是外行干的也就另当别论了，但从常识上讲，专家忽略了这个不言自明的道理是不可能的。尽管如此，为什么从起诉书上看，东京高等检察厅的高级检察长不在起诉对象之列？立松不能不感到这是一种故意的行为。

这份诉状从一开始就故意将东京高检高级检察长排除在被告之外，其目的在于将该案件的调查指挥权交到岸本手中。立松在消息阻断的拘留所里，不断猜想，思绪万千。

16　释放

昭和三十二年（1957）10月26日早晨，也就是被逮捕的第3天，立松从丸之内警署被押送到东京高等检察厅接受调查。他从前一天晚上起就一直忍着没去小解，故到东京高检后的第一件事就是去厕所。解手时，一位关系密切的检察官站到了他身边，低声说：

"喂，立松君，怎么样，够呛吧。对了，从今天起，检察官又要换人了。也许他们要好好整你，你一定要坚持住啊。"

立松顿时觉得双眼发潮。知道高检内部还有人给他以力量时，他感到了一种莫大的鼓励。

在六楼的特别房间里等着他的是因京都五番町事件而出名的检察官泉。就立松所知而言，在被检方拘留短短的3天的时间里，一连换了3个审讯的检察官，这是从来没有先例的。在泉检察官背后的是岸本高级检察长的强烈意愿，那就是无论如何也要撬开他的嘴让他说出爆料人，立松不可能没有感受到这一点。

岸本一定是对川口和大津两位检察官的温和审讯不满，才派上了这位与立松素不相识的泉检察官。诚然，现阶段起用他是一个理想的选择。

据说关西派检察官的审讯很粗鲁。这是因为，东京人生在首都，有着爱唠叨的性格，而关西人的性格则具有倚上制下的地域性。

泉检察官对新闻记者没好感，从曾因搜查指挥过度而饱受抨击的五番町事件的经过来看，这一点是毫无疑问的。偏偏来了一个讨厌的对手，这么一想，立松不由得紧张起来。

泉检察官像是看透了立松的内心而故意要缓和其紧张心理一样，让在场的检察事务官暂时退下，以非常绅士的态度开始了闲聊。然而，这种闲聊是不会持续太久的。

"你有权保持沉默，但如果你不迈过那个坎，问题就不会搞清楚。"

泉说完了这句开场白，便强行把话题切入到了爆料人的问题上。

"请说出你认识的检察官的名字。亲戚或姻亲家当中有干检察官的吗？"

"没有。"

"那么，工作或私交上关系亲近的人当中呢？"

"甭提什么关系亲近不亲近，我认识的检察官多着呢。我也是个跑司法新闻的小记者嘛。"

"听说到目前为止，你发了很多独家报道。你写那篇报道时的爆料人，当然是来自检察机关内部。顺便说一句，你的编辑局局长说，提供那篇报道新闻线索的是检察机关的人。你能告诉我那个人的名字吗？"

"局长对谁说了些什么，那不是我该知道的。就我个人而言，不管出现什么情况，我是不会透露消息来源的。我能说的就这些。"泉检察官看出立松不会轻易开口，于是便采取了联络感情的战术。

"我以前在音乐会上听过你妈妈的歌。"

泉像是个古典音乐迷，说出了几个歌名。

"我五音不全，对音乐一窍不通。"

"哦，是吗？我在想，那样的话，你妈妈该有多不高兴啊。"

沉默。

"你有孩子吗？"

"有两个男孩。"

"他们多大了？"

"大的上小学二年级，小的才 4 岁。"

"小的年龄小，还好，大的可真够可怜啊。他爸爸现在这个样子，是不是太丢人了，不敢去上学了吧？"

虽然话说得很有礼貌，但这就像是刑警在审问盗窃犯或者别的什么罪犯一样，透着一种侮辱轻蔑的态度。立松好不容易克制住了涌上心头的愤怒，以沉默来回应。

泉检察官从一开始就不指望得到什么答案，继续着他的攻心战术。

"你这人，报社方面怎么办？当然是要引咎请辞的吧？"

不知什么时候，泉检察官对立松的称呼从"你"变成了"你这人"。

到目前为止，立松与检察官们的关系，抛开个人的好恶不提，基本上是建立在相互尊重和信任的基础上的。然而，这些却被泉检察官单方面地破坏了，他将犯罪嫌疑人的屈辱强加给了立松。他措辞的微妙变化，也是从对立松的心理战效果出发算计好了的吧。

陷入这种境况的立松，第一次体会到了与国家权力相关的某种残忍。

"如果如你们编辑局局长所说，信息的来源是检察机关内部，那么当你这人写报道时，就应该有足够的证据相信那是真的。只要给我出示一下那个证据，你就能马上回家了。嗯，我这是班门弄斧了吧？怎么样？你这人有一个作为新闻记者的未来。告诉我，具体的爆料人是谁，干脆痛快一些好不好？"

《刑法》第 230 条规定："公开揭示事实损害他人名誉之人，无论该事实之有无，均应处以 3 年以下有期徒刑或拘役，或 1000 日元以下罚金。"虽然这是指损害名誉的罪，但根据第 2 款，如果该行为被认为是"与公共利益有关的事实，并被认为是为了实现公共利益而作出的，且该行为被认为是真实的，并被证明是真实的"，则该行为不受处罚。

这两条看似矛盾的规定，被认为是为了将保护个人名誉与宪法保障的表达自由相协调而设计的。

因此，即使在起诉之前，犯罪行为也被视为"与公共利益有关的事实"，相关报道和评论是被允许的。另外，如果是以公务员或议员候选人为对象的报道，只要能够证明报道是真实的，则不受处罚。

虽然对言论活动设计了这样的免责规定，但很难说言论自由据此已得到了充分的保障。

对丑闻的报道、评论便是一例。行贿受贿是与公共利益相关的犯罪之最，但卷入诉讼中时，对事实的证明也很困难，因此多数情况下行贿受贿都以无罪而告终。在这种情况下，如果不能证明事实的真实性，那么参与其中的大众媒体便会因损害他人名誉而受到处罚，从而使媒体活动受到很大限制。

因此，即使无法证明其事为真，如果误信该事是真实的，并且根据确凿的资料和证据，该误信是有合理理由的，则应认为不是蓄意犯罪，损害名誉不成立，这样的解释是妥当的。这是在后来昭和四十四年（1969）6 月最高法院的判决中被确定下来的。

如果将这一解释用于立松的案例上，那么即使两位议员都没有受贿的事实，由于立松是从检察机关内部得到的信息，他应该有相当的理由误信自己得到的信息是真实的，因此将不会被追究损害名誉罪。泉检察官一边暗示免责，一边逼迫立松坦白爆料人。

泉检察官这是在要求做一笔交易，一直努力保持沉默的立松再也忍不住了，他开口说：

"你的这种说法是以我做假报道为前提的，但我确信一切都是真实的。退一万步而言，假设我像你所说的那样我是误信了，并且有证据说明我误信了，的确，我可能不会因此而被问罪。但如果我的爆料人是检察官的话，他难道不会因为违反保密义务而受到《国家公务员法》的制裁吗？对一个对我抱有好感的人，我怎么能恩将仇报呢？无论如何我都不能告诉你消息的来源。

"请看。这些慰问品我根本就吃不完。正因为相信我，报社才会给我送来。假设我认罪了，你作为检察官可能会为自己的工作顺利而高兴，但作为一个普通人，你一定会瞧不起我。如果我是你就会这样。换位思考一下不就明白了吗？如果说出了消息来源的话，别说我的记者生命，就连我的做人信用也会丧失殆尽。请给我留下这最后的尊严吧。"

立松的回答并没有夸张的成分。泉检察官带着失望的表情结束了上午的审讯。

这天早上，各大报纸一齐报道了记者立松被捕的消息，并高调批评东京高检采取的措施不当。其中批评规模最大的是作为当事人的《读卖新闻》，该报头版全版以四栏标题的篇幅，讲述了立松被捕的经过，后面还加了各界有识之士的意见。

"虽然按法律不是不能逮捕，但检察当局的做法并不温和。说是为了确认报道的真伪而进行全面调查，但那显然是对媒体的恐吓。不说出新闻来源就予以逮捕，我认为这显然就是不当逮捕。其他报纸似乎也对这件事表示了同情，各报社应齐

心协力,对可以预见的言论镇压做坚决的斗争。"(东京大学新闻研究所所长千叶雄次郎)

"与其逮捕记者,不如去追究主案的卖淫贪污行为。首先,以损害名誉为由实施逮捕,这本来就很奇怪。报纸上登了一篇据说是损害了他人名誉的报道,如果不逮捕作者,证据会被销毁,哪有这种事?在这起事件中,有人想通过追究爆料人,让官员违反《国家公务员法》的泄密事件成立,真是太荒谬了。通过交易将诽谤案翻牌为泄密案,那就太不像话了。"(评论家浦松佐美太郎)

"报纸记者如果透露了新闻线人,那么他作为记者的节操就会被怀疑。新闻工作者本质上不应该透露新闻线人。因为自由采访是现代新闻业的大前提。检察厅以逮捕的方式追究现代社会的新闻的根源,这种态度是完全错误的。"(明治大学教授藤原弘达)

虽然在报道的规模处理上存在差异,但在逮捕记者立松是不正当的这一点上,各大报纸均达成了共识,并让各自提名的有识之士说明了理由。东京高检高级检察长岸本和《读卖新闻》编辑局总务原双方都认为,其他报纸是不会同情《读卖新闻》的,但事态的发展与他们的想法相反,正在呈现出新的态势。

这天早上 10 点左右,柏木律师到东京高检拜访了大津检察官。两人是昭和十二年(1937)班的同期同学。前一天晚上,柏木律师在家里,接到了大津检察官打来的这样一通电话:"我不是作为检察官,而是作为朋友,找你有话要说。"因此,就有了他们这天早上的会面。

大津检察官首先发话道:

"作为朋友我问你一下,你知道爆料人吧,能告诉我是谁吗?

然后所有的事情就都结束了。"

接着他说出了一位被认为是爆料人的检察官的名字。然而,他猜的完全不对。柏木律师只是对这一点予以了明确的否认。

"我自己也不知道爆料人是谁。但我肯定他不是你怀疑的人。"

在同一时间,木内律师到东京高检拜访了岸本高级检察长。目的是要求立即释放立松。

迎接曾经的宿敌,岸本高级检察长表面看上去笑容满面。

"哎呀,这次怎么就摊上我来处理这个意想不到的事件了。我还是在出差地甲府看到了那篇文章。记得当时,副检察长冈原打来电话说,东京的检察长和检察总长与读卖报社一起被起诉了,因此得由高级检察厅来进行调查。"

岸本在没有被询问的情况下,就为什么是自己来指挥这次调查的原委做了一番辩解似的说明,大概是因为他已经知道,读卖方面一直在怀疑这种安排存在着人为的因素,因此想要打消这种疑虑吧。

然而,即使当时他人在甲府,也不能证明他没有参与策划。比方说,用电话遥控商议也不是不可能。事实有无姑且不论,岸本高级检察长的强行搜查指挥,让人嗅到了某种政治气息,使得这种疑虑难以消弭。

"立松君的供述与其他读卖报社相关人员的陈述有出入,存在着销毁证据的痕迹。我们当初并不打算逮捕他,但由于立松君怎么也不告诉我们新闻线索的出处,我们只好采取了现在这样的措施。关于这一点,报社的各位也是理解的。"

都已经到这个时候了,岸本高级检察长还没有意识到整个报界都在表示反对。以最高权力宝座为目标而下赌注的他,大概只能看到一条路。他自始至终都在打着拘捕立松撬出口供的如意算盘。木内不顾过去的遭遇，主动出访旧敌，最终也是徒劳无功，白跑了一趟。

上午已经灰心丧气的泉检察官，下午开始将地点转移到三楼的检察官办公室，继续进行审讯。既然高级检察长有着强烈的意愿，那么泉检察官个人当然不能就此罢休。

立松为了躲过三番五次花样翻新的执着逼问，想要努力地保持沉默。透过窗户可以望见皇宫石墙上的松树。他朝松树的方向望过去，回忆着以前看过的一部西部片的故事情节，以便不去听泉检察官的提问，但当听到泉喊"立松君"时，他还是不自觉地回答了。

立松从一位亲密的检察官那里听说过，在审讯过程中，对方越是知识分子就越容易被拿下。他意外地意识到自己的软弱，心想如果照这个样子被整下去，那自己再过两三天或许就撑不住了。

让他气馁的最大原因是与外界完全信息隔绝。如果当天下午他知道了报界对东京高检发起了一个接一个的抗议行动，那么他就不会感到孤立了。

日本新闻协会从当天下午 2 点开始召开在京编辑委员会，讨论立松问题，得出的结论是，逮捕该记者是不正当的，严重侵犯了新闻采访、报道的自由。下午 4 点半，该委员会代表东京新闻社儿岛主任等人向岸本高级检察长递交了写有上述宗旨的抗议书。

此外，日本新闻工会联合会也从下午 3 点开始，召开在京中央执行委员会讨论这一问题，提出以下方针：①要求岸本高级检察长立即释放记者立松，同时递交反对镇压言论的抗议书；②向日本新闻协会及加盟各报社提出为维护言论自由而组成共同斗争战线的申请；③对总评、国民文化会议、日本记者会议等也要进行动员，广泛呼吁舆论关注；④决定向法务大臣及检察总长发出公开质询书。基于此，当晚 8 点，坂根副委员长向岸本高级检察长发出抗议书，要求其立即释放记者立松。

同一时间前后，报社、通讯社、广播台等 17 家媒体加盟的司法记者会也从当天下午 1 点开始召开紧急俱乐部大会，协商立松问题的对策。朝日新闻社社会部记者岩下忠雄在前面提到的《世界》座谈会上这样描述了当时的气氛。

司法记者俱乐部认为，诽谤问题迟早会在法庭上见分晓，所以诽谤和逮捕这两个问题要分开来考虑，就诽谤问题进行的搜查，通常是在（主案的）搜查结束后才开始进行的，而且几乎没有实施逮捕的先例。况且还是发生在对卖淫贪污主案的报道越来越活跃的时候。从这一点来看，实施逮捕可能存在多种法律问题，但检方一直坚持采取被认为是检察技术的逮捕这一强硬手段，让我们感到不愉快，这是无法接受的。因此，我们虽然没有被压倒，但在心理上受到了相当大的打击，同时我们看到地检内部及其他方面的保密措施正在被强化。且高级检察长声称要追查爆料人。司法记者俱乐部就这些问题进行了长达两个多小时的讨论，一致决定提交抗议书。

当天下午 6 点，司法记者会递交给岸本高级检察长的抗议书内容如下。

东京高检于 24 日晚，以诽谤罪嫌疑逮捕了读卖新闻社社会部记者立松和博，本记者俱乐部于 26 日召开紧急大会，全体一致确认这是极其不正当的逮捕行为。特别是，这一逮捕是打破以往调查此类案件的惯例，行使强制调查权的罕见行为，而且以新闻记者为爆料人保密为逮捕理由。作为负责司法部门新闻报道的报社记者，我们既不能对此保持沉默，也不能认可此种对新闻报道自由的侵犯。特此提出强烈抗议。

这一天的下午是个分水岭，此后越来越深地陷入孤立之中的，实际上是岸本高级检察长。但立松当然不可能了解到报界一致支持自己的情况，他告诉泉检察官，说自己发烧了，经过体温检查，发现他低烧 37.3℃，以此为理由审讯终于停了下来。

更早些时候的当天下午 4 点多，冈原副检察长在自己的办公室里召集了川口、大津、菊池、泉等 4 名检察官，就如何处理拘留立松的申请一事征求意见。

根据逮捕令，对立松的拘留将于当晚 10 点 15 分到期。为了延长拘留期，检方必须在承认必要性的基础上向法院提出拘留申请。

赶来东京高检，一直关注着事态发展的萩原对立松的健康状况表示担心，一名被冈原副检察长叫去的检察官曾这样对他说：

"我反对延长羁押。日后会惹出大乱子的。"

一个小时后，被叫去的检察官回来了，他脸色很难看。据他说，会议的情况如下。

川口、大津和菊池 3 名检察官各自都主张没有必要再提交拘留申请，只有泉检察官一人始终沉默不语。

"好，明白了。川口君、大津君、菊池君你们 3 个人持消极态度，泉君的态度是积极的。"

主任检察官川口再次向慎重确认的冈原副检察长提出了反对意见。但是，当冈原副检察长进入检察长室再出来时，提交拘留申请一事已经被定下来了。

事实上，在当天对立松的审讯结束之前，就已经准备好了拘留申请书。

在川口主任检察官代替泉检察官对立松进行调查时，轻部刑事部部长拿着拘留申请书进来，要求填上重要事项。川口检察官以调查还没有结束为由拒绝了，但却被催促道"姑且先签个名吧"。

川口没有答应，问题被带到下午 4 点多开始的会议上进行讨论，但那只是走形式，东京高检首脑的方针是，不管审讯情况如何，和逮捕时一样，提交拘留申请是早已决定了的事情。

最后，在拘留申请即将到期的时刻，他们向东京地方法院再次提出了拘留申请，但由于当时已是深夜，拘留审讯被推迟到第二天。

10 月 27 日是个星期天。立松在丸之内警署的拘留所度过了第三个夜晚之后，在两名检察事务官的陪同下，于上午 10 点 40 分走进了常去的东京地方法院的大门。

进入拘留询问室，室内没有其他嫌疑人，刑事 14 部部长村松法官正在里面等候着。星期天的拘留审讯通常是由当天值日的法官来处理的，但由于逮捕立松一案是一件引起舆论轰动的微妙事件，所以这天被特意安排由部长级法官来操盘。

村松部长法官建议立松入座，然后言简意赅地当场宣布：

"我们研究了检方的拘留请求，认为没有理由再行拘留。特此驳回该拘留申请。"

法官就说了这一句话。

拘留请求被法院驳回的例子极为罕见。立松记忆犹新的，是在砂川斗争[①]中进入美军基地内而被怀疑违反《刑事特别法》的工会成员、学生的案例，以及佐贺县教职员工会事件[②]，在这两个事件中拘留请求被法院驳回。更何况，东京高检的拘留申请被驳回，这几乎是不可能发生的事情。正因为如此，立松感到欣喜异常。

立松又被带回到了东京高检，在那里他拿到了检察官给他的释

[①] 1955 年至 1960 年东京都砂川町发生的反对美军基地扩建的斗争事件。
[②] 1957 年 2 月佐贺教职员工工会为反对大规模裁员发起的劳动纠纷事件。

放指挥书，重新获得了自由。下午1点，他乘坐三田开来迎接他的车回到了读卖新闻社。景山社会部部长站在不远处注视着被人们紧握双手不放的立松，他的眼睛里闪烁着晶莹的光。这一切足以让立松感到欣慰。

可以说，由于法院驳回了检方的拘留请求，《读卖新闻》和新闻界认为逮捕立松是不合理的这一主张的正当性得到了认可。

然而，东京高检完全没有预料到这种情况的发生，直到这天早上才对祐天寺的立松家进行了搜查。

立松房子在得知自己的孩子被逮捕时，突然想起岸本高级检察长写给亡夫的2000日元借条还保存在自己手里。

自从立松怀清成为开业律师后，立松家就一直是仰慕他的司法官们常来常往的热闹所在。其中，常来拜访的少壮检察官时期的木内和岸本是怀清所看中的。在房子眼里，怀清更喜欢岸本豪放磊落的性格。

具有老大气质的岸本从年轻时开始，下班后就常带着同事去银座的"春"沙龙，或在九段和赤坂的候车室里欣赏浅川舞，因喜欢花哨奢华而在检察机关内部广为人知。

怀清在富裕的环境中长大，对金钱看得很淡，而且对自己看好的人不惜给予慷慨的资助，正因为如此，才会为前程似锦的岸本花费交际费吧。

房子从不插嘴丈夫对外的谈话，所以实际上她并不知道战前的2000日元这笔巨款是在何时，又是以何目的交给岸本的。不过，可以肯定的是，当丈夫死后，她在整理文件发现署名岸本的借条时，并没有感到太惊讶。一个风头正劲的在野法律界人士动辄就照顾一下现役司法官，这在战前并不是什么稀奇事。

房子从未向岸本要求还款，甚至忘了战争期间把借条藏在哪儿了，听说自己的孩子被岸本——那个曾经把自己的孩子揽在膝上的岸本——送进了拘留所，一种莫名的情感涌上了心头。

"可气死我了。反正检察厅要来抄家，那我就把它找出来，放在最显眼的地方吧。"

长子乔安抚了房子的怒气。

"妈妈，快别再这样了。这都是过去的事情，又是父亲和岸本之间的事。首先，你以为这么做和博会高兴吗？那家伙呀，以后要是知道了，一定会大发雷霆的。"

其实即使是房子，也并不是真的想要那样做。不说出来憋在心里，自己就平静不下来。

即使她真的心血来潮那样做了，也不可能平息愤怒。

带领检察事务官前来扣押搜查的菊池检察官非常郑重有礼。

"非常抱歉，例行公事，请您允许我们看一下。"

就像他在门口打招呼时说的那样，他只是往立松的房间里瞥了一眼，什么东西也没碰，然后扬长而去。这样，那张问题借条也就不可能出现在他的视线里了。

不久，立松家接到了电话。

"立松和博先生不久就要回来了，请给他烧洗澡水。"

拿着话筒的乔问了一下对方姓名，对方没有回答就挂断了电话。之后过了很长一段时间才从读卖新闻社传来立松被释放的消息。那个打电话过来的一定是检察机关的人。

被公司像凯旋的将军一样迎接的立松，由于依然持续低烧，没有回家，而是立即再次住进了新宿区大京町的前田外科分院。但他有一段时间不能安静休息。在报社的安排下，医院方面准备了临街的二楼的特别病房，虽然配有陪护用的另一个房间，但是数十名记者蜂拥而至，他们架起了拍新闻片用的电视摄像机，病房拥挤得连下脚的地方都没有，喧哗声一片。

编辑局总务原曾经高喊"让立松成为英雄",现在他的想法实现了。立松坐在床上,沐浴在镁光灯下,现在他已经是英雄了。

但他自己的心境却与这种境况相去甚远。要接受同行们的采访,他就得躺在床上,把护士递过来的体温计夹在腋下。

平时总是注意外形的立松,常以这种形象出现在一排摄像机前,看上去既没排场又不体面。持续发着低烧是肯定的,记者们的热情也让他上火。

立松在拘留所期间,做梦也没有想到自己会转变为接受采访人。自从他被捕以来,随着时间的推移他越发感到孤独。关于卖淫贪污一案,他对所获得的信息的准确性充满信心,却招致自己不光彩地被起诉,从而给报社带来了麻烦,这一事实是不可动摇的。无论问题最后会如何解决,自己都已背负起了对报社巨大的精神负债。一想到这种负疚,他就越发觉得自己成了一个弃儿。事实上,在被捕后的 24 个小时里,他一直处于孤立无援的境地。不管怎么说,如果把立松从心理上自报社这个战斗集体切割出去的话,他剩下的就是任人宰割般的无助和这个集体对他的熏陶。岸本高级检察长下令逮捕立松,恐怕就是预见到了这一点。

当立松被扣留时,他的腰带被抽走了,首先在外表上他就受到了与盗窃犯无异的屈辱。

接着,岸本将想把立松当作报社记者对待的川口和大津两位检察官排除在了审讯之外,换上了将立松当作纯粹的犯罪嫌疑人对待的泉检察官。从那时起,精神折磨就开始了。

其目的,大概是要蹂躏坚守为采访源保密这一职业道德的立松作为报社记者的那种自豪感。

对于立松而言,审讯中泉检察官引出的家庭话题,是最具杀伤力的。这并不是因为他会落入泉检察官设下的圈套,去念及可能会为面子感到羞愧的亲人,从而被感情所驱使而变得懦弱。泉检察官恬不知耻地使用了陈旧老套的审讯技巧，而立松却不得不直面他的这种攻击，陷入这种境地本身就会让人感到一种难以名状的无奈。

泉把立松置于检察官和嫌疑人的密室关系中，用他自己单方面的粗俗行为很轻易地伤害了孤立无助的立松的人格。这在某种程度上，可能类似于强奸案的加害者和被害者之间的关系。

作为受害者的女性被迫成为完全违背意愿的行为的一方当事人，其结果是，无论自己的品质如何，从肉体到自尊都被剥夺了。

泉检察官半暴力地行使国家权力，逼迫立松出卖他自己的同事，同时也是与立松私谊不浅的另一位检察官。

"请给我留下这最后的尊严吧。"立松发出如此这般的恳求，与其说是新闻记者出于矜持的严厉拒绝，不如说更像是最后一件衣服被剥掉时的活生生的尖叫。立松没有成为叛徒。但屈辱之念却被铭刻于心。

第二天28日的《读卖新闻》早报刊登了记者三田与岸本高级检察长的一问一答式的访谈，给读者留下了报社方面凯旋的印象。

问：今天（27日）针对立松记者的拘留申请被驳回，人已被释放，作为强行实施不当逮捕的高检负责人，您有何感想？

答：因为有想拘留调查的问题，所以提出了申请，但是现在被驳回了，我们服从法院的决定，不准备提出抗诉（注：根据《刑诉法》第429条，对法院作出的裁决不满意时，可请求撤销或变更该裁决）。

问：释放不是表明了这是不当逮捕吗？

答：我不这么认为。这是见解上的分歧。

问:如果不能拘留,那么强行逮捕不是就没有意义了吗?据我们在地方法院的调查,有人批评说,在逮捕令上盖章的法官不慎重,而该法官解释说,他认为高检的态度极其强硬,应该有相应的理由。即使拘留请求被驳回,也要提出抗诉,那样做才会符合高检当初敢于下令逮捕的逻辑。怎么半路上退却了?

答:逮捕和拘留的意义是不一样的。

问:这是不是因为立松不说出爆料人,所以才限制他的人身自由,让他陷入拘禁性的异常心理中,以便达到逼他说出爆料人的目的呢?因此,据被释放的立松记者说,你们对这位大病初愈的记者进行了长时间的调查,并实施了由3名检察官轮番进行的严酷审讯。

答:在限制人身自由方面,逮捕和拘留是一样的,但它们各自的意义是不同的。《刑诉法》的条文就是这样定义的。

问:据说第三位上场的泉检察官是最厉害的。为什么让泉检察官等3名检察官来审讯体弱多病的立松记者呢?(注:这名泉检察官在前一年即1955年4月被称为京都五番町事件的错捕事件发生时,是京都地方检察厅的副检察长,他曾对部下大喊大叫:"你连一个女人都逮捕不了,还想干什么!你干检察官几年了?"后来这事传到了国会,成了国会话题。)

答:那不是很好吗?更换检察官是因为工作的关系吧。

问:你们打算今后怎么调查?

答:调查已经完成七八成了。我们本来打算也就再拘留两到三天,现在已别无选择。剩下的就是任意搜查了。

问:为什么到了27日才搜查立松记者家呢?如果有必要搜查的话,与逮捕同时进行才是正常的啊?25日从法院取得的搜查令,在即将释放的时候去执行,只有骚扰一下的效果。

答：我想知道那篇因损害名誉而被起诉的报道的作者究竟是谁，所以我想有必要对读卖社进行搜查，以扣押原始稿件，所以我们提前申领了逮捕令。27日我还没去厅里，所以我不知道搜查的结果，但不管怎样，我们必须采取一切必要措施……

问：25日，当我在司法记者俱乐部问到不当逮捕的理由时，我得到的回答是，过四五天调查就结束了，届时会公布逮捕的理由。（注：彼时，俱乐部成员抗议说，检方只是说想了解一下情况，让立松记者来一趟，然后就突然逮捕了他，这是在用欺骗的手法，实施不正当的逮捕。检察长辩解说，如果立松说出爆料人，那么应该两三个小时就结束了，但因为他没有说，所以时间延长了，导致实行了逮捕，所以'绝对没有欺骗'。）是不是为了29日国会法务委员会的答辩而破例进行了强制搜查？

答：我不认为是破例。正如当时所讲，是见解分歧。我只想回答这些。

问：决定逮捕的24日晚，检察长被从宴席上叫回到检察厅，然后决定逮捕。这也不是破例吗？

答：不是被叫回来的。

问：强行逮捕以来，舆论纷纷高调批评高检的不当行为。不仅是个人、报界的言论，给报社的投稿也代表着舆论。读了这些新闻报道和社论，您有何感想？

答：这不是一个我应该回答的问题。结论只有一个：见解分歧。

在同一版面上，最高法院的真野毅法官应请求发表了如下谈话：

"法官不再受检方的意见所左右，进行独立自主的判断，这是一件非常好的事情。在旧宪法时代，司法大臣之下设立检察官局和法院，检察官经常以检察一体原则之名，合起伙来向大臣施加压力，将自己不喜欢的法官降职，进行骚扰。在新制度下，法院独立了，这样的事情就没有了，现在可以自主做出判断，可以驳回拘留申请了。"

这些话虽然只停留在泛泛而谈的范畴，但现任法官在这一阶段向媒体发表了可以被理解为批评检察机关的意见，这一点备受关注。

与此相呼应，同时发表的还有正木宏律师的评论，正因为它是一篇在野人士的发言，所以就显得更加直截了当：

"法院驳回拘留请求是再自然不过了，是理所当然的。诽谤罪中基本上不存在要销毁的证据。只要调查一下文章所写是否属实就可以了，处理的时候与爆料人是谁之类的没有任何关系。逮捕并要求拘留是不理解宪法、毫无常识的行为。风传近来检察厅方面口吐狂言：'最近报纸越来越狂了，要好好教训教训他们。'这次是以逮捕的方式威胁新闻记者，践踏言论自由。从这一点来看，法院驳回拘留请求的判决是正确的。"

报社在征求所谓的有识之士的意见时，基本上都是根据该报社的编辑方针确定人选。因此，发表在报纸上的评论并不一定代表了多数人的意见。然而，对于逮捕立松一事，认为不合理的占压倒性多数。

就在28日这一天，由来自12个国家约120名在日特派员组成的日本外国记者俱乐部从中午开始召开临时大会，一致通过决议："此次检方逮捕日本新闻记者的事件引起了我们极大的关注。兹特此通知日本新闻协会，日本外国记者俱乐部将继续关注对新闻线索来源的保护和新闻自由。"

岸本高级检察长等东京高检首脑们赤裸裸地暴露出了权力意识，他们所能得到的理所当然的报应，是饱尝来自舆论界的迎头痛击。

17　初识立松

如果用一句话来说明立松和博与我的关系，那只得说是同一报社的前辈与后辈的关系，至于说这种说法是否恰当，我多少有些心虚。因为他和我无论以何种方式，都没有在一起工作过。

在社会部，大部分成员都分散在采访地，所以部门内的相互接触自然有深浅之分。但是，既然属于一个部门，就不可能完全无缘。即使设想一下极其疏远的情况，至少也会产生一两次通电话、送稿件之类的联系。然而，立松和我之间连这些工作联系都不曾有过，我们始终处于个人交往的关系。

原本把我介绍给立松的，前面我提到过，是 N 报一个叫平岩正昭的非本公司人士。

昭和三十一年（1956）5 月，刚进公司第二年的我，随着部内的工作调换，从负责以涩谷为中心的警视厅第三方面，调到设有俱乐部的丸之内警署和爱宕警署第一方面，在那里我认识了平岩。

他留着当时时兴的慎太郎式发型，身材高挑，穿着一身领子和裤脚极窄的曼波式西服。虽然现在新闻记者的服装大多比较随意了，但当时的主流是无可非议的正统风格，因此在记者俱乐部中，平岩这个人显得格外突兀。

如果把他比作电影中的某个人物的话，那么他就是一个泡在赌场里身败名裂且患有劳咳病的家臣形象。除了发型和服装,他的气质与其他记者也迥然不同。

平岩一个人负责第一方面的整个地区,经常在丸之内警署工作,我经常在自己的工作场所爱宕警署工作。如果我和他没有在不经意间谈到毕业学校的话题,那么我们之间大概也就只是一次萍水相逢的交往罢了。在这种情况下,我并没有可能接近立松。人生中的因缘邂逅真是不可捉摸。

我从世田谷的都立千岁高中毕业。更严格地说,我上的是作为府立十二中创立的旧制的千岁初中,后该校在新制度下被改建为高中,我是读完高中后毕业的。

在与平岩的一次闲聊中,我得知他是府立十二中的第 1 期生,学校创立时他是接过校旗的旗手,于是突然间我改变了谈话时的措辞,变得恭敬起来。在此之前,我听说他和我同是昭和三十年 (1955) 进报社工作的,以为他一定是和我同龄,所以和他说起话来都是使用平等的口气。但我是比他晚 6 年毕业的第 7 期生,他是我最大的前辈第 1 期生,对他使用敬语是理所当然的。

"你们报社有个叫立松的人。我现在要去探望他,如果你不介意的话,一起去怎么样?"

平岩之所以发出邀请,大概是出于知道我是他的后辈而产生的亲近感吧。

那是保田隆芳所骑的赛马"白力"在俱乐部的德比马赛评论中频频出现的时候,所以应该是 5 月份。

"我只是在员工名单中见过立松这个名字,还从来就没见过他。"

平岩这样催促着犹豫不决的我:

"那岂不是更好了嘛。认识一下也没什么坏处。"

我进公司被分配到社会部的时候,部里总共有 80 人左右,其中有一成左右是长期缺勤的。从战时到战败后，日本进入了一段人们普遍营养不良的时期，加上社会部的工作时间不规律，昭和二十年代后半期①因结核病病倒的人层出不穷。

到了昭和三十年代②，随着经济的迅速恢复，他们陆续回到了工作岗位。只有发病较晚的立松长期缺勤，正因为如此，他的名字反而深深地印在了我的脑海里。

"阿和和蔼可亲，你们总有一天会见面认识的，既然是早晚的事，我现在就把你介绍给他。我们两家是从父辈就开始的世交。他上学那阵子，就经常出入我家，我也有一段时间在他家就像一家人一样，无所事事闲待着。如果你不想去，我不会勉强你，但病人都会很无聊，即使不是这样，他也是一个好客之人，我相信你一露面他就会很高兴的。"

平岩称立松为"阿和"。正如在前面谈到怪写真事件时所介绍的那样，按常情来看，两人是以不可思议的缘分联系在一起的。然而，我从平岩口中听到那件事，是过了很长一段时间之后的事了。从平岩的讲话语气中大致可以看出两人的亲密关系，我没有任何理由拒绝他的好意。

尽管如此，我还是有一点犹豫。这是因为，在每周一次留宿报社的时候，我从前辈们那里听到了许多有关立松的传说，那些传闻在我心中塑造了一个难以接近的人物形象。

立松住在新宿御苑大木门斜前方的前田外科分院二楼，一个宽敞的单间里。那一天是难得的五月晴天，向南敞开的窗户在阳光下明亮得炫目，透过窗户可以看到嫩叶在随风摇曳，房间里荡漾着一股与"薰风"相称的季节的馨香。这个分院与其说是医院，不如说

---

① 1950 年至 1954 年前后。
② 1955 年至 1964 年。

是木制的二层小楼，使人联想到宁静安稳的宅邸，让我忘记了自己是在病房里。站在窗边，可以看到不远处高台上的庆应大学医院的楼房，白色的墙面在阳光下熠熠生辉。

但是，我第一次接触的立松，与外界明亮的风物形成鲜明对比，给人一种非常阴暗的印象。这与我心中所描绘的华丽的独家新闻记者形象相去甚远。

他随意地穿着一件看上去很昂贵的大岛牌西装，从左往右七三分的长发，耷垂在宽阔额头的右侧。我下意识地从他那面颊消瘦的风貌中，看到了某位少年时期对寻常百姓生活很着迷的津轻出身的作家的形象[①]。

立松所具有的阴暗感，不能简单地说是一种与病魔做斗争的生活疲劳，它更像是扎根在别的什么地方。然而，这只是一种莫名其妙的模糊感觉，我当时并没有预感到他会像那位作家一样去寻求毁灭。那只是在我既往的人生中从未直接接触过的一种奇妙的阴暗，它牵动了我的心，在那之后，初次见面时立松给我的印象会在偶然间复活。这是真的。

立松雇了一个叫奥山的40多岁的女佣。立松对她耳语了几句，她便起身走了。过了一会儿，病房中央的桌子便摆满了中国菜。

他先将冰啤酒的瓶盖打开，接着将尊尼获加的黑色标签封条撕开。记得那个时候，尊尼获加在明治屋的标价约为1万日元左右。如果是现在的话，这相当于是10万日元以上的奢侈品。

当时，社会部记者的待遇是破格的，就连我这个初出茅庐跑警局新闻的人，包括各种津贴在内的收入也达到了一流企业课长级的水平，虽然逐渐学会了花钱大手大脚，但还是没有勇气对黑牌的尊

[①] 指无赖派作家太宰治，于39岁自杀身亡。代表作《人间失格》。

尼获加下手。特里斯酒吧终于开始出现在街头巷尾,显示出流行的征兆。当你在自家附近的酒屋点了一份缺货的老酒,老板从里屋拿出来给你时,那神态就好像给了你多大面子。这就是那个时代。因此,从一开始认识立松起,我就见识了立松的那不一般的特殊待客习惯。

三个人的宴会在太阳高照的时候就开始了,我们不去理会医院的会客时间限制,没完没了地继续着。到了午夜,立松只打开了沙发旁边的台灯,房间变得昏暗起来。

立松让我凑近灯光,向我讲述他的采访内幕,我被他的故事吸引着,猛然间又清醒过来。这是我不曾有过的实际体验,因为我感觉自己陷入了催眠术之中。

这么一想我就觉得,无论是立松关掉了室内照明,还是他从脸和脸几乎要贴在一起的位置看着我的眼睛让我不想把视线移开,抑或是压低声音喃喃细语,这一切与其说是怕打扰其他病房,不如说是为了对我有效地实施他的"魔法"而刻意为之的。

这种"魔法"当然不是催眠术。姑且把它叫做"掌握人心之术"。

借着昏暗的灯光,立松窥视着我的眼睛,像是在确认他的"魔法"进行得如何一样,某一瞬间他的眼睛会闪烁出奇怪的光。这也许是我在沉醉中产生的错觉吧,这种错觉会让我清醒过来,但并不会让我感到不舒服。

后来我才明白,立松在工作中对新闻线索爆料人,在私生活中对朋友、知己,甚至还对很多女性发挥着超越了魅力而应该被称为魔力的某种力量。

虽然我没见过在采访现场的立松如何行事,但他的朋友们有一种公认:他绝不会放过自己盯上的女人。我曾经有几次看到过这样的场面:他很容易地把看似贞操坚定的女人引诱上钩。我当时觉得我似乎看到了某种妖术。

立松曾跟我说过,他和一个良好家庭的四姐妹按年龄顺序交往过,这简直令人难以置信。其中的两位,我曾被分别引见过。两位都是颇有教养的大家闺秀。这使我感到困惑。

藤本宪治是和立松同期的海军预备役学生,也是他在读卖社的同事。单身时,立松说要帮忙给他找对象,他却一个劲儿地表示拒绝。

其理由是"让那家伙介绍对象,实在是太危险了"。不仅是藤本,如果谁了解立松的女性经历,那就无论如何也不会接受他所提的亲事。

关于立松,我有时会想,在立松的一生中,可曾有过一次,从心底里爱过一个女人?

人世间可以看到有些男性,他们把肉体与情感区分开来,不断地寻花问柳。这种类型的人被称为好色之徒或渔色之徒,但立松的情趣却与他们不尽相同。

现在,如果我试着设想一下立松要和女性交友的样子,脑海里浮现出的不会是刺目的欲望和淫荡,而是与冷漠交织在一起的倦怠。

虽然说不清是从哪个时期开始的,但至少在我认识立松的时候,他已经表现出了一种让人产生这种想法的气质。尽管如此,他之所以仍没停止他的女性经历,是因为他想将对方的衣服连同那种矫揉造作一起撕下,将其下面的人(在这种情况下是女性)的本性暴露出来,这对于他而言与其说是一种情热,倒不如说那只不过是一种阴暗和冷漠。我看到的正是与此一脉相承的那种扭曲的喜悦。对于已经变成这个样子的立松来说,和对方之间的性行为是人生的一种补充,至于有没有这种补充是无所谓的事。

我听到过的一个传言说,立松有一个熟人,经常无所顾忌地勾引女人，于是立松便对他的妻子下手了。当我问及真相时，立松这样回答：

"白痴，我怎么会那么做？我没做，不过等同于做了。"

"此话何意？"

"那家伙的老婆，她还真以为要那样了。"

据立松说，他用车把她带到了东京都内的某处。那个地方从表面上看像是和风旅馆，但实际上只是一家料理店。

"进门的时候，她一副很惊讶的表情，她可是什么也没说就跟我来的。后来就入席吃了饭，手也没握一下就回去了。"

看来有关立松和那位人妻的传闻是立松自己透露出去的。这种事传来传去便传到了她丈夫的耳朵里，狠狠地挫伤了那个春风得意的家伙的锐气。这就是立松特有的恶作剧之一吧。

前面提到的小川丰，和藤本一样，是和立松同期的海军预备役学生，在即将奔赴战地的时候，他来到祐天寺拜访立松。看着一个接着一个露面的房子的女学生们，立松只说了一句"我把她们全都搞定了"，把小川惊得目瞪口呆。从那天起40多年过去了，小川这样回忆说：

"我想，只要是一个稍微有些智慧的人，即使嘴上不说出来也知道，日本在那场战争中战败的几率是很高的。更何况立松是一个非常聪明、善于思考问题的人。我们对那场战争持明确的批评态度，因此，可以说对死亡的恐惧心理就更加强烈吧。在战争之前我是个公子哥。我觉得立松比我更像公子哥。因为他生活在花田的正中央，很早就吸吮了许多的甜蜜。童年时代的不谙世事姑且不提，到了三四十岁应征入伍后还是老样子，我们有一种不安的感觉。

"试想一下，人都是生活在有限的世界里的，从这个意义上来说，我们不得不变得悲观起来，每个人身上都有毁灭的要素，这些要素在战时那种非常状态下，以古怪的及时行乐主义的形式所表现出来的，就是立松的形象姿态，你不觉得吗？这种情况一旦发生，就再也无法挽回。战后，这些要素也以美酒、女人、非洛滂①等形式出现，随处可见。立松是一个时代变化了就活不下去的人，我想他本人也意识到了这一点。"

  这位战友的分析，可以用从上小学到读卖时代都是立松朋友的野田黎二（前面已提过）的话来表达："现在思考一下的话，立松并不接受原封不动的事情的表象，他总是怀疑事情的背后有着什么不可告人的东西。……说得好听点，就是在不懈地追求真相到底是什么，说得不好听一点，就是看什么全都觉得别扭。这是从孩提时代开始就一以贯之的精神状态，它塑就了一个新闻记者的灵魂。"这席话让我朦胧地看到了初次见面时所感受到的，立松所具有的阴暗气质的缘由。

  站在女性的立场上考虑的话，也许立松是个可怕的人。在这种情况下，抛开与女性的关系不谈，我周围没有一个人像立松那样拥有如此多的朋友和知己，并受到他们所有人的喜爱和信赖。他为了以那样的生存方式生活下去发挥了其所具有的魔力，不过，无论是怎样的一种方式，他都没有给意气相投的朋友们带来过实际的伤害。

  在分院见面的第一个晚上，我顾忌到时间和地点，几次起身要告辞，但每次都被立松那根本就不像病人的臂力所制止，最后只好借用他的床小睡了一下。

  晨曦微露，天空开始泛白。我很快就睡着了。同时，我也中了他的"魔法"，一种只能被单方面给予的人际关系。

---

① 一种兴奋剂，主要成分与冰毒相同。日本二战时将其作为提升士气的军需品使用，战后流入市场。 1951年日本制定《兴奋剂取缔法》，非洛滂被禁止销售和使用。

没睡多久,我被进来的人吵醒,白大褂们围绕在我的枕边。院长查房的时间到了。

林分院长对占据住院病人病床、酒气四溢的闯入者不闻不问,催促了一下护士们便走了。我慌慌张张地站起来,第一眼看到的是沙发上熟睡的平岩的身影。立松可能在医院内的某个地方找到了床,不在房间里。

在晨光下看到的室内景象是真正意义上的一片狼藉。空瓶子在桌子上林立,餐盘四处可见,烟灰缸里烟头堆积如山。戒规森严的医院,仅此便是不赦之罪过吧。

然而,住院患者变成了酒醉之徒,院方竟置之不理。这昭示出只有这个病房的主人才被允许的特殊待遇。

那时候我并不知晓,立松之所以住在这里,是因为前田外科医院的前田友助院长和他已故的父亲怀清是爱知一中的同学。他的另一位同学是金森德次郎,金森在昭和十一年(1936)辞去了冈田内阁的法制局局长的职务,原因是他与枢密院议长一木喜德郎一起就"天皇机关说"发起了"国体明征"运动。这三个人是涉世后最要好的朋友。前田院长的女婿是林分院长,林分院长新婚燕尔之时曾借宿于立松的姐姐美代子的家里,美代子的丈夫是长与道夫,长与夫妇的媒人是前田院长。

顺便一提,道夫的父亲长与又郎从东京大学毕业后,赴德国的弗莱堡大学留学,回国后成为东京大学教授,先后担任医学部主任和传染病研究所、癌症研究所的所长,是知名的病理学权威。昭和九年(1934)至昭和十三年(1938),任东京大学校长。但在昭和十二年(1937),他遇到了一个事件:矢内原忠雄教授在《中央公论》上发表的《国家之理想》一文,被认为是在鼓吹反军部思想,受到了包括右翼、军方和校内右派教授们的攻击。

结果,长与校长不得不受理矢内原教授的辞呈。翌年即昭和十三年（1938），长与校长为了维护大学的自治，坚持反对第一届近卫内阁文部大臣荒木贞夫提出的帝大校长官选案，最终迫使这一选案被撤回。

又郎的弟弟是在《白桦》上发表戏曲作品《项羽与刘邦》而扬名的善郎，《白桦》因关东大地震停刊后，他为继承《白桦》衣钵的《不二》掌舵，致力于继续保持正统的白桦派风格。其代表作有广为人知的小说《青铜的基督》和《一个叫竹泽先生的人》。昭和三十五年（1960），他以自传《我的心路历程》获得读卖文学奖。

言归正传，长与道夫与美代子这对夫妇，从空袭激烈的第二次世界大战末期到战败后，曾在多摩川附近的世田谷区冈本町平岩严的府邸暂住了2年左右。这所宅邸是昭和二年（1927）由住在淀桥百人町的平岩严为病弱的妻子鹿野疗养之用而购买的。这处豪宅由6栋建筑组成，占地面积约8000坪。长与夫妇租了其中的一栋。

平岩严全家是在昭和八年（1933）搬到这里居住的，但在那段时间前后，平岩严在监狱里生活，不在府邸的时间更长些。在此期间，鹿野和她的3个兄弟一起在板桥区的成增经营一家伸铜加工厂，以维持家计。

昭和十二年（1937），平岩严乘侵华战争的浪潮扩大了这一事业，又在太平洋战争中靠与海军做生意发了财，积累了巨额财富。据说战败时，仅其银行存款就有1.5亿日元。

从无政府主义者变身为战争暴发户，长子平岩正昭成年后动不动就把这种转变当作反抗父亲的借口。而平岩严始终把立松怀清当作救命恩人来仰慕。

昭和二年（1927）出生的正昭从5岁起就认识到，立松家对自己一家来说是非常重要的，即使他不知道为什么会如此。当严得到了鲥鱼、野鸡等山珍海味时，他通常便会命令和他住在一起的鹿野的弟弟们送至麻布本村町的立松府邸。

怀清晚年时，喜欢钓鱼的严以冬暖夏凉为由，将位于二宫自己常住的二宫馆作为疗养地介绍给了怀情。

懂事后，平岩正昭第一次明确地意识到立松和博的存在，是在上小学五六年级的那个夏天。那时他每天都要去区内上马的剑道道场练习，在回家的老式电车上，一个漂亮的年轻人向他打招呼："这不是平岩家的正昭吗？"只见他上身穿着碎白点花纹的和服，下身穿的是和服裙裤，脚上踩着高木屐，看上去像电影里的主角。

他就是比正昭大5岁的立松和博。那一年正是他要升入大学的时候。

立松正在前往平岩家拜访的路上。严很高兴地迎接了他，并邀请他和自己的家人一起去一家名为"双叶"的法国餐馆，该餐馆位于惠比寿车站附近。从那以后，立松开始频繁造访平岩家。正昭在府立十二中上一年级那年的新年假期，是他们全家带着立松一起在上诹访度过的。

比正昭年长2岁的姐姐令子，情窦初开，对立松情有独钟，向父母暗示想结婚。这件事由于两人太年轻，毫无现实性，最后不了了之。严经常在家人面前高度赞扬立松说："那孩子了不起，将来会比他父亲还要有出息。"就连鹿野的弟弟们也对比他们小的立松刮目相看。

昭和十八年（1943）春，在千岁中学四年级结束后，正昭进入了北京大学。他不在的时候，身为同盟通讯社（共同通讯社的前身）记者的长与道夫和新婚不久的美代子一起寄居在了平岩家。

昭和二十一年（1946）3月，正昭从中国大陆撤回后，长与夫妇便离开了平岩宅邸。正昭重新进入文化学院学习，但他很少去学校。怀清去世后，立松一家从麻布本村町搬到了祐天寺，正昭也搬到了立松家，成了一名食客。在这所房子里，住着各色人等，其中有一名单身警察，在不当班的时候，会特意穿上一套制服去买菜。

因为这样的话，就能在黑市上以低廉的价格买到大量的鱼和肉。

立松那时已经是《读卖新闻》的记者了。他之所以走上了记者之路，很大程度上是受到了姐夫的影响。不久，平岩也在父亲的关照下，进入神近市子主办的周刊《日本妇女新闻》杂志社，迈出了记者生涯的第一步。

战后不久的立松家简直就像梁山泊，这源于立松的性格，他继承了怀清来者不拒的血统。

就这样，前预审法官和将他从司法官位置上赶下台的无政府主义者之间的罕见接触，在他们的两个儿子之间的年轻友谊中被继承。他们之间后来又插进了一人，那就是23岁的我。

我和平岩一起，频繁地驱车前往前田外科分院。跑警局新闻，因为要上晚报，所以下午3点之前要盯在岗位上，警惕突发事件的发生，之后就可以比较自由地行动了。距离早报东京都内版的截稿还有一段时间，所以无论人在哪里，只要给管辖地盘的相关人员勤打电话不懈怠，就不用担心因追不上新闻事件而发生无法挽回的情况。于是，去刚开的澡堂泡澡，去路演剧场看热门剧目，每个人都可以根据自己的想法消磨时间。

例外的是毕业于地方大学，对东京还不熟悉的K。他不耐烦地等着下午3点的到来，从他负责的一位警察那里跑到另一位警察那里，瞎跑一气。为了同时熟悉周围的地理情况，他不使用任何交通工具。这么一个与"跑警局"这样的称呼如此相称的人，此后应该再也不会有了吧。

一天，他回到俱乐部，自言自语地发了句牢骚：

"鞋跟都快磨没了，才刚穿了半个月。"

平岩听了之后讽刺他说：

"你不适合穿鞋。下次到马车店去，让人给你的脚底钉上马掌。"

跟在这样的前辈后面,哪儿都挺好的,就是在医院里泡个没完,我可不是个好"跑警局"的。但是,从立松那里听到的采访内幕都很有趣,这让我找到了这样的借口:学习也是工作的一部分。

然而,实际情况是他并不是那么值得称赞。

一天下午,我打开立松病房的门,发现先来了一位客人。一位妙龄美人。我本打算先出去,正要走,却被立松请进了屋,并把她向我做了介绍。寒暄之间,又来了一位探望的人。这位来客的美貌不亚于先前的那位。

这两位都和立松有染吧。她们各自坐在沙发的两端,谁都不想起身告辞,女性独特的无法言喻的冷战开始了。

立松在床上抱着膝盖,吸着烟,沉默不语。本来他就不怎么健谈,但由于他的沉默,两个女人之间的紧张程度更高了。他的眼睛里有一种乐在其中的样子,这使得局面更难以收场。

就在作为第三者的平岩和我心烦意乱地想着"只要这两位中有谁先走就好了"的时候,没有最乱,只有更乱,靖子夫人出现了。

不愧是名声在外的贤夫人,靖子笑容满面地和每个人都打了招呼,而我却很着急。

在这个当口,床上的立松第一次挪动了身子。

"奥山。"

他走到走廊,对着在清洗间的女佣喊道。

"把脸盆拿来,还有报纸。"

女佣两手拿着那两样东西,摇晃着微胖的身体,慌慌张张地跑了进来。

"您觉得哪儿不舒服吗?"

"没有。"立松摇了摇头,紧接着仰起了下巴。

"放那儿吧。"

"放地板上吗？"

"嗯。"

"您要干啥？"

立松没有回答，将衣服的下摆撸到膝盖上方，双脚慢慢地跨到了地上的脸盆上。

"对不起，突然想解大便了。"

这一句话，便让两位女客人慌忙离去。

"哎呀，你呀！"

靖子并不像她的语气那般惊讶。

"奥山，可以了，退下吧。"

立松让女佣退下后，闭上一只眼对我说：

"现在痛快了。咱们喝一杯吧。"

那年秋末，平岩和立松一样得了肺结核，住进了御茶水的杏云堂。他选择了这家不做肺切除手术的医院，试图通过内科治疗战胜疾病，但立松不可能对此放任不管。他在电话里说服了不情愿的平岩，让他转院到了前田外科分院。

林分院长在顺天堂是响当当的肺外科专家，平岩也接受了由他主刀的手术。由于他的住院，我往分院跑得更频繁了。

因为这里是急救指定医院，所以正门 24 小时都开着。我跑完警局后，便顺道去分院，和平岩、立松三人聚在病房里，有时还以单身的便利不回家，直接就住在了那里。

据平岩说，我和护士、住院患者都很熟，早上在盥洗间见了谁都打招呼。虽然我自己记得没有那么清楚，但因为是经常出入立松房间的人，所以深夜进出医院也是自由的，这一点是肯定的。

住下后的第二天早上，在女佣的照顾下，我吃上一顿热气腾腾的早饭，然后坐着立松从公司汽车部叫来的车前往工作地点。

我刚进公司的时候,前辈记者告诉我要和汽车部、摄影部搞好关系。社会部记者的工作大多是与司机、摄影师组成三重奏。说是被他们讨厌了的话工作就干不下去了。

作为一名普通记者的立松尽管缺勤了很长一段时间,但他在住院的地方要车时对方什么也不问就答应了,这说明他在汽车部享有颇高的人气。

第二年,也就是昭和三十二年(1957)的7月,立松结束了住院生活。他决定在山中湖的别墅度过初秋的日子。先一步出院的平岩与我接到了他的邀请,利用一个星期的暑假,一起乘坐他驾驶的皇冠豪华轿车出发了。由于学校的原因,立松的家人和长与家的两个女儿计划在3天后跟我们会合。在他们没到的这段时间里,我们开启了只有三个男人的别墅生活。

平时的立松很文静,即使在闲聊时也只是偶尔插上一嘴。到达山中湖的那天晚上,他借酒吞下了安眠药,也许是一种被解放了的感觉在起作用,我第一次看到他陷入躁狂状态。

"正昭少爷,跟本大爷比起来,你那就不算什么大手术,让你做切除你就是死不愿意,让你们见识一下我的伤疤,也好知道一下什么叫手术。"

这么说着,立松像平时一样光起了膀子,显摆着手术留下的大伤痕。只见他背上的大疤痕呈八字,腹部的是竖一字的形状。

"看见了,看见了。看男人裸体什么的有嘛劲。你能把衣服穿上吗?"

立松没有理会转过脸去的平岩,向我挑战扳手腕。

"虽然切了这么多,我还不输年轻人吧。怎么样,本公,咱们来一把。"

立松从我们初次见面起,称呼我时就一直在我的姓后加一个

"君"字。从这一天开始,除了在大庭广众的正式场合以外,他对我的称呼就变成了"小本",在借酒喝下安眠药的躁狂状态下,他对我的称呼就变成了"本公"。

平时的他出奇地规矩,不直接喊姓氏而是把姓氏拆开来称呼的人只限于他非常亲近的人,在山中湖他把年轻的我也列入了这个范围。

立松的挑战不是只扳扳手腕就完了,还要进行正式的扭打格斗。他的体力有值得夸耀的地方,我和平岩两人把他按到床上逼他睡觉,是要费很大力气的。

说是要回归童心,来到别墅后的立松,大概是回忆起了战前的童年时代吧。从他那不愿睡觉的侧脸,我看到了孩童般的面容。

第二天早上,一个戴草帽的男人拖着三匹马出现在别墅的院子里。这附近的农民在夏天会把农耕马带到湖畔,供避暑游客骑,来赚取现金。立松是趁平岩和我还在睡的时候起的床,联系来了马匹。

"我让他们给咱们选了些老实的马,不会有问题的。"

立松为了让没有骑马经验的平岩放心,决定早餐前绕湖畔骑一圈。条件是不让马跑起来。

立松跨上马鞍,骑行在最前面。他一走到湖畔的大路上,就让平岩和我走到前头,示意我们他会跟在后面。然后他用不知什么时候折的小树枝当鞭子,狠狠地抽了一下我们的马屁股,然后让自己的马突然跑出去,冲到了前头。我们的马也跟着飞快地跑了起来。

不会骑马的平岩发出了近乎尖叫的声音,紧紧地抱着马脖子。因此,只有他骑的马被甩在了后面。

上小学的时候,我和一名赛马场驯马师的儿子是同班同学。放学后,我就去他住的赛马训练场玩,他让我骑到一匹赛马的背上,这匹赛马是被拉出来准备参加下午的骑行运动的。刚开始的阶段我不适应马走起来的反作用,使得马鞍持续拍打着屁股。回家后发现尿血了,吓了我一大跳,但我没有告诉母亲,继续去那里玩,后来马夫也不跟着了,直接就把马交给了我。因此,对于骑马,我是多少有些心得的。我紧贴在立松的后面向前疾驰。

马不停蹄地跑了一阵,立松停住马,显得有些扫兴地说:

"哎呀,你会骑马呀?"

他说,他一大早就去拜访了每年都来别墅的农场主,嘱咐他带上一匹性情暴烈的马过来。给我的就是那匹马,据说是从草场赛马大赛下来的,但那匹马当时应该已经被阉割了,所以不会把我甩下来。

立松知道我会骑马后,就早早放弃了绕湖畔骑行一周。返回时,我选择了一个车辆不通行的沙池,让马尽情奔跑。立松并没有跟过来,他多少有些心虚的样子。

那天下午,我们三个人一起出去买做晚饭的食材。正要回去的时候,对面来了两个背着帆布背包的20岁左右的女孩。我得到立松的同意,和她们打招呼。只有男人的生活是很随意的,做饭和饭后收拾对我们来说是很麻烦的。我们在想,能不能以给她们提供居处为交换条件,让她们来干这些活儿呢。

两人是住在沼津的女职员,投宿在附近的木制小屋,她们说她们已经到了预定的天数,正准备回家,对我们的提议她们二话不说就满口答应了。

立松家的别墅从战前就有了,建在旭丘的黄金地段,在那里透过树间可以眺望到湖面。她们俩在4个房间中靠近厨房的面积为4叠半[①]的房间里安顿下来,欣喜若狂。

第二天,立松带着所有人下到湖边,建议骑租来的轻骑摩托车

[①] 4张半榻榻米大,约7平方米。

沿湖边绕一周。他和平岩有驾照,但我没有。这似乎是立松的小心思,因为上次用马整人的计划落空了,所以这次改用交通工具了。

我没有说话。因为我在大学体育实习时学了汽车驾驶,所以只要谁稍微讲解一下与汽车不同的油门和刹车的用法,骑轻骑摩托车就不会有问题。我骑上了一辆,心想,这有什么啊。两个女孩,一个上了立松的车,另一个向我走来。

"你最好别坐他的车,他没有驾照。"

平岩提醒她,但她没动。

试着骑起来便发觉,正因为轻骑小,打方向反而困难。好歹绕湖半圈,来到旭丘对岸的平野时,我的轻骑陷在一道车辙里打不了方向,实现了一个完美的侧翻。

坐在身后的女人被抛向路边,抱头倒地。这是一处相当陡峭的上坡,而且还临近弯道,所以几乎提不了速,结果反而因失速而侧翻。

我想这没什么大不了的,就把她留在原地没去管,而是先拉起车,检查有没有坏的地方。这时,前面的立松和平岩又折了回来,两人扶起了她。在那之后,她换乘上了平岩的车。

那天晚上,吃完饭收拾停当回到自己房间的她,又把待在客厅里的我叫出来,在走廊里说她头痛。无论怎么想,她的头是不可能受到重击的。她白天自己不肯起来,还喊头疼,在我看来都是在撒娇装蒜。

她很像是土生土长的本地人,直率不加修饰这一点是挺好的,但她也有不够谨慎的一面。说实话,当她向我的车走来时,我就已经觉得她的存在有点烦人了。因此,侧翻发生时,我就表现出了一种刻薄的态度。

话虽如此,但也不能出什么意外。我回到客厅,与立松商量是否应该请医生。

"这事交给我吧。"

立松说完，便把她请了进来。

"听说你头疼？过来让我看看。看着不像，我可是庆应大学毕业的医生。我的专业是妇产科，对医学总体上是了解的。到这儿来坐下吧。"

她似乎相信了立松的这番似是而非的话语，老老实实地坐下了。

"没有什么异样，只是有些疲劳吧。我现在就给你药，今晚吃了它早点睡吧。"

立松得意地翻着她的眼皮，他一边说着，一边从包里拿出自己常吃的安眠药瓶，拿出3粒给了她。

第二天早上，平岩和我7点左右起了床，发现立松就在院子里，女人们正在厨房准备饭菜。

"哎呀，那女孩真叫我吃惊。那3粒安眠药要是我吃了，中午前能不能醒过来都是个问题，可她呢，5点前就起床了，还说什么早上心情很好，搞什么鬼。你看，从院子到房子周围，都打扫得干干净净。沼津姑娘真猛啊。"

第四天，房子按计划带着立松的家人和长与家的两个女儿来了。替下来的沼津的那两个姑娘便离开了。

后来，立松把轻骑事件润色如下。

"那家伙可真会耍酷，连车都不会骑，却偏要充好汉，让女人坐在后面。到了这一步，我也不说什么了。可是，被抛出去的女人倒在地上，嘴里吐着白沫，他连理都不理。你猜那家伙在拾掇车时说了些什么？天下不必花钱的女人有的是，但轻骑摩托是要花钱的，所以才那样。我交了一个可怕的朋友。"

立松不断地对别人做恶作剧，并且乐此不疲。为了恶作剧的成功他不怕花钱，也不惜周折。在这种情况下，立松向伙伴们吹嘘，把我塑造成一个随心所欲的年轻人的形象。这不过是以一种有趣找乐的形式，得到了些许的回报而已。

这些姑且不论，立松该是从23岁的我的身上，嗅出了我总有一天要脱离组织框架的束缚成为一个局外人的味道吧。除此之外，我想不出他让我靠近他身边的理由。

既然如此，现在的我虽然脱离了组织框架，但已经比立松在人生的框架内多停留了10年之久，并且还在继续缝补掩饰着小小的人生破绽。立松走完了40年的人生路，现在即使我想要接近他的内心世界，但却发现终究只是在抚摸他的表面皮相，越写越觉得他的真实形象在渐行渐远，这让我越发地郁闷起来。

18　爆料人

那个夏天刚过不久，立松就复职了。于是，他很快就被卷入了事件的漩涡之中。

昭和三十二年（1957）10月27日晚上，他被释放后，再次住进了前田外科分院。平岩和我穿着棉睡衣，放松地待在读卖新闻社为立松订好的二楼的一间特别套房里。

套房在楼梯的右手边，带有一个小房间，可以直接从走廊进出，在立松出院前的2个月的后半段，我几乎每晚都要住在那里，这对我来说正合适，好像是专门为我准备的，但那时我没想到事情会发展成这个样子。

立松在整个舆论界对东京高等检察厅的抗议中一跃成为当红人物，从当天下午到傍晚，不仅是报纸，广播、电视、杂志等众多媒体都对他进行了采访，真可谓是应接不暇，忙得不亦乐乎。虽然只有3天的时间，但在与信息隔绝的情况下，立松感到孤立无助，还必须得忍受执拗检察官的审讯调查。对立松而言，纷至沓来的不同媒体的记者们似乎就是一支支无比强大的援军。

现在所有的媒体都站在了立松一边。如果说是基于共同的利害关系的话，那也就算了，但所有的媒体都一致认为，立松是一位不屈服于检察机关的不当逮捕而坚守为采访源保密法则的记者。

平岩和我拜访立松的时候，已是在深夜，所有的喧闹都已归于平静。此前，分院前的街道上挤满了与媒体报道相关的车辆，更有警察从附近的四谷警署大木户派出所（现大京町派出所）赶来，不知出了什么事，喧嚣一片。

不仅是平岩，我也认为探望立松属于个人的私事。一个刚加入报社跑警局新闻的小记者，无论以何种方式都不可能置喙报社的大事。于是，我瞅准人群散去喧闹不再的时候，移步向分院走去。

迎接我们的立松出乎意料地精神矍铄。

"我本来打算回家的，是报社让我住进来的——把我当成个病人，应对各方面的事不是更方便些吗？高检好像也没就此善罢甘休，还得和律师们接触商议。反正不用自掏腰包，所以我想待在这里一直到报社说不待了为止。没事就来这儿过夜哦。这次的房子多了一个小间，可以让报社掏钱大摆宴席了。"

刚一见面他就开了这么个玩笑。

不管怎么说，现在应该干个杯才是，最年轻的我下楼去要掺到威士忌里的冰块。现在已经相当熟识的护士一边把冰袋用的冰打碎一边问道：

"今天可真来劲。今后这样的喧闹还会有一段时间吗？"

她的语气中，似乎还留有卷入到意想不到的采访漩涡中的兴奋。

作为当事人的立松，被记者团包围采访时的兴奋似乎还没完全消退，几杯酒下肚话也多了起来。

"喂，本公，你今后写社会版头条的机会要多少有多少，可你自己不可能成为社会版的头条新闻吧。从这一点来说，那本大爷就是父子两代人都是新闻话题提供者。"

从山中湖回来后他仍然唤我为"本公"。总之，立松的昂扬状态让我松了一口气。

时间已经到了 10 月 28 日，凌晨 1 点左右，我们突然听到前面大街上汽车急促刹车的声音。

"是抢劫。"

我条件反射般地冲出病房。当时在东京都内，以出租车营业所得为目标的抢劫案屡见不鲜，为了数千日元夺去司机生命的案例也不在少数。我经历过一些这样的谋杀现场，所以从急刹车的声音中直觉是出租车抢劫。我光着脚从门口跑出去，正好看见在分院对面的车道上停着一辆出租车，一个年轻男子正从后排座位上探出身子勒着司机的脖子。因为室内灯亮着，所以从我的位置可以看到这一情况。

"喂！"

我一边跑过去一边大声喊叫，劫匪吓得逃到车外去了。

"站住！再不站住我就开枪了！"

光着脚穿着睡衣的我大喊"我就开枪了"，这是一个突然脱口而出的故弄玄虚。作为追捕方的我，必须要让或许持有凶器的对手退缩。

那劫匪头也不回地向前跑，也许他在想我真的会开枪吧。跑到新宿御苑和大街的交界处，他突然跳进了旁边的河沟里。

我跑过去向河沟望去，估计出从道路到河底的距离得有成人身高的两倍半，河沟两岸都是石壁。

劫匪沿着污水蜿蜒流淌的河底，游出去五六十米远，躲在连接大街和御苑大木门的木桥的桥桩后面。可是他顾头不顾腚，屁股露了出来。

"你跑不了了，上来吧。"

我正在从上面喊话的时候，立松和平岩追了上来。劫匪从桥下爬出来，向我们这边走来。看上去他是看到追兵增多了，才丢掉了逃跑的幻想，然而实际上并非如此。他发现我们脚下的石壁中间，排水管张开了一个大口,打算钻进去。

但是劫匪的手却够不到排水管口。他试着向上跳了两三次,结果都失败了,情急之下他又开始向上攀爬,但石头的表面被从管口流出的污水弄得非常湿滑,他的手和脚都在打滑。看到他那狼狈滑稽的样子,我们不禁放声大笑起来。

终于劫匪消失在了下水道里,立松和平岩走到车道上,一辆接一辆地拦下了开过来的空车。我跑到大木户派出所,把站岗的巡警带了回来。

那巡警是个中年人,虽然知道下水道里藏着嫌犯,但他却没有下去抓的意思,不靠谱地随口说了句"我和总署联系,请求紧急通缉",便急急忙忙跑回去了。大概是因为他对自己的体力没有自信,想要寻求支援吧。

"有人去抓吗?"

立松对七八名出租车司机鼓动说,其中的两个人毫不犹豫地答应了。听说这是抢劫出租车的案件,他们的怒火似乎被点燃了。

立松开始解皮带。平岩和我也学着他的样子解下了皮带。我们把三根皮带绑在一起,对折后绑在河岸的栅栏上。顺着皮带,两名司机腰插扳手和手电筒钻进了下水道。

立松让我把这件事报道出来,于是我坐出租车去了四谷警署,但我内心有点犹豫不决。

立松和我的关系,社会部还几乎无人察觉。这是在他被释放的当晚,而且还是凌晨1点之后,而我却出现在分院里,在不了解情况的部员们看来这是不自然的。如果深夜从不是自己岗位的地方送新闻稿,被问到原因,那我就不得不说自己在立松的病房里。我做的不是什么坏事,被人知道我和立松在一起也没关系,但要是引起闲话那就没意思了。因此,我不太愿意发报道。

可如果把它看作单纯的工作的话,就午夜在下水道里抓那家伙的事，是可以写成一篇三四段篇幅的报道的。而且，从时间上来说，这无疑会是独家报道。

当走进四谷警署时，我被一名警察盘问了。看着光脚袒胸穿着睡衣从门口跑进来的我，谁也不会认为我是报社记者。

正在争执的时候，大木户派出所的那位中年巡警正巧从身边路过，一看见我就惊讶地叫了一声。刚才在现场，因为情况比较急，双方都没能认出来。我负责第三方面的时候，他在成城警署负责少年犯罪预防方面的工作，跟我的关系很好。

在现场，我对不想下去抓犯人的他曾大喊大叫，当我意识到这一点时，就对他说："哎呀，你看刚才闹的。"

看似逮捕嫌犯只是时间问题，结果却出乎意料地费时。据说这是因为下水道有几个分岔管道路，而嫌犯钻进了其中一根很细的管道卡在那里，很难通过拉他的双脚把他拽出来。我的稿子在最后一刻赶上了末版，成了一篇四段的报道。

我把它写成了我只是偶然路过现场，并把事件中涉及立松、平岩和我的部分省略了。因此，编辑主任没有多问。

但是，我们三人和立功的司机一起，于 12 月 25 日获得了四谷署长奖，翌年即昭和三十三年（1958）1 月 29 日获得了警视总监奖。因此，警方两次联系了报社，好容易在原稿中省略的部分还是曝光了。

犯人是一名 25 岁的男子，刚从九州来到东京，是一个胆小鬼，他在实施犯罪之前让被害者在千驮谷一带转来转去，一直没有下定决心。但他用随身携带的短刀让被害者受了轻伤，所以表彰的内容是"协助逮捕抢劫伤害罪嫌犯"。这件事甚至上了读卖新闻社社报。

由于上述原因，我成了一名厚颜无耻的新手记者：把立松的再次住院当作占公司便宜的好机会，每天不回自己在杉并的家，把交通方便的分院当成不花钱的旅馆，在公司的账下叫奢侈的外卖。这些都成了前辈们的酒后谈资。

的确，在这次立松住院的后半段，近一个月的时间我几乎天天住在分院。然而，这并不是我所愿意喜欢做的。这是因为立松的表现发生了重大变化，必须有人待在他的身边。个中原因，稍后再表。

对立松的声援不仅来自国内，也来自海外。

在他获释的第二天，即10月28日，合众社①社长弗兰克·伯索罗米尤在纽约就立松事件发表声明说："报纸的主要任务是将事实告知公众。因此，如果记者不能使用以不透露爆料人姓名为条件而获得的信息，则报纸的报道活动将受到极大的限制。新闻记者不公布新闻线索来源的权利往往是向公众保证提供重要事实的唯一方式。"

次日29日，恰巧正在日本访问的美联社副总裁罗伊德·斯特拉顿会见了读卖新闻社的小岛编辑局局长，说出了一番鼓励的话语："美联社对此次事件非常重视，从一开始就通过纽约总部向全世界快速报道了事件的走向，收到了非常强烈的反响，可以说全世界都在关注挺身维护新闻自由的日本报纸和舆论界。世界各地的报纸和通讯社都高度评价读卖记者为了让大众了解事实真相，即为了确保言论自由，而没有公开新闻线索来源的举措。"

早在26日，立松还被拘留的时候，国际新闻社远东总局局长马文·斯顿便向读卖方面发表了如下的评论："如果日本想要维持言论自由，并且如果当局对新闻自由也就意味着民众的自由这一点稍有理解的话，那么就应该立即释放立松记者。在美国，很难想象

---

① 1958年与国际新闻社合并，成为今天的美国第二大通讯社——合众国际社。

一个记者会以不公开新闻线索来源为理由突然被逮捕。这次事件引起了全世界的关注,这是当局者不能忘记的。"

就这样,连美国的三大通讯社都在关注这一事件。

在国会,众议院法务委员会从11月2日开始审议卖淫贪污案和与之相关的逮捕立松问题。

林博委员(自民党)就提出损害名誉指控的U、F两位议员是否有受贿嫌疑一事向当局进行了质询。代为答辩的唐泽俊树法务大臣做了如下发言以否认该嫌疑:

"我是事后接到报告的,但据我所知二人似乎没有嫌疑。但是,如果记者相信有嫌疑,而且掌握了相信有嫌疑的事由,那么进行报道是理所当然的,那么就不构成犯罪,而证明这一点在法律上是存有难度的。我认为逮捕他的理由是,必须针对这一点进行彻底的搜查。"

也就是说,法务大臣承认了查明爆料人是逮捕立松的理由。

但是,在回答林委员的提问时,法务省刑事局局长竹内寿平将这一点改为了以下说法:

"由于记者立松的陈述与其他相关人员的陈述之间存在差异,因此存在着共谋的可能性,即存在销毁证据的可能性,所以逮捕了他。

"据说岸本高级检察长讲逮捕的理由是对新闻来源保密,但他在上月25日中午过后举行的记者招待会上的回答是,这是为了查清18日的那篇问题报道的来龙去脉,因为口供存在着分歧。记者们当时又问,这是不是要逼问出爆料人?他回答说,因为是要调查原稿成形的过程,所以爆料人也在被调查对象之列,但不限于此。于是,有人提出是否存在为爆料人保密之权利的问题,对此,他回答说要努力发现真相。"

11月4日,在审议进入第三天的法务委员会上,U、F两位议员特意要求发言，他们都主张自己的清白，称不存在受贿事实，佐竹晴记委员（社会党）立即站出来质询：

"关于逮捕理由，2日在本委员会上法务大臣和刑事局局长的答辩并不一致。尽管大臣对新闻线索来源的问题持怀疑态度，但刑事局局长却试图逃避新闻线索来源的问题。"

他接着说：

"从速记记录中可以清楚地看出，局长的答辩是为岸本高级检察长的'因为不说爆料人才逮捕的'这句话而做的煞费苦心的辩解。"

对于上述质询，检察总长花井忠语气强硬地断然道："检察厅绝对没有泄露内情。"刑事局局长竹内说："我认为（读卖的报道中）说'必将被传唤'是错误的。其他方面，我们确信没有泄露内情，但希望通过调查予以澄清。"这种含糊其辞的回应，引起了人们的关注。

11月4日星期一，这天我在公司刚值完夜班。第二天该我休息，所以我觉得很轻松，于是我在抢劫事件发生一周后前往立松那里。虽说时间比较早，但也已经入夜了。

立松似乎在晚报上读到了法务委员会答辩的概略，主动谈及了这个话题。"花井说，检察厅绝对不会泄露出去，好像下了很大力气，但真的能做到绝对吗？"

因为事情与爆料人有关，我不自觉地探出了身子。

"花井忠是著名的花井卓藏的养子。卓藏可能是独身主义吧，终身未娶，所以从弟子中选出了忠作为继承人。他很优秀，人品也很好，原先是中央大学的教授吧。4年前，以在野之身做到东京的检察长，然后接了佐藤藤佐的班，任检察总长，他根本不懂内部的事情。"

"是吗，最近检察厅也有这样的人事安排吗？"

"这个嘛，表面上说的是法律界一元化。佐藤对检察机关内部的派系争斗深感厌烦，把无派无系的花井推上来作为过渡缓冲。"

立松对马场派和岸本派明争暗斗的格局进行了一番解读，他露出讥讽的笑容这样说道：

"即使是以正义为招牌的检察机关，也有不少老狐狸啊。前天在电视上看法务委员会答辩的时候，我不禁笑了。坐在政府委员的席位上摆出一副若无其事的样子，这次的爆料人就在那儿坐着呢。我受恩于他，怎么能把他给吐出来呢？"

这是问题的核心。我无法抑制住我的好奇心。

"也许我不该问，那个爆料人究竟是谁？"

"说起政府委员，没有几个人。旁边那儿前天的报纸还在呢，你看一下啊。上面应该有名字。"

经立松这么一说，我从杂志架上找到了2日的《读卖新闻》晚报，打开一看，确实上面有名字。"在政府委员席上就坐的有唐泽法务相、竹内刑事局局长、河井刑事课课长、津田秘书课课长等法务省首脑人物，以及石井警察厅长官、川合警视总监，还有表情紧张的不当逮捕事件的当事人东京高检川口主任检察官等人。"

"法务相和警察厅的长官以及总监都应排除在外，剩下的是4个人吧？不过，跟津田秘书课课长似乎也没什么关系，那就是3人中的某一位？"

立松笑眯眯地看着一边看报纸一边自言自语的我。

"难道是调查立松您的主任检察官吗？"

"怎么可能。川口可是岸本派。"

"那，干脆地说，就是河井信太郎。"

立松深深地吸了一口手里的香烟，将烟雾喷吐到天花板。

河井信太郎大正二年（1913）出生于爱知县蒲郡市，昭和十四年（1939）从中央大学法律系毕业后应征入伍，以海军上尉会计的身份复员，昭和十九年（1944）于东京地方法院检察官局开启了检察官生涯。

昭和二十二年（1947）11月1日，东京地方检察厅新成立了以田中万一为部长的隐藏囤积案件搜查部，昭和二十四年（1949）5月14日该搜查部改头换面为延续至今的特别搜查部。

被称为特搜部之父的马场，在这里召集了实力派检察官，对政界、财界、官场的腐败挥刀相向。其中的代表人物是均为中央大学毕业的山本清二郎和河井信太郎。马场之所以以实力为本起用人才，很大程度上与他自身的成长经历有关。

马场于明治三十五年（1902）出生在福冈县朝仓郡上秋月村（现甘木市）的一个木匠家里，是6个兄弟姊妹中的长子。据《马场义续追思录》中的年谱，从大正六年（1917）于当地小学毕业到大正十年（1921）在县立田川中学学习4年后结业，这一段的时间记录空白，由于马场家境贫困，他在小学毕业后进入了八幡钢铁厂的技术员培训学校。按当时的话来说就是少年工人。

他一边工作一边在门司市的私立丰国中学上学，虽然通过了文部省在4月和9月两次举办的专业学校入学资格检定考试，但他想走上正规的升学之路，于是便打算转入县立中学。然而，重视社会地位的朝仓中学和继承了小笠原藩校传统的丰国中学都不允许他参加转学考试，好不容易他才被允许编入刚成立的田川中学四年级。

田川中学的校长就是靠自学考试成长起来的。他察觉到了马场的情况，亲自四处奔走，争取到了一位名为柳武的大财主作资助人。因此，马场能够仰仗柳武提供所有的学费，直到他大学毕业为止。

在田川中学的马场被誉为"超"天才。一位名叫饭田的数学教师——他曾在海军学校教过封锁过旅顺港的广濑中校——有一天被

校长叫了去。校长说,马场的平均分是满分一百分,这太奇怪了,能不能适当地给他减点儿分?饭田拒绝了,他是这样回答的:

"只有马场的成绩,我下不了手。下手的话得打120分。"

饭田时常对马场的后辈们说以下的话。

"答题在考试时间内完成就行了,可人家马场速度快,只花你们二分之一的时间,字还写得漂亮。而且,即使一道题也要用三种方法来解,让判卷老师选择自己喜欢的那种方法,他这是在考我呢。那不能叫天才。天才的前面得有个'超'字。"

4年结业后,他进入了熊本的五高,后又考进了东大的英国法科。在那段时间,春假和暑假他必定回家,到柳武的私人雪松林干一些力气活。

在东京大学上学期间,马场向他的同学们透露过他的想法:考虑到毕业后的事情,自己必须以最好的成绩通过高年级的司法科考试。但第一门考试成绩不佳,他按照计划中途放弃了,昭和三年(1928),他第二次报考,结果通过了司法科和行政科的考试。虽然他在司法科考试的成绩排名第八,但他在填报检察官志愿的考生中排名第一,终于如愿以偿留在了东京。

他的人生规划诠释了一名苦学力行之士出人头地的奋斗历程,他一步未离东京便登上检察总长的宝座,这在检察史上是史无前例的,将来也绝无可能。

这位马场在昭和二十一年(1946)2月至次年5月期间,还担任过东京区检的高级检察官。

当时,东京的粮食短缺状况已经达到了极限。昭和二十二年(1947)8月,东京地方法院负责以粮食黑市交易为中心的经济犯罪案件的法官山口良忠,为了忠于职守而一直只按配给量进食,结果昏倒在了地方法院的楼梯上。10月,这位年仅33岁的法官便与世长辞了。病名是肺浸润,但他实际是饿死的。

山口之死，毫不夸张地说，给日本全体国民带来了强烈的冲击。因为那时每个日本人都是通过某种形式的黑市交易来维持生命的。山口法官是唯一的例外。

那一时期，检察机关在士气上面临着巨大的危机。顾得了肚子，顾不了脚，有几个检察官不知不觉就湿了鞋，辞职了。或者，也有提前离开检察机关的。在去留间踟蹰徘徊的检察官们，内心一片迷茫。辞职后生活会不会变得轻松一些？

另一方面，东京区检的检察官们忙得不可开交。这是因为，粮食短缺的社会状况使得以盗采农作物为代表的轻微犯罪多发，人们迫切要求审判和起诉这类案件。

有幼儿的家庭主妇迫不得已从别人的农田盗挖马铃薯，这样的行为，在战前是可以暂缓起诉的。检察官们自己也在挨饿。他们之间自然会出现温情论。然而，马场坚决反击了这种温情论。

前仙台高等检察厅高级检察长羽山忠弘当时任东京区检检察官。他在《马场义续追思录》中这样描述了那段时间的情况。

> 从自己的饥饿体验出发，对"盗采农作物"犯罪禁不住同情的情况并不少见，甚至有人对自己职责的自信也感到动摇。在一次区检检察官全体会议上，一些年轻检察官甚至提出了"盗采农作物"犯罪不值得处罚，可不可以置之不理的问题。马场先生要求我们再怎么痛苦也不允许退缩。……对于上述年轻检察官的"盗采农作物"犯罪不处罚论，他详细说明了检察机关即使挥泪也要起诉这种犯罪的理由，并告诫年轻后辈们不要失去自信。总之，再苦再累，眼下的贫困也只是暂时的。不久，一切都会好转。因此，希望你们暂时咬紧牙关，为维持法律秩序做出万全的努力。同时，也希望我们检察机关能坚守住好的传统。这是马场先生的要求，也是他对检察官的信念。

马场的夫人叫温子，长子叫义彦，长女叫和子，二女儿叫正子，他的第二个儿子叫义宣。有人将这些家庭成员名字的首字温、义、和、正、义连在一起，认为这浓缩了马场的人生观。

诚然，在天资卓越的马场身上，没有人能否认看到了"知"。而且，他确实是代表战后混乱时期检察机关的"正""义"的体现者。但是，从他身上感到"温"的人估计很少吧。

从战前到战时，常有髀肉复生之叹的木内，即使在思想检察官被驱逐后，仍然一直对那些有这种倾向的人抱着近似于怨恨的敌意。检察机关一直被认为是如果不是东大毕业的，就很难出人头地的地方。满足于支流地位的私立大学毕业的检察官能够被特搜部录用，可以认为这背后存在着木内的个人感情在某种程度上起作用的因素。但是，想一想战败后的混乱局面，出现毫不退缩地迎战权力腐败的战斗性检察官，可以说是时代的必然。

独特的巨大身躯加魁梧相貌，与勉强睁开的眼睛不相称的锐利目光，河井信太郎是一个非常精悍的人，让人联想到战国时期的日本武将。然而，这种形象与头脑的缜密并不矛盾。他是这样说的：

> 我想，一个立志成为检察官的人，在进入检察机关阵营的时候，恐怕没有一个人希望按部就班地处理警察送交的案件，参加公审，过着和上班族一样的生活。我认为，燃起希望之火，将自己的学识和实现社会正义的热情，通过履职于检察机关发挥出来，才能找到人生的价值。而且，只有检察官才能查明资本主义内部的腐败、堕落，谋求资本主义的健康发展。之所以这么说，是因为这类案件，除了刑法之外，没有民法、商法、票据法、支票法、证券交易法及簿记、会计学等相关法律和经济、会计的基础素养是无法解释清楚的。从目前的情况来

看，期望警察做到这些终究是不可能的。

正如以上所言，检察官河井信太郎的热情和使命感非同寻常，尽管这些当然是以资本主义为前提的。这一点一定很重要，但他的真正厉害之处在于他的知识之渊博甚至涉及到了会计等实际业务领域。

在昭和二十三年（1948）昭电事件发生时，年仅35岁的河井被任命为奇袭队队长，从调查昭电的庞大数量的传票和会计日报等入手，逐渐戳穿了由银行出身的专业人士巧妙伪装的涉及各子公司的双重账簿的诡计，打开了逼近政府高官的突破口，从而声名鹊起。他的调查方法是通过分析账簿，找出钱财的用处去向，并从中揪出行贿受贿的线索。这一方法作为特搜部的基本手段一直沿用至今。

河井还以严厉的审讯方式而闻名。因昭电事件被捕的大野伴睦被保释后，在月刊上揭露了其审讯的严酷，河井便投书于同一杂志反驳道："大野先生不是哭倒在桌子上了吗？"丝毫没有畏惧之意。

在昭和二十九年（1954）的造船疑案中，河井在山本特搜部部长的领导下担任主任检察官。让他们搭档在一起的，是昭和二十五年（1950）4月担任检察长的马场。

他不看部下毕业于哪所学校，而是以他们的实力为中心进行人事调整，给检察机关注入了新风。这种实力第一主义，大概是植根于自己从少年工人到通过专业学校入学者资格检定考试的成长经历吧。

年轻时的马场异常不服输。这表现在麻将桌上。他连当场立即计算出分数的本事都没有，结账时他也不会立即支付点棒[①]。"24、48"，如果不自己重新数一遍再确认一下，他心里就不痛快。如果

[①] 麻将中用来计算得分的细长棒。

输得越来越多,就会说"再来一把""再来一把",坐在那里不抬屁股。

"你想等到海枯石烂为止吗?"

"要等到太阳西出东落才罢休吗?"

这时,牌友们就会说这样的话取笑他。马场则一绷脸:

"如果你现在就不想玩儿了,那就是你认输了。"

到了牌局结束算账时,他的脸上会浮现出一种难以名状的苦笑,以至于我会想,原来一个在人生中不知"输"为何物的人,输了之后的表情竟会是这个样子。只有在这个时候,我才会忍住笑容,心里感到真是痛快解气。

从以上马场当检察长时的部下所说的怀旧故事来看,马场首先考虑的是"我不愿输于人",很难想象他会声望广布。

另一个人回忆起检察总长开宴会时的情景,在几张餐桌中,只有马场坐着的座位周围空空如也。他引用了信长的话:"世上并无恩威两全之人。既如此,唯以威动部下,方可布武于天下。"并写下述怀之语:"即使我将来肯定不能成为像马场先生那样伟大的检察官,但我希望,当年轻的检察官们看到餐桌上我的名牌时,他们都会聚拢过来坐在我的身旁。"

马场当检察长时,在马场身边工作的总务课课长经常抱怨说:"我的背上好像总背着一个火焰大鼓[①]。"

那时的东京地方检察厅设在历经战火而残存下来的占地面积仅为546平方米的四层政府大楼里。从三楼一角的一间集事务局总务课和人事事务课于一室的房间中央穿过,走到尽头,便是检察长

---

① 日本宫廷雅乐的舞乐伴奏用大鼓。

室。当检察长进出时，他总是从总务课课长的座位后面经过。这位总务课课长之所以发牢骚，是因为无法预测检察长什么时候会路过。

造船疑案发生时，马场在狭窄简陋的检察长室里叱咤鞭策部下的形象，让人联想起了在舰桥上指挥战斗的舰长。他正是率领检察机关的精兵强将挺立一线的指挥员。

疑案发生之初，位于巢鸭的东京拘留所搬到了小菅。随着调查的推进，马场经常去新装修的东京拘留所，在南舍调查室的一间铺着榻榻米的大房间里召开调查会议，直到深夜。在会议上，他对调查报告提出不少尖锐的问题和批评建议，并亲自审阅重要的调查报告。

但是，当时部下形容马场时所说的"敏锐的调查感觉、周密的证据研讨、无畏的调查胆量、案件的前瞻性判断、检察机关一以贯之的使命感和责任担当的自豪感，以及强烈的正义感"，这一切，在法务大臣犬养行使指挥权之下，统统化为了泡影。

当晚，马场在铺着榻榻米的休息室里，面对全体一线检察官，深深地低头鞠躬，任泪水流淌下来。

在这一事件结束后离开了东京地方检察厅的马场，在担任最高检刑事部部长后，于昭和三十一年（1956）7月被任命为法务事务次官。与此同时，岸本接到了任东京高等检察厅高级检察长的任命。

听到这一人事任命，司法记者俱乐部热闹起来。都说一山不容二虎。每一名司法记者都感受到了将检察机关撕裂为两派的岸本、马场的对决即将到来。

政治上敏感的岸本，不失时机地以"问候"为名，为司法记者俱乐部举办了招待宴会。会场设在法务省的大会议室里，与之相通的大厅里许多临时小吃店连成一排，宴会的奢华程度完全体现了喜欢华丽排场的岸本的特色。

说起东京高检的高级检察长，那可是检察机关的二号人物。离检察总长的大位仅一步之遥，岸本亲自唱起了《农民的脸，渔夫的声》，涨得通红的脸上写满了自信，歌唱得越发声嘶力竭起来。

　　不久后，司法记者俱乐部里的每名记者都收到了马场次官的"问候"邀请，大家都你看我我看你，不知所措。不知道为什么，只有立松一人是个例外。那个不想让报社记者靠近身边，那个在走廊里与记者擦肩而过也会故意把脸转过去的讨厌记者的马场，如今却表示要"略备菲酌，敬请光临"，如此豹变，令人难以置信。

　　马场的招待宴会是在与岸本宴会相同的地点举行的，而且举办方式也完全相同。与岸本唱对台戏的意识非常明显。对此，就连不少对岸本抱有反感的记者也感到大为扫兴。他们有的失望地说："马场也变成行政官员了……"

　　后来有传言说，此次马场是不情愿地接受了身边人的安排和操办，这反而让人们对两派的血腥争斗印象深刻。

　　立松的被捕就发生在这个当口。他的新闻线索来自马场-河井一派，这一点在检察厅内部可以说是众所周知，读卖方面从与之抗衡的东京高检岸本-冈原一派的强行搜查中嗅到了某种政治气息，也是理所当然的。

　　"马场派和岸本派的争斗有那么厉害吗？"

　　对在病房里如此询问的我，立松举出了一个实例。

　　"因为处理造船疑案不力，马场被架空到了最高检的刑事部部长的位置上。后来，东京的检察长是柳川真文，他是时任法务次官的岸本的直系。不久后，发生了河野一郎的纯种马走私案。负责该案的检察官就是河井，他抓了那家进口涉案良种马的商社的东京分社社长。正要调查的时候，那个嫌疑人变成了检方的线人。据说在河井外出的时候其他检察官把他给放了。我总觉得这是岸本受河野之托，命令地检这么做的。

"据说检察总长佐藤藤佐也没有收到报告，河井对此很生气，对柳川很是怪罪。那么，你猜怎么着？5天后，河井突然被一纸调令踹到了法务省法务综合研修所。闲职也不错嘛。"

"肯定会是这样的。"

"嗯，法务次官握有人事权啊。"

"那么，在今年7月的人事任命中，马场当上了次官，这就意味着有可能对岸本派进行报复。"

"虽然目前还不至于进行报复，但马场一担任次官，就把河井从研修所的教官升职到了法务省的刑事课课长，对吧。"

"当上刑事课课长就意味着前途似锦吧？"

"是啊，用以前的话说，就像当上了陆军部的军务课课长。"

"那么，这场战争谁会赢？"

"你觉得呢？"

"可是，岸本现在是二号人物，不就等于拿到了当检察总长的通行证了吗？"

"表面上看确实如此，因为东京高检的检察长担任检察总长是不成文的规定。但马场知道自己的脖子会被掐死，要不要给岸本让出一条通往检察总长之路……我想不会的。"

"那他该会怎么做？"

"嗯，这个嘛，我也不知道。不过，佐藤确实讨厌岸本。他特地选中在野派花井来担任东京高检的检察长，让他做检察总长的接班人，颇有封杀岸本的味道。有一种说法似乎是，佐藤和岸本之间有一个约定，花井一年后辞职，然后由岸本接任。对我来说更感兴趣的是，马场和花井比岸本更亲近佐藤，他们之间到底会发生什么。

"岸本把公安的王牌冈原放在高检的副检察长的位置上，想从一线扫清与马场意气相投的检察官,不过,无论如何也赢不了马场派吧。因为马场派的人动不了,他们个个都是废寝忘食的工作狂,一个萝卜一个坑。"

从立松的口吻中可以体会到,与那些只专注于工作的忠实耿直的人接触时的拘谨。他在工作上比别人加倍,在玩耍放松时也不落后于他人。在我看来,比起一本正经的马场,豪放磊落的岸本更对他的心思。当我说出这个想法时,立松笑了。

"所以,我总是说,因为我想玩,所以我得工作。为此,我们必须从那些光工作不玩的人那里拿到一些独家新闻。不然我会玩得不舒服。这个道理很简单。"

立松经常假装自己是个坏蛋,所以这句台词理解起来必须打个折扣。

岸本该是不自觉地小看了立松,那个幼儿时曾被自己抱在膝盖上的立松。岸本曾预想,立松会对爆料人供认不讳,果真是那样的话,马场派就会遭到毁灭性的打击。但立松是无论经受怎样的打击都不会开口的。误判了这一点的岸本,总归不是马场的对手。

19　舞台已经变换了

11月14日，日本众议院法务委员会开会调查立松事件的真相，社会党籍议员猪俣浩三和佐竹晴记两名委员就东京高等检察厅高级检察长被排除在检方的损害名誉被告之外的不自然性，以及所谓的"㊙记录"和腐败嫌疑向法务当局提起了质询。当天的《读卖新闻》晚报对答辩内容进行了如下报道。（摘录）

　　猪俣委员："广大国民对贪污和记者逮捕事件至为怀疑，希望能搞清楚是否有丑闻。损害名誉案件中为何只有检察长被略过？据传闻，自民党干部和岸本高级检察长商量后，决定将事件移交给高检。一名记者的逮捕手续由高级检察长办理，这是不正常的。而且还和检察厅内的派系有关系。

　　"为什么检察长要站在抓捕记者的第一线？我认为这是谣言，但有人说U、F两人（引用者注：在该报道中均为实名，下同）与岸本高级检察长之间有过联系。"

　　唐泽法务相："所谓有派系之争、岸本高级检察长与政党的关系等，都是社会上的传闻，我确信那样的事情是不会有的。"

　　猪俣委员："被起诉的检察长和检察总长并不是具体参与

损害名誉行为的共犯。这大概是指挥监督关系吧。那么检察长的直接上司就是高级检察长。为什么单单要去掉那个高级检察长？法务相的答辩实在不能令人满意。"

唐泽法务相："我认为两位控告人没有必要和岸本高级检察长商量，那是无法想象的。"

猪俣委员："列检察长为损害名誉的共犯，这是跳过了正常程序。那样的话，如果他想让自己喜欢的检察官来办案，不就能够做到了吗？以这种跳跃的逻辑被起诉的检察长是否能取得职权，这一点我怎么也想不通。"

竹内刑事局局长："法官有回避的规定，但检察官没有。但是，在是否公正妥当这一运用层面，将其移交给了高检是破例的。"

佐竹委员："（从全性流出的笔记中）U、F二位姓名上面有㊉标记一事是不能否认的。这样的话，读卖的报道就不能说是假新闻，正因为如此，当局才会以爆料人疑似来自检察机关内部为由来追究新闻线索来源。……我也有那个名单的照片，但是今天不想把它公开出来。（对于笔记上出现的人物，当局表示）对部分人进行了调查，认为部分人没有嫌疑。正因为有了那个笔记，竹内局长才会回答说'正在费尽心思进行搜查'。"

唐泽法务相："根据收到的报告，我的回答是（U、F两人）没有嫌疑（报告如是说，故如是作答）。我没有听说过㊉标记一事，也没有说过那样的事情。"

佐竹委员："竹内局长不是也说过名单的真伪如何是很重要的吗？"

竹内刑事局局长："大臣的答辩宗旨是，没有听说过他们有嫌疑。我们不是在调查㊉标记。我们是在调查腐败。"

猪俣委员："笔记中涉及的两人和起诉的真锅议员都被标有同样的印记。对于㊡标记不做答辩，只是一味说那二位是清白的，那是讲不通的。……如果你回答说正在调查，那还算说得过去。在没有搞清㊡标记的真正含义的阶段，就说只有他们两人是清白的，这是矛盾的。你凭什么判断他们是清白的？"

　　竹内刑事局局长："我认为不能说那个㊡标记只是与金钱授受有关。"

　　虽然在野党和法务当局在国会上的说法没有任何共同之处，但对于岸本高级检察长悍然决定逮捕立松的强硬调查指挥，就连检察机关内部也有不少人表示怀疑。前检察总长佐藤藤佐在被一名司法记者问及感想时，更是直截了当地批评说："这是在给检察机关抹黑。"由此也可以看出当时现场的这种气氛。

　　然而，即使在拘留申请被东京地方法院驳回，立松不得不被释放之后，岸本仍保持着追究爆料人的架势。

　　在此期间，读卖新闻社又委托了小野清一郎和名川保男两位律师，加上事件发生之初的中村信敏和柏木博两位律师，辩护阵容得以巩固加强。

　　11月18日，这4位律师齐聚读卖新闻社，与原编辑局总务、景山社会部部长、长谷川次长、萩原通信主任、三田驻司法记者俱乐部主任等报社方面负责人协商对策。会议刚开始，柏木律师就转达了东京高检的一位检察官提出的非正式提议。

　　"即使不能确定爆料人是谁，但如果确信确实是从检察机关内部的某个人那里得到了新闻线索，那就可以向高检高层申请不起诉的裁定，这样的方案，是否可行？"

　　长谷川次长对此提出了疑问：

"我理解这位检察官的好意,但不管是实施逮捕时还是采取拘留措施时,当时现场的经过是,所有表示要慎重的意见都被驳回了。高检确定的最终方针真的会像这位检察官所说的那样吗?"

三田对于这种估计持否定态度:

"从目前的情况来看,无论做何种转变,被起诉的可能性都很大。以岸本高级检察长为首的检方多数人的看法都是要起诉。"

中村律师的意见很明确:

"我的结论是确定的,那就是立松君不会改变之前的供述,这个表述言简意尽。他们不是想要一个爆料人就在检方内部的心证吗?如果想知道那一点的话,凭立松供述不就足够明白了吗?"

立松在审讯中就新闻线索来源做了如下供述:

> 我听说关于这起卖淫贪污事件,在一些政界人士当中不断传出有关笔记之类的奇怪信息,我认为这是一种流言,依赖这样的信息是危险的,我尽可能地避免收集民间情报,而是去追查搜查进展的主线。因此,我从未见过任何政治家、商人或卖淫事件消息灵通人士。我不能回答你是否见过这起案件的调查人员,但从调查这起案件的政府机构的角度来看,除了推测之外别无他法。

小野律师与中村律师持相同意见:

"就算是你对新闻线索来源的陈述有所松动,对方也只会反而一个劲地追杀过来。我觉得考虑不起诉云云也是对方的一计吧。"

石川律师也表达了同样的看法:

"即使我们接受了这个非正式请求,也不会免于起诉。我也认为,如果在对新闻线索保密的问题上立场不坚定的话,反而会对我们不利。"

在辩护律师们的发言结束后，柏木表明了自己的立场：

"我只是在接到请求的当时做了一些说明，并没有说可以接受，这是出于慎重起见。"

"即便如此……"小野以自言自语的方式接下了话头，"这是个难题，确实是个难题。"

会议室陷入了一阵沉默。

如果读卖方面接受了高检的非正式请求，立松好歹就有了免于起诉的可能性。但如果拒绝了，那么就算立松被起诉那也是迫不得已，读卖方面必须就此提前拿定主意。小野委婉地表达了这一点。

最终的结论只能由读卖方面自己来定。

"那我们还得让立松君再努力坚持一段时间。"

原总务做出了决断。这一决定在当晚由萩原告知了立松。

第二天 19 日，前桥地方法院举行了引起国内外关注的吉拉德事件的公审，社会部非常忙碌。这一事件发生在那一年，也就是昭和三十二年（1957）的 1 月 30 日，在群马县榛名山南侧的相马原美军演习场，附近的一名农家主妇为了糊口，正在捡空弹壳，被担任警卫的三等特种兵吉拉德（当时 22 岁）诳骗到跟前，用步枪射杀。

如果这种行为被认为是在执行公务的过程中犯下的，那么审判权属于美军，如果不在公务范围内，则由日本取得审判权。起初，美军当局主张拥有审判权，且不做让步，因此日本国内的反美情绪高涨。最终，经过一番激烈讨论，美军当局以让步的姿态向日本方面通报了不行使审判权的意思，该案归由前桥地方法院进行审判。这一次，美国国内出现了以退伍军人协会为中心的反对声浪，审判的进展也更为人所关注。

是日，河内审判长认为日方拥有审判权，认为被告的行为是与执行公务没有任何关系的伤害致死事件，但考虑到无视禁止入内警告的被害人也负有一半的责任、案件属偶发等情节，判处被告有期徒刑 3 年，缓期 4 年执行。从美国方面很快就对此判决表示满意的反响来看，这应该是对被告人比较宽大的判决。

法庭在上午 11 点闭庭。报社接到现场记者泷泽等人的送稿便匆匆忙忙地制作晚报版面，等一切告一段落的时候，社会部的荻原接到了在前田外科分院住院的立松打来的电话。电话中说，当天上午 11 点，他接受了川口主任检察官的临床询问①。

高检方面在进行临床询问时，事先向读卖方面询问了立松的病情，读卖方面转告了林医生的诊断结果，立松似乎有脏器方面的异常情况，身体衰弱明显，但仍能接受 5 到 10 分钟的询问调查。当时，高检方面答应在临床询问前先联系一下，但川口主任检察官是在没有预告的情况下来到前田外科分院的。

"笔录只记了一张纸。他们问我，记者三田说那人是一名与卖淫贪污调查有关的公务员，是一名中上等的公务员，是这样吗？我回答说，既不能否认也不能肯定。然后对方只问了两三个与病情有关的问题。

"剩下的就是笔录外的闲聊，大概聊了 3 个小时左右。他们说，如果你既不否定也不肯定的话，那我们就太为难了，二选一，可以吗？我回答说，不，我做不到。还是这样争来争去。主要内容还是与新闻线索的来源有关，所以没说什么要紧的事，你替我向部长问好吧。"

荻原一边记录着立松的汇报，一边为前一天和律师们的商谈很偶然地在最后一刻赶在了临床询问之前而感到高兴。

第二天 20 日下午，川口主任检察官在荻野检察事务官的陪同

---

① 法院对在病床上无法出席的证人，会前往医院对其进行口头询问。

下出现在读卖新闻社的汽车部,用相机拍摄了10月15日至当月25日的驾驶日报中与小岛编辑局局长、景山社会部部长、三田、萩原、立松、泷泽、寿里等记者有关的约40张记录。

隔天22日上午11点左右,荻野事务官独自来到汽车部,说:"我想见一个叫壬生的司机。"正好赶上壬生那天休息。荻野事务官把壬生的家庭地址记在笔记本上,然后就走了。接到汽车部报告的萩原,查了一下前一天高检方面拷贝的那部分驾驶日报。其中的一张是壬生的记录。

　　10月22日　　送景山　　丰冈　　19:15—19:30

"丰冈"一词可能是读卖社经常光顾的筑地旅馆"龙冈"的笔误。萩原判断出了这一点,便立即派了一名游军记者前往龙冈。既然荻野事务官确认了壬生的地址,他一定打算调查龙冈。他觉得有必要把这件事通知龙冈方面,去打探对方下一步如何动作,看看高检方面的意图是什么。

在游军记者离开后,萩原把电话打到了壬生的家里。果然,壬生说丰冈是龙冈的笔误,他还没有与荻野事务官接触。

没过多长时间,到达龙冈的游军记者联系了他。

"高检已经来过了。"

"什么?"

萩原惊讶得喊出了声。

被拷贝的驾驶日报中,没有一张有"龙冈"的字样。唯一可以类推的依据是前面提到的"丰冈"。然而,荻野事务官在没有向壬生确认的情况下便径直去了龙冈。这证明高检方事先是知道龙冈的存在的。这些信息到底是从哪里泄露出去的呢?调查龙冈自然什么也得不到,但萩原觉得这件事本身很不简单。

下午 4 点，萩原以当天被临时传唤的景山部长的代理人身份，到高检去见川口主任检察官。

"萩原君，你能在这里把新闻线索来源说出来吗？这样就可以不起诉立松君了。不仅是我，高级检察长也是这个意思。在大阪，一个把说警察干部的坏话写成文章的人因诽谤嫌疑而被起诉了，但由于信息的来源是确定的，即便相信了也是没有办法的事情，所以被判无罪。浦和也有类似的案例。也许读卖社的相关人员是不会说的，但写封信、发个明信片也行，能不能告诉我们呢？"

"我来这里不是为了谈这些事情的。为什么要瞒着我们去调查龙冈？你们这么做的话，就算我想跟你说最后也不说了。"

"不是的，从立松君的供述中，我们怎么也不能打消对消息是从我们检方内部泄露出去这一点的怀疑，所以我们想搜集旁证做出推断，便去调查派车传票什么的。之所以去龙冈，是因为景山部长一定知道新闻线索来源，要调查一下他去过哪里。"

如果报纸的一篇报道被指控损害他人名誉，仅仅指控写稿的记者是不成立的。将其刊发、出版和发行的人也会同时被指控。 萩原的感受是，高检方面正在把枪口指向身为负责人的景山部长。

下一周的 25 日，景山部长去了一趟高检。川口主任检察官没有做笔录，而是要求景山就一般的采访方法、是否从立松那里听说过爆料人是谁、与控告方进行了怎样的协商这三点，在周末之前提交答辩书。

川口主任检察官只字未提龙冈。这可能是因为他们已经弄清楚了，龙冈与本次事件无关。但他不忘用这样的话进行牵制：

"如果你在法官面前拒绝宣誓作证，你将会因为拒绝作证而受到惩罚。"

根据这一阶段的证据，只有立松可以被起诉。因此，高检方面可能是在想方设法找出景山部长是共犯的证据。如果是出于这个原因才考虑到宣誓作证的话，那就麻烦了。从回到报社的部长嘴里听到了部长与川口主任检察官的对话内容，萩原的内心充满了紧张感。

25日是发薪日。晚报的截稿时间一过，会计部的通知一来，被大家喊作小孩的打工学生便会拿着值班主任的印章和装文件用的空盒子，去领取社会部全体人员的工资。他把工资袋拿来后就码放在值班主任席位旁边的桌子上，每个人都会从中确认自己的那份，这已经成了很长一段时间以来的习惯做法。这种简单随意的做法可能会引发错误，但差错一次也没有发生过。虽有不合常规之处，但最后总会丝毫不差，这就是社会部的精妙之所在。

那天，我打电话给立松问了一下他的意向，便趁着天还没完全黑去了一趟前田外科分院，顺便把他的工资也捎上了。

彼时，进出立松病房的人已经明显变少了，我也不用太顾忌。

报社记者跟公司职员一样，一到发薪日每个人都会很高兴，但立松却默默地接过我递过去的月薪袋，把它扔到枕边，一副愁眉苦脸的样子。

呆了一会儿，他突然毫无缘由地冒出了一句：

"过去我射出去的导弹，可是总能击中靶子的……"

"……"

"有时，我写'将在今天早上逮捕'，可实际逮捕是在傍晚或第二天。"

"哦，你是在说独家新闻的事啊。"

"写着'近期传唤'，也有过了一个月才传唤的时候。"

"……"

"最长的时候，从在报纸上点名说要抓他到他实际被抓，我等了一年多。"

这指的是昭和二十七年（1952）立松负责警视厅搜查二课时的电通贪污事件。

该事件是在电气通信省原次长参加参议院选举之际，现任次长等人虚报企业的工程费以筹措选举资金。

挖到独家新闻线索的是立松的同事真岛荣一郎。他在巡夜时从搜查二课官员那里得到了显示资金流向全貌的示意图。

当时刚入社3年的真岛，不知该如何处理是好，于是就全权委托立松来做判断。

"好吧，我来替你去摸一摸检察官那边的情况。"

说完之后就离开俱乐部的立松，两三天后带来了好消息。

"这个消息可靠，有人说能牵扯到次长。"

于是，真岛列举了现任次官的真实姓名，报道了与他有关的丑闻，但是为了坐实资金流向而进行的搜查却意外地花费了很多时间，左等右等之间一年就过去了，就在写这篇报道的本人已经快要忘得一干二净的时候，次长被传唤了。尽管如此，立松从检察机关得到的预测还是应验了。

立松在警视厅七社会上班后，一次也没去过自己负责的搜查二课的房间。在与地方检察厅特搜部的著名检察官周旋交锋的他看来，跟刑警打交道当属大材小用吧。

他本来就没有在厅内走动采访的打算，所以经常四五天不在俱乐部露面。在这期间，轮到他在俱乐部留宿值班时，和他关系很好的副队长二里木孝次郎和真岛就会替他值。

说起二里木，此人根本就不懂什么叫"玩"，立松是第一个把他拉到银座的人。

一天，立松这样怂恿二里木：

"报社有住房资金贷款制度，你不打算借吗？"

按照立松所说，二里木以改建自家房屋的名义，从报社获得了

10万日元的贷款。

钱下来的那天，立松便诱惑他：

"二里木，我已经教你怎么借钱了，现在顺便教你怎么花钱。"

那天晚上，立松喊了一同负责警视厅的三田和夫，加上二里木，三人一起去了银座。当时没有像现在这样的夜总会，说起豪游，一般的也就是逛逛舞厅。

那天晚上，三人在银座连着转了几场舞厅。二里木假装是公司社长，三田是专务，立松是会计部部长。这都是立松的主意，从扮演的角色来看，10万日元当由立松保管。

他们每到一家店，都对围上桌来的小姐点名挑选，豪爽地付小费，最后在美松大吵大闹了一番，就这样10万日元挥霍殆尽。二里木当了一晚上社长的代价，就是在那之后的几年里，每月都要从工资袋里扣掉贷款的偿还部分。以此次为契机，二里木开始不断地往银座跑，其间，他迷上了一个女人。但他只是在她的身边转，连手都不曾握过。

"你要老是这样，她会被别的男人抢走的。得早点儿有所行动啊！"立松这样挑唆二里木，但二里木一步也没迈出过柏拉图式领域。

不久，单身的二里木要成家了。在婚期敲定的时候，立松啪地把一张照片甩在了他的面前。那个曾与二里木交往的女性和立松穿着成套的浴衣坐在被子上，脸颊贴在了一起。不用多说，谁都能看出来地点是旅馆的一室。一定是为了给二里木看而特意延时自拍的。

立松的说词是这样的：

"啊，我不是跟你说过吗，如果你不行动的话，她就会和别人一起了。"

如果干这种事的不是立松的话，肯定会挨上一拳，但不知为什么，单单立松这个男人却让人恨不起来。即便发生了这样的事，二里木也一直明里暗里关照着立松。

说起立松此人，他白天不上班，留宿值班也让别人替他值，可有时深夜里他会突然烂醉如泥地出现在俱乐部里，同事自不必说，就连其他公司的人他也一个一个地把对方打醒啃他们的脸。因为每次都是这样，所以大家便不去理睬这些，于是立松就开始示威似的在俱乐部中间撒尿。

有一次当立松又如此撒野时，他被几个人按住，命根子顶部被抹上了墨水。几天后，他一副左想右想想不开的样子，对三田说：

"喂，不要紧吧？那地方开始一层一层地脱皮了。难道会被墨水弄坏了？"

立松经常在银座玩够了之后，带着酒吧女招待过来，挥舞着自带的威士忌酒瓶，请大家再喝一通。

虽说俱乐部就是俱乐部，但七社会是警视厅的记者俱乐部。立松的所作所为，即使同事们睁一只眼闭一只眼，其他报社的记者也应该会抱怨，但实际上没有人去抱怨。这是由立松的人品所决定的，毕竟所有人都认可他作为事件记者的实际业绩。

立松复职之前，我在前田外科分院他的病房里，偶然被介绍认识了前来探望的《朝日新闻》社会部的记者万代。

万代是与立松同期负责追踪报道搜查二课的，在该方面是一位声名显赫的记者。然而，他在立松面前却束手束脚。

他是这样回忆的：

"立松君总是抢先一步压我一头。每次被他抢先拿到独家新闻时，嘎啦嘎啦（和报社的直通电话）就会响起来，编辑主任就会把我训一顿。可我必须得迎头赶上，于是我就在二课的房间里转来转去，可就是找不到苗头。起初，我怎么也想不通究竟为什么。过了一段时间，我才知道立松君的独家新闻线索是来自检察厅的，这下我算服气了。案件在被转到二课之前他就把稿准备好了，这家伙倒着做事，我不是他的对手。我明白了这一点，算是死心了。

"不过，多亏了立松，我有时也得到了一些好处。在二课被抢走了事件新闻，我只要说那是立松干的没办法，主任便不骂我了。"

朝日传统上在搜查二课下了不少力气，报道二课经手的案件被视为自家的拿手好戏。但是，遇上了善于跟检察厅打交道的立松，便胜算全无了。

出现在这样的回忆里的立松，现在在同一家前田外科分院，虽然病房不同。他正处在不得不接受检察官临床询问的窘境中。

"我的导弹虽然有时间上的误差，但也是百发百中，这次却是这样，你猜是为什么？"

立松这样问我，没有了平时开玩笑的语气，言语间充满了认真。

"你说吧。"

"在看守所的时候，我别无他事，就只想着这件事。总之，敌方开发出了击落我的导弹的导弹。"

"确实如此，你这么一说，我也有些明白。从造船疑案行使指挥权到建立保守联合，其间这种反弹道导弹被开发出来了。"

"嗯，正是在我请假住进这家医院那阵子。在那期间，整个状况都完全改变了。"

立松点着了烟，默默地注视着喷吐到天花板上的烟，以似乎要自己说服自己的口气这样说道："现在想起来，通过昭电贪污受贿案，从现任阁僚栗栖一直挖到前总理大臣、副总理大臣芦田和西尾，那些日子是特搜部的鼎盛时期。造船疑案发生时，同样是马场-河井派,在政界只抓了4个小人物就被击溃了。二者之间差别很大。"

于是,他像是突然想起似的问我:

"你知道煤管事件吗?那大概是昭和二十二年(1947)的事。"

"详细情况我不清楚,最初的起因是发生在片山内阁时期。是指煤矿国家管理法案被提交给国会后,九州的煤矿业者向保守派议员撒钱贿赂的那次事件吧。在那次事件中,吉田内阁的法务政务次官田中角荣被抓了。"

"这个事件是先由行贿方的管辖地福冈地方检察厅进行秘密搜查的,不过,在没有抓住具体的机会的时候,就在国会闹了起来。如此一来,检察机关也很难插手。那些心里有鬼的人,把能成为证据的东西都处理掉了,还互相建立攻守同盟。于是,就在调查难以进展之时,GHQ的一位名叫松方的日裔美国人怒吼道:'把检察总长福井盛太抓起来,让他给我马上搜查!'"

"那个松方究竟是何方神圣?"

"虽然不知道他的来历,但据说他是负责检察机关的,在总司令部内有一间庄重的办公室,可以与相当级别的高官平等地交谈。不管怎么说,如果听从他的指示,那么在调查过程中GHQ就不会来找麻烦,他就有那么大的权力。"

"……"

"那个被松方骂了一顿的福井,说现在东京地方检察厅正在搞昭电贪污受贿案,人手不够,想要闪身自保,但松方却不退让:'如果地方检察厅忙得不可开交的话,那动员一下高检的检察官不就行了吗?'说到没有调查室,松方就让福井做向导在厅内巡视。总长也是脸面尽失啊。松方指着一个房间说:'就用这个房间吧。'那个地方是地方检察厅涉外部。那里的人立即被轰走了,然后几十个木匠一齐进来，叮叮当当地连走廊都给围上了木板，煤管特别搜查本部就这样诞生了。占领期间就是这样。"

在占领军总司令部中，有两个对立的势力，即GS（民政局）和GⅡ（参谋二部，负责情报工作），这两个势力在每一件事上都顶牛，这是今天广为人知的事实。

GS的主流是进步的改革派，这些充满理想的年轻人在推行占领政策时，与志同道合的ESS（经济科学局）合作，大胆地推出了在美国本国都不可能实现的民主化政策。其中最典型的例子是解散财阀、驱逐财界大佬、农地改革等。

另外，昭电事件是GⅡ以推翻芦田内阁（民主、社会、国协三党联合执政）为目标的阴谋，这种说法现在基本上已经固定下来了。

正如第4章所述，与GS有联系的ESS将昭电创始人的儿子森晓从森康采恩的大本营昭电的社长位置上赶了下去，并任命日野原节三为森晓的继任者。如前所述，芦田内阁经济安定总部长官栗栖赳夫的推荐在决定这一人选的过程中发挥了作用。进一步说，芦田率领的民主党的最大赞助商是日野原的姐夫菅原通济，而栗栖则保管着芦田的金库。

就任昭电社长的日野原，为了从复兴金融金库提取巨额政治资金，让自己的情妇、新桥出身的艺妓秀驹做女招待，连夜在东京杉并的永福庄宴请各路政要。在日野原盛宴的出席者中，也可以看到GS、ESS的高官们的身影。

早就对GS、ESS果断的民主化政策感到不快的GⅡ开始跟踪这些高官。其间扮演间谍角色的是被GⅡ所压制的警视厅。

GS的权威人物、最受麦克阿瑟信任的查尔斯·凯德斯次长与原子爵鸟尾敬光的夫人鹤代之间那段著名的绯闻，在此无需赘述。

他们被特别仔细地跟踪，并被拍摄了一些照片，成了婚外情的铁证。

GⅡ的负责人是威洛比少将，他主要把占领政策当作美国世界战略的一部分来看待。

第二次世界大战结束后，在世界恢复和平的瞬间，出现了美苏对立的新的紧张局势，在中国，国民党军队被共产党领导的人民解放军压制着。威洛比考虑把在新宪法下开始走向和平国家之路的日本改造成反共堡垒，这符合他自己的逻辑。为此，日本必须建立与之相适应的政权。

凯德斯偏袒走中间道路的社民党的芦田内阁。而威洛比则对吉田等保守反共主义者抱有亲近感。

昭和二十三年（1948）4月，在野党民主自由党的高桥英吉议员向政府提交了"昭和电工问题调查申请书"。据说其内容是以警视厅内部调查得到的情报为基础，当然，可以推测擅长收集情报的GⅡ也是以某种形式参与其中。不管怎样，GⅡ给予了强大支持是毋庸置疑的。

次月25日，警视厅突袭了昭电总部，掀起了揭发疑案的热潮。日野原完全没有预料到事态会发生如此的变化。这是他对作为超权力君临日本的GHQ的主流势力GS的后盾作用深信不疑所产生的疏忽大意。

就在事件的调查进入最关键时刻的时候，警视厅的藤田次郎刑事部部长突然被撤换了，这震惊了世人。但是，如果知道这是凯德斯的授意，那也就没什么可奇怪的了。

藤田对美国的新闻记者说，他跟踪了凯德斯和鸟尾夫人，并拍摄了婚外情的证据照片。这件事传到了凯德斯的耳朵里，藤田被降职当了皇宫警察。但凯德斯的威望也到此为止了。

昭和二十三年（1948）10月，芦田内阁因昭电丑闻而倒台，第二届吉田内阁上台。在昭和二十四年（1949）1月的大选中，由吉田担任总裁的民主自由党将议席从议会解散时的152席大幅增加到264席。因此，该党获得了众议院多数席位，作为战后第一个绝对多数党控制了新国会。

在这次大选中，许多高级官僚在民主自由党的公推下进入了政界。主要成员包括池田勇人（大藏省次官）、佐藤荣作（运输次官）、冈崎胜男（外务省次官）、桥本龙伍（内阁官房次长）、大桥武夫（战灾复兴院次长）、前尾繁三郎（大藏省造币局局长）、西村直己（高知县知事）、远藤三郎（农林部总务局局长）、坂田英一（食品配给公团总裁）、福田笃泰（总领事）等。

其中，池田在首次当选后的2月成立的第三届吉田内阁中，一跃担任大藏大臣的要职，解散前一直担任官房长官而没有议席的佐藤获得议席，被提拔为党的政调会长。官僚掌管政府、政府支配执政党和国会的保守体制的雏形已经形成。此时，本应横向扩展的议会民主政治，在纵向统治的逻辑面前变得形同虚设。正如GⅡ所想的那样，通往"逆向路线"的道路被打开了。

当年5月3日，失去用武之地的凯德斯辞去民政局次长职务，离开了日本。在公布新宪法时，凯德斯曾激动地说："这是包括美国在内的世界上最优秀的宪法。"但在第二个宪法纪念日当天，他便不得不离开了日本，仅仅把这说成是一种讽刺远远不够。

这是一个转折点。自此，盯住日本保守反共势力的GHQ年轻改革者们，像潮水退去一般被赶回了国。10月1日，中国共产党政权成立后，GHQ的占领政策迅速转向构筑反共防御墙。次年6月，福斯特·杜勒斯作为美国总统杜鲁门的特使访日，要求日本重整军备以换取早期媾和。杜勒斯与吉田的会议召开3天后的6月25日，朝鲜战争爆发。8月9日，内阁会议通过了根据波茨坦政令设立警察预备队的命令，并于第二天10日公布，即日起实施。

吉田首相在昭和二十四年（1949）1月的大选后，呼吁与民主党联合执政，试图通过集结压倒性的保守势力来封杀革新势力。由此，民主党分裂为联党派和在野党派两派。吉田吸收了众参两院39名联党派成员，将民主自由党更名为自由党，在野党派的70余人为了与之抗衡，与国民协同党联合组成了国民民主党。

然而，从昭和二十五年（1950）10月开始进行了近一年的解除放逐运动，在两党之间掀起了轩然大波。自由党中，鸠山一郎、三木武吉、石桥湛山等人的解除放逐组要求鸠山"归还党总裁一职"，吉田独裁体制开始发生动摇。另一方面，旧民政党-进步党系的大麻唯男、松村健三、堤康次郎等人，一回到政治舞台便成立了一个新政府俱乐部，面向国民民主党呼吁聚集反吉田势力。在他们的努力下，改进党于昭和二十七年（1952）2月成立。

这个由重光葵担任总裁、三木武夫担任干事长的第二保守党，内部充斥着以带有旧民政党气味的元老们为中心的保守派和倾向于修正资本主义或具有中间政党性质的革新派之间的对立，而且在革新派内部，民主党系的北村德太郎集团和国协党系的三木集团之间相互反目，整体上处于一盘散沙的状态。

那么自由党呢？鸠山集团回归以后，内部纠纷一直没有平息，昭和二十八年（1953）3月14日，在在野党提出的对吉田内阁不信任案进行表决问题上，鸠山、三木、石桥等22人分裂党，投了赞成票，使得该案最终以11票之差通过。

众议院解散后，在4月的大选中，自由、鸠山自由、改进等保守三党的议席全部减少，左派社会党的议席从56席增加到72席，与第二大党改进党相差4席，实现了一大跨越，给人留下深刻的印象。

同年11月，鸠山自由党撤下三木等8人，重新加入了自由党。这是财界人士抱着左派社会党的跃进威胁到了保守势力的危机

FUTOU TAIHO 263

感,强烈希望吉田、鸠山和解的结果。

从战败到解散财阀、驱逐财界权贵的占领前期,日本没有出现过财界干涉政治的现象。这一时期的经济界,正如昭电丑闻所象征的那样,是政界、官场的帮手,一味地祈求政府资金,急于从战争的重创中恢复过来。

但是,由于占领后期 GHQ 的政策转变,日本的资本主义开始走上了复活的道路。随着朝鲜战争带来了特殊需求和这种需求所导致的短期内经济实力的恢复,财界逐步增强了对政治的发言权。将日本从 GHQ 这一超权力下解放出来的媾和条约生效(1952 年 4 月)以后,这一现象才变得明显。

财界最早公开发表意见是在昭和二十七年(1952)10 月的大选之际,当时自由党党内由于吉田、鸠山两派的争斗,正孕育着行将分裂的危机。日本经济团体联合会(经团联)、日本经营者团体联盟(日经联)、日本商工会议所、经济同友会等四团体通过决议说,"希望自由党深思通过此次选举所得国民之信任,舍小异、就大同,巩固党内团结,全力以赴建立稳定之政权"。

在这里,可以说复活的日本资本主义取代了战前的天皇制和战后的占领军,登上了最高权力的宝座。

从那以后的财界,每逢有事就不断地向政治施加压力。在昭和二十八年(1953)4 月的大选中,左派社会党取得了大跨越。情势之下,该四团体立即向自由、鸠山自由和改进等三个保守派政党以及右派社会党递交了一份请愿书,称"殷切希望求大同存小异,共同合作建立强有力的稳定政权"。此外,在昭和二十九年(1954)6 月,在围绕强行通过警察法修正案,国会发生打斗混乱之后,四团体发表声明说:"若事态的收拾再拖一天,国民就会失去对国会的信任,特别是鉴于为了改善国际收支而日夜苦斗挣扎的经济界现状,令人深感寒心不已。因此,恳请各党各派首先要坦诚地认识到时局的严重性……为收拾事态倾注万全之努力。"

就在此前，因造船丑闻而行使指挥权的第五届吉田内阁，最终被厌倦长期执政的国民所抛弃，濒临垮台的境地。同年 10 月，在推翻吉田内阁的呼声日益高涨的情况下，财界首脑达成了一致意见，即"通过吉田引退集结保守势力来稳定政局"。次月，他们纠集保守势力内的反吉田分子，成立了以鸠山为党首的日本民主党。12 月议会解散，被财界背弃的吉田见大势已去，被迫下台，鸠山内阁登场。

在日本经济即将进入新的发展和扩张时期之际，由保守势力来实现政治稳定是财界的强烈要求。在这一要求的背景下，民主、自由两党开始走向保守联合。

昭和三十年（1955）1 月，左右两派社会党分别召开临时党大会，通过了"迅速实现联合"的同一决议，并在 2 月的议会选举中提出了共同的政策和口号，与保守势力对决。结果，两派的议席都增加了，劳农、共产两党和革新系无党派议席合计超过了新议席的三分之一。这是一股能够确保在意外情况下阻止修宪的势力。

两党乘势而上，在当年 10 月结束了 4 年的分裂状态，实现了联合统一。社会党的统一引发了一个单一保守的政党即自由民主党的诞生。

这就是所谓的五五年体制的开始，但两党政治已是徒有虚名，可以说，从那时起，保守的永久政权已经得到了承诺。而且，政、财、官相互勾结的结构性贪污腐败开始愈演愈烈。

"立松，在你休息的那段时间，舞台已经变换了。"

我终于一语道破问题的关键。

无论是由把现任阁僚直到前总理大臣、副总理大臣都送进监狱的检察机关进行的对昭电事件的彻底追究，还是立松准确跟踪其办案动向并不断发布独家新闻的活跃表现，都只能是 GHQ 这一超权力的内部分裂所带来的时代下的一种反复无常。

造船疑案调查受挫意味着代替 GHQ 的保守支配体制确立了压倒检察机关的权力。时代这个舞台暗转变化，检察机关的出场被封杀，立松也随之失去了光芒四射的表演场所。

立松在没有认识到这一点的情况下，试图重返舞台，结果却跌入了陷阱，掉下了深渊。但是，无论关系多么亲密，我都无法逼迫其本人去确认这种情况的发生。对于立松来说，幸福的时代只是幻梦一场。

20　谢幕

只要没有什么太出格的事情，立松不会拒绝主动示好的人。在他的朋友当中，有几人是生活在人们很难想象的世界里的。其中就有那么一个叫福永的家伙，明明没有什么特别的事，却经常往立松那里跑。

他喜欢穿华丽的格子图案的衣服，精修的头型上着发蜡，开着一辆别克到处招摇炫耀。在交谈的时候，他会张开双手耸耸肩，表现出一种日侨二代的风范，但脱口而出的却是地道的东京腔。简而言之，他就是个美国迷。

立松在把他介绍给记者朋友的时候，总把他叫作"大款福永先生"。而左撇子福永却一边夸张地挥舞着左手，一边害羞地说："哪里哪里，才不是呢。"他嘴上这么说着脸上却笑了起来。在我们之间，"大款"成了他的通称。

很久以后才知道，福永和立松是中学时代的同学，战后开始搞贸易，为了向通产省的相应窗口递交有关机械类进口的申述，便开始来找立松。在外汇状况不佳的当时，对于进口配额的分配等问题，新闻记者的斡旋似乎在起着什么作用。立松把福永介绍给了本社经济部负责通商产业省方面的记者。

我认识福永的时候，他似乎已经洗手不干贸易了，我不记得从他本人和立松那里听说过贸易方面的话题。

　　福永不愿意告诉我们他不干贸易后在干些什么。那时，已经看不出他在生意上有什么有求于立松的样子了。尽管如此，立松面前的福永，在旁人看来简直就是卑躬屈膝。从社会上的一般常识出发，怎么看都不像是对老同学的态度。

　　是过去蒙恩太重，还是对新闻记者的社会地位过于高看？不管是哪一种，福永肯定是很重视与立松的交友关系，他曾告诫自己，只有财力才能勉强地使两人的关系保持在平等的水平。

　　他对比他年龄小的我也以谦逊的态度对待，但他不忘时不时地在不经意间向我暗示他的风采。10月即将结束的一个下午，福永出现在立松的病房里。碰巧包括我在内的几个社会部成员也在场。有的和福永认识，有的则是初次见面。

　　"这个人叫大款福永，不是普通的福永，而是大款福永——记住不吃亏。毕竟他很慷慨。对吧，本田君。"

　　被点了名的我只能点头称是。

　　因为房间里人很多，福永比平时更加用心地摆出一副害羞的样子。他站在门口处，我的身旁，先到的客人们出于客气没有说话，他打破沉默安慰立松说：

　　"你遇到了很大的麻烦，但却一跃成为英雄。翻开报纸也好，打开电视也好，都是立松记者、立松记者，是吧。全国家喻户晓的人物啊。我好羡慕你啊。下次去银座，说不定会大受欢迎呢。"

　　这是一番颇具福永特色的感想。

　　似乎是为了让现场气氛不至于冷清，立松开口对我说：

　　"在山中湖被你从轻骑上摔下来的那个沼津姑娘，她给公司寄来了一封信。我找一下，对了，在那儿。信中说，在电视上看到我的时候，一开始虽然姓氏相同，看上去很像，但她还以为是另外一个人。当时和她在一起的另一个姑娘说，没错，就是他。

"她们很惊讶。因为我根本就不是什么庆应大学的老师啊。我幸亏没做什么坏事。"

山中湖的一件小事又在立松的润色下被有趣滑稽地讲了出来。

立松的故事告一段落，社会部成员们趁机准备起身告辞的时候，福永从西服口袋里掏出了一个鼓鼓囊囊的对折的鸵鸟皮钱包。

"大家都见过这次刚出的五千元纸币了吗？"

说着，他从钱包里抽出来一沓崭新的纸币，大概有100多张。"就是这么个样子，是不是印得很差劲？"

"喂，让我看看。"

立松伸手把那一沓钱接了过去。

"还真是，挺差劲的。那就放我这儿吧。"

"啊，那个，啊。"

福永语无伦次，甚是狼狈，但为时已晚。

"现在正是英雄用钱之时。"

立松只说了这一句，一切就都结束了。

五千日元的纸币，100张就是50万日元，按现在的货币价值来算，再低估也得值500万日元。

过了几天，我又来病房看他，一进屋，立松就笑眯眯地掀开被子给我看。里面密密麻麻地铺着面值五千日元的钞票。他随意地捞了十来张，塞进我手里。

"去玩赛马吧，一下子都花了它。"

记得那个时候我没有接钱，后来最终怎么样了，虽说是一笔巨款，却于今一点印象也没有。虽然程度上赶不上立松，但我也是金钱观全无。也许，我真的按立松所说去了赛马场，一天之内就千金散尽了。

我清楚地记得，立松面对着被拿走了钞票而惊慌失措的福永，说自己是"英雄"。当然，那一定是接老朋友的话茬后的轻松戏言,但如果考虑到他还把沼津那名女性的信作为话题,那么可以说,那时的立松并没有认识到自己所处状况的严重性。

立松开始明显地表现出不对劲,是在11月已近过半的时候。在结束了一天跑警局的工作回家途中,我顺道去了前田外科分院,发现立松虽然独自一人在病房里,但已喝得醉醺醺的,他连我脱下外套都不等,便用比以往任何时候都激动的语气说起话来。

"今天来了个家伙,说了些我不能置若罔闻的话然后就走了。"

"他说什么了?"

"他说来说去,说我被高检逮捕的时候,居然有个混蛋说要把立松当作吉拉德。"

"是谁啊,说这种话?"

对于我的发问,立松说出了一位编辑局干部的名字。

"简直是在侮辱我,说把我当作吉拉德,这是什么意思?是可忍孰不可忍!"

在相马原事件中,美军当局最终认为,坚持主张审判权并非上策,因为那样做会给日本国民留下袒护吉拉德的印象,点燃反美情绪,因此将他的审判移交给了日本法庭。"把立松当作吉拉德"这句话,并不一定符合上述语境,但从逮捕立松是对不当言论的干涉这一立场出发,可以恰当地解释为是公司方面的一种懦弱胆怯的表现,即整个事件不是全报社都要站出来抵制高检的问题,而是将其作为立松的个人问题从报社剥离出去,从而尽可能地将报社可能会受到的伤害减少到最低限度。

如果不是这样的话,那么就无法解释清楚《读卖新闻》为什么在立松被捕后的第二天,早报和晚报对该事都只字未提,保持了24小时沉默。

"还有件事我还没告诉你呢。"立松似乎打算把一切都告诉我。"新闻线索虽然是我搞到的,但写那篇报道的是另外一个人。你猜他在我吃官司后跑到我家都说了些什么?他双手撑着榻榻米,泪流满面地说,立松,请你帮帮我,我有老婆孩子啊。他就是那么说的。他说他有老婆孩子,我也有老婆孩子啊。当然,责任全在我,即使他不来求我,也不会给他添麻烦的。我本来就是打算自己一个人扛的。但是,那个混蛋……"

这时,立松咬着下嘴唇,又说了一遍说"把立松当作吉拉德"那句话的那个人的名字。

"当马上就要定下来我得去高检自行出庭时,他居然这么跟我说:'立松君,对不起,你就全部背下来,好吗?'我本想好好地回他几句:'我说过不背了吗?你个没教养的东西,算个什么玩意。'

"你自个儿跑到我家,一个两手撑地掉眼泪的东西,能把你交给高检?

"不消一个晚上,什么独家新闻的来源,他是肯定什么都会吐出来的。报社方面也看得很明白,才这么跟我说的。"

"既然这样的话,那就更不应该有'吉拉德'的说法了呀。"

"让我来背,我一点也不在乎。但如果你让我做吉拉德,那我可不干。在被起诉情况有些不妙的时候,我就得与胖子信(河井信太郎)和报社那帮人见面对口径。高检调查了报社汽车部的传票后去了一趟龙冈,或许是从什么地方听到了什么。虽然实际地点有差异。

"那个时候,胖子信会向报社的那帮人承认自己就是爆料人,并打包票说没事的。到了那个时候,他们会当场说,我们也是完全信任立松君之类的。我刚被捕的时候,没有'吉拉德'那样的说法。我一想到和这么坏的人一起走到现在,就觉得太可悲了,就想辞职不干记者了。我不想告诉你,但我为获取独家新闻一直卖命干到了今天。看看我这身伤疤。"

立松又在床上盘起了腿,并像以前那样光起了膀子。

从那一天开始,立松的精神状态就明显失落了。从白天到黄昏,我见到的他经常是萎靡消沉地把自己关在病房里,而当我在夜间拜访他时,经常发现他处于昏沉朦胧的状态。往日我会偶尔见到他郁郁寡欢的样子,但他那朦胧迷离的状态我却是第一次看到。这是一种明显不同于醉酒的异常,令我非常担心。

一天深夜,我走进了病房,发现值班护士与立松同睡一床。她像被弹起来一样跳了起来,一边整理着胸前的白衣一边想要夺路而去,这时立松叫住了她。

"奥皮亚特,再拿一瓶来吧。行吧,行吧?"

万没料到深夜会有访客,护士乱了阵脚,惊慌失措。当她看清楚是我这个熟人时,便恢复了镇定,开始责备起立松来。

"再来一瓶,再来一瓶,都几瓶了?不行。要是被发现了,那就不是挨大夫一顿骂就完事的。我会被开除的。快别说没用的了。"

"如果被发现了,你就说是立松逼你干的不就得了。有我在,你还能被解雇?听话快去,就拿一瓶。"

被同床共枕的对象逼迫是没有办法反抗的,更何况这个人是立松。

"真的就一瓶哦。"

护士叮嘱了一下,来到走廊。此时我已经退到了门外,幸好从立松的位置是看不到的,于是我没有进房间,而是跟着护士下了楼梯。

即使不知道"奥皮亚特"这个词的意思是鸦片剂,只要听了两人的对话就能大致察觉出什么来。我所担心的立松处于昏沉朦胧状态的原因，原来是毒品。

护士推开药房的门走了进去，也许是因为她和立松刚才那尴尬的一幕被我看到了，所以她索性做事不再背着我，对跟在后面的我没有任何阻拦。只见她从桌子抽屉里拿出钥匙后，把手伸向放在高处的一个带有红色边框的麻醉品专用药箱，打开了挂着的锁。

"不是光我一个人这么做。"

如果从字面含义去理解这名拿着小玻璃瓶的护士所说的话，那么就会明白，已经有多名护士被立松拿下，按照他的要求带出禁药。虽然这事相当严重，但对于了解立松收揽人心技巧之妙的我来说，发生这样的事毫不稀奇。

拿着注射器和小玻璃瓶回到病房的护士，毫不犹豫地卷起立松的胳膊实施静脉注射。滥用兴奋剂和安眠药已经危害很大了，如果是吸毒成瘾，那不就是走向毁灭吗？护士走后，我开始规劝立松，但立松根本就不想听，反而说出了这句话：

"听着，如果我作为刑事被告上法庭，我就用手枪死个样给你们看。这可不是虚言。"

直到那一刻，我都没想到立松会暗示要自杀。我虽然不像普通人那么单纯，但我也在他的身上看到了一个英雄形象。

"损害名誉不是道德败坏罪。但是，不管是不是道德败坏罪，立松法官的儿子会作为刑事被告人站在法庭上吗？我绝对不做那种丢人现眼的事。不管别人说什么，我都准备好了自己打碎自己的脑壳。你会认为我这是说着玩儿，但到时候你就知道了。"

立松复员时带回来了几支手枪和用剩下的几十发实弹，在他的居室里他给我看过几次。即便如此，用它们来自杀也并非易事。况且现在起不起诉尚无定论。

即使有自杀的危险，那也是以后的问题。尽管立松说得好像是被逼得走投无路了，但这件事本身没有什么紧迫感。可是，我的确深感震惊。

说起立松和博，他是战后"事件之读卖"声名鹊起的最大功臣。就是这么一个立松却被报社抛弃了，哪怕这种抛弃只是暂时的。因此立松在心理上被逼到了想要自杀的地步。这难道不是报社对他的严重背叛吗？这么一想，我内心对读卖的期望便迅速地湮灭了。

战后一段时间，报社记者在大学生中是最受欢迎的职业。在一位曾任警视总监的旧内务官僚撰写的文章中，有这样一段话："战后，我复员之后对官场的未来感到悲观，曾认真考虑过转行当报社记者。"

毋须多言，由于GHQ打破旧体制推进民主化的一系列占领政策，报纸的作用突然提高，新闻记者成了时代的宠儿。

在我参加入社考试的昭和二十九年（1954）秋天，报社记者还是大学生们憧憬的对象。但当时报界正遭遇不景气，朝日停止了招聘，产经、东京改为只招聘有关系的，通往记者的道路变得越来越狭窄。

我向每日和读卖两家报社都提交了申请书，但是根本就没有信心能考上。因为竞争率接近100比1。我做好了留级的准备，但不知哪儿出了问题，我居然通过了两家报社的笔试。我在新闻专业这个占领政策的产物注了册，专门接受了与研究学问无关的写作训练等应试实用教育，这帮了我的大忙。也有可能这是一次侥幸的成功。我的第一志愿是读卖社的社会部。

在正力松太郎就任社长时的发展期，以东京江东地区为中心的平民阶层为主要支撑的《读卖新闻》，一直以社会版面为卖点。其个性是"下町①的正义感",与文雅的《朝日新闻》、大方的《每日新闻》相比,它显得有些粗犷。但也正因为如此,它蕴藏着一种活力。你不知道它会突然间抛出一篇什么样的报道。表现之一就是被认为是它拿手好戏的专题报道活动,年轻的我对读卖向权力开火的形象产生了强烈的共鸣。

虽然我在每日新闻社的面试中落了榜,但却考上了竞争率14比1的读卖新闻社。所谓的"一步登天"大概就是指我当时的感觉吧。

虽然原则上新入职的要被分配到地方支局,但在读卖公司有一个惯例,只有社会部和国际新闻部可以例外地从新入职者中点名按需求要人。

研修期间到各部轮流见习的我,偶然间被轮到了社会部。就在那个时候,我从该部部员那里得知了这一惯例,便邀O君一起推销自己。O君是我高中时代的同届生,虽然各自上的大学不一样,但我们以同期生的身份重逢于读卖报社,并且同样是以社会部为分配志愿。

例如,作为各部的见习生被调到其他部的时候,只在早晨开始和傍晚下班的时候露一下面,中间这段时间就机灵地在社会部坐着。

如果见习生什么事也干不了只是在那里转来转去,接受见习生的一方反而会觉得那是个累赘,所以即使有一两个人不来,他们也毫不介意。

到了下午5点,当天的研修就结束了,剩下的时间就是自己的了。O和我就毫无顾忌地一直待在社会部,当轮转印刷机在黎明

---

① 江户时期普通百姓和工商业从业者多住在城中地势较低处,故下町代表了一种质朴的人情味。

时分停止工作时，我们在值班室里找到空床，就钻进去。

编辑局中最忙的还是社会部。但这个最忙的部夜间的人手却很少。在帮着接电话、运校样到工厂、沏茶等杂役的工作过程中，我们这对找上门来的新人组合就与编辑主任和游军记者等所有人都混熟了。他们也开始重视起我们俩来。

就这样在社会部住了几天后，一位编辑主任开始招呼我们。

"那边的新人，今天还想不回去吗？"

"……"

"你们住在这里完全没问题，但你们现在就有身上这一套衣服穿，把社会部的空气搞臭了那可不行。我给你们派辆车，你们先回家好好洗个澡，换好衣服再过来。"

主任说着，在派车传票上盖了个章，然后递给我。

"别担心车，我会让车等你们。"

那辆车让我至今难忘，那是一辆全新的福特水星汽车。

彼时的二三年前，街上跑的出租车还是木炭汽车。在那样的一个时代，连那种破车都沾不上边的我，坐在高级车里柔软的座椅上实在是有点儿受宠若惊，再加上车头还插着一面迎风飘扬的社旗，那感觉怎么可能会不爽。对于一个连具体分配到哪个部门都还没定的新职员来说，那可是只有社会部才有的特殊待遇。

大约一个月的研修期间，O和我在社会部度过了一多半的时间后，如愿以偿地被分配到了社会部。留在总社的有我们俩和在国际新闻部工作的另2人，共4人，其他10人被分到地方支局去了。

O和我进入社会部后，依旧连续数日留宿报社，需要换衣服时仍旧可以坐公司的车回去，这样的新职员好像不曾有过。但我们这么做并非有什么不情愿。这里的所见所闻都新鲜有趣，我们只是根本不想回家而已。

早报的截稿时间一过，前辈记者们就会去公司前河沟边的一家酒馆。每晚去的人会有些不同,但几乎每次我们都会被邀请。

有一个同期毕业的高中校友做同事也算是不容易吧。我和 O 在前辈们的关怀下,开启了幸福的记者生活。

社会部是一个非常舒适的工作场所。现在回想起来,虽然那时战后的美好时代即将结束,但依然保留着自由豁达的风气。

5 月底,我和 O 同时被领导安排负责江东地区的警局报道。 7 月下旬,我和江东支局局长因工作上的事情发生了冲突。那天下午,我分管的片区内发生了花炮厂爆炸事故,造成了十几个人遇难的悲剧。入夜后,我就开始守在设于事故现场的街道会的接待处。大多数遇难者是花炮厂老板的家人和员工,工厂已被炸得无影无踪。在事故现场无法获取他们的头像照。于是,我就在接待处等着闻讯急速赶来的遇难者家属,把他们的住址逐一通知给社会部。遇难者如果是住在东京都内的,社会部的人就会前去借照片,遇难者如果是住在地方的,则由该属地支局的记者前去借照片。

不料,晚上 9 点多,现场的无线通讯车司机找到我转达了一个留言。江东支局局长留言说,他非常生气,要求我尽快联系他。我从公用电话亭联系了江东支局,支局局长在电话里突然对我大喊大叫。"傻瓜!你还磨磨蹭蹭到什么时候?你忘了今晚要值夜班吗?反正你在那里干不了什么,只会成为累赘。我派车接你,马上回来!"

他所辖的支局负责包括我的岗位在内的地区,因此我每周要在支局值一次夜班。不过,这只是为了方便,我作为跑警局的记者,在身份上归社会部负责警局方面报道的编辑主任管。而且,对岗位区域内发生的事件、事故进行采访本来就是分内的任务。如果不分青红皂白地称我为"傻瓜",那是无论如何也难以接受的。

"我知道今晚值班,但我现在不能离开这里。"

我还想再说明一下现场的情况,但被支局局长打断了。

"王八蛋,我没问你这件事。就是因为你,大家都走不了。别废话,快给我回来。"

再次被骂,我终于压不住怒火了。

"好啊,你马上派车来吧。在我走之前,你就在那儿等着。"

就这样你一言我一语地干起来了。打架时没有支局局长和新入职员工之分。

社会部的支局专门负责为东京都内版收集与地区密切相关的街道话题、各种活动、娱乐表演的通知等信息。这些原本是应销售人员的要求才开始做的,目的就是为了能在报纸上频繁地出现当地的街道名称,所以对报道的内容没有任何要求,这对于身处一线的社会部记者来说,是一个干着没太大意思的地方。

支局的年轻记者,在干熟了跑警局的工作后,会成为下一阶段的驻行业俱乐部记者、游军记者等的预备军,那些年龄大的记者虽然也有类似的机会,但大部分是在没能抓住机会的情况下,作为社会部记者的寿命已行将结束了。

部下只有几个人的支局局长一职,打个比方,就像是在铁路的交叉道口,社会部是主线的话,那么接受这一任命的本人,大致的命运是在不远的将来,离开主线进入支线。

在这种情况下,所谓支线,既可以是分社、地方分社,也可以是不属于采访第一线的编辑局等其他部门,不能一概而论。但对于传统上以社会部为中心的读卖社来说,无论去以上哪个地方,当事人都难免会感到沮丧吧。

把支局说成是社会部的"无着落者的收容所"也许有些过分,但与其他部门比较,支局显得有些死气沉沉的事实是难以掩盖的。眼前发生了重大事故,但支局却没有一个人赶赴现场,便是一个证明。如此行事,是没有做社会部记者的资格的。从现场被召唤回来的我极为不满。在我的现场工作有眉目之前,他们只要留一个人下来不就没问题了吗?

坐接我的车回到了支局,只见支局局长和 3 名支局职员正在喝啤酒。那情景让我勃然大怒。我摆明了自己的想法和态度,暗暗打定主意,根据事态的发展,即使动手也在所不惜。支局局长似乎察觉到了这种迹象,与打电话时完全不同,变得温和起来。

"好吧,好吧。辛苦了。喝杯啤酒好好休息吧。"

事情就这样过去了,但过了一段时间,部里就有风言风语传出。支局局长说我太狂了,扬言要把我扔到地方去。是一个游军记者告诉我这件事的,他补充说:"有我们顶着呢,那种事不会发生的。你不要介意流言蜚语,今后也要甩开膀子好好干!"

在对支局局长的语言措辞上,我也有过火之处,但部内的气氛似乎是在支持我的想法。幸好他平时为人霸道,不太受欢迎。

这件事的影响虽不会立刻消除,但反正也不是什么大问题。当时社会部有一种氛围。那就是不管理由如何,反抗上司的新入职者是不受责备的,相反他们的不服从反而受到怂恿鼓励。这种风气就是社会部战斗力的源泉。

但是……

立松事件在那篇问题报道刊登满 2 个月后,以读卖方的失败而宣告结束。昭和三十二年(1957)12 月 18 日的《读卖新闻》早报社会版头条以通栏大字标题刊登了一篇更正报道,标题为《两位议员与事件完全无关》,进行了全面认错。

这与之前称两位议员有嫌疑的报道在内容上完全相反,但体例和篇幅都完全相同,这种处理方式实为罕见。读卖社在刊登该报道的同时,还公布了报社对该事件的内部处分决定。

由于监督不力,编辑局局长小岛文夫和社会部部长景山与志雄被罚薪,社会部次长窪美万寿夫受到谴责;其中只有景山被解职并被调至编辑局工作。立松"因重大过失而损害了报社信用,故予以惩戒停职处分，调至编辑局工作"。

在此之前的大约一个月里，我连日住在前田外科分院。因为我始终在想，既然已经知道了立松经常吸毒，那就必须陪在他身边，设法阻止他。

但是，除了公休日以外，我平日还有跑警局的工作，最快赶到分院也得是晚上 9 点以后了。如果护士在那之前已经给立松注射完了鸦片剂，那我就无能为力了。我后来听说分院有三四名护士被解雇了。看来注射没有间断过吧。

报社通过司法记者俱乐部的相关记者获得的检方信息，都是对立松不利的。例如，从东京地方检察厅首脑那里得到的事件走向预估，在备忘录中的记载如下：

① U、F 两位议员都完全没有出现在嫌疑范围内。虽然也有传言说 U 议员是清白的，F 议员是有嫌疑的，但怀疑 F 议员的根据，似乎是指他与新宿咖啡馆工会的安藤理事长之间的关系。然而，在地方检察厅的调查中，最初只是对安藤是否有贪污问题进行了调查，行贿受贿方面的调查没有任何线索。

② 因此，无论等多久，即使传唤两位议员自行出庭，也不会把他们叫到地方检察厅进行调查。希望好好地把这一点传达给报社的干部。

③ 立松君是不是将业内人士的笔记与当局的信息混为一谈了？"济记录"不是地检拿到的。（在对全性进行搜查时，未能找到该记录）

④ 所谓"济标记"，是金钱交接已经完毕的意思，还是仅仅是"知道了"的意思，这一点完全搞不清楚。

⑤ 高检既然逮捕过立松，那就一定会起诉的。

另一位在东京地检担任要职的人士称：

① 这是一篇毫无根据的报道。立松也曾在晚上找过我两次，高检怀疑我是情报的提供者。迄今为止调查的前景屡次被他揭穿，这让我们感到很为难。但像这次这样被满纸胡言的报道所困扰的情况，我还是第一次碰到。

② （关于损害名誉）如果我是主任检察官，就起诉。因为从客观上看，这是假新闻。剩下的就是确定嫌疑人了。也就是说，只需要调查是谁和谁写的原稿，编辑主任对那篇报道置喙干预到了什么程度等。

③ 在起诉时，只有高检方面被漏掉，的确是很奇怪的。

④ 高检检察官没有对本案做"案件处理"，而是向高检进行了"案件移交"。

从上述发言中的③和④可以看出，检察当局中的某些人从东京高检高级检察长岸本指挥强行逮捕立松一事中嗅到了某种政治气息，但对于两位议员的丑闻嫌疑，他们都予以了否认。

那么，两位议员是否存在受贿事实呢？

立松被捕后的10月21日，法务省刑事课课长河井在回答读卖方面的提问时这样说道："问一下神近（市子）、神崎（清）、菅原通济等人不就知道了。要是把它作为业者信息来写就好了。"

他没有给出直接的答案。他想说的是，既然"㊙记录"的出现是事实，那么如果不把它作为调查的动向来写，而是集中报道这一事实，恐怕就不会出现这样的问题了。这意味着他觉得自己不能承担责任，他想逃避。

在逮捕立松之前，河井在与报社高层会面时，对他提供给立松的信息的可信度做了保证。尽管如此，在立松被捕后他的发言却有所退却，这可能是因为这场风波已经蔓延到了意想不到的方向，即赶走马场派。当然，作为采访者的立松，用不着去怨恨河井发言上的变化。但是，毫无疑问，这让立松在报社内部陷入了困境。

三田和夫后来这样写道：

> 原从社会部部长荣升为编辑局次长兼整理部部长后，原的战友景山与志雄担任了社会部的部长。旧社会部记者类型的温情派的景山，作为原的继任者，他知道社会部部长这个职位有多么重要。此时恰逢卖淫贪污案浮出水面，他似乎有了一个冲动，"就拿它开刀！"于是他起用了刚刚结束养病生活复职上班的资深司法记者立松。
>
> 毋庸置疑，立松是一位明星记者，在昭电事件的独家报道中，为提高"事件之读卖"的名声立下了汗马功劳。在美军占领下遭受大量驱逐的思想检察官集团被经济检察官集团（注：马场派）所取代。这个集团的前辈，副检察总长木内曾益非常赏识立松，因此立松与马场-河井派关系密切，发布了一系列令其他媒体目瞪口呆的独家新闻，成就了其职业生涯中的一段辉煌。
>
> 景山没能充分理解立松也有其能力上的极限。当时，立松的内线爆料人检察官河井信太郎离开了基层一线，担任了法务省刑事课课长。立松是由部长直管的，不归我这个驻司法记者俱乐部记者负责人管，景山的这种安排显示出了他的焦躁，也构成了由指挥管理层面产生错误报道的原因。
>
> 这是因为，立松刚从长期的养病生活中回归报道一线。对于卖淫贪污一案以及该案与政界的勾连等方面的基本事实，立松没有进行充分研究的体力和精力，同时在过程中也没有出现像昭电事件时直接出示逮捕令的河井检察官那样的现场办案的

检察官。（注：昭电事件中读卖社能够推出华丽的独家报道，是因为该事件本身也是由GHQ内部对立而产生的阴谋，所以事先出示逮捕令是有其相应意义的……）

　　立松经常对我唠叨说，他对部长所交的重任感到力不从心。如果他是归我管的话，我就不会批准那篇稿子的出炉。这是因为……那篇报道的内容与当时作为"可疑文件"流传的"㋆记录"过于吻合了。

　　如前所述，曾让立松备受瞩目的舞台暗转变幻，他已经失去了出场的机会。然而，在长期缺席之后，在缺乏这种认识的情况下，他先是被推到了舞台中央，继而又跌下舞台。这种责难是应该必须由他个人来承受的吗？

　　在分院里，立松自从听到"吉拉德言论"后，郁郁寡欢至天明的日子就多了起来。我等他先入睡，然后在陪护的小房间里小睡，工作日上午9点多就得去上岗。立松所说的自杀，似乎一天比一天更具有了现实性。晚上，跑完警局回来，看到他平安无事的样子，我才能松一口气。

　　恰逢休息日的一天傍晚，有个女人给立松打来了电话。说是要来探望。

　　我和立松的内衣是由陪护女佣一起洗的，所以在这方面没有什么不方便的，但西服却只穿了一件。很久没回家了，趁着有客人来探望的好机会，我决定回家换一下衣服。

　　可立松却不愿让我回去。

　　"有好戏看，你就先待在这吧。"

　　说着，他随手拿起一支圆珠笔站起身来，用笔尖在病房和陪护的小房间的隔扇上扑哧扑哧地，一下子就戳了十来个洞。

然后，他走进小房间，用单眼查看每一个洞，看看它们是否可以用来窥视。

"那个女的来了，我先给你做介绍，寒暄个 5 分钟、10 分钟的，你就假装回去，再从走廊走到这儿来。有这么多的洞，你可以从一个角落看到另一个角落。"

看来立松打算和前来探望的女人演一出床戏，让我亲眼看到全过程。

突然间迄今为止与立松交往的一幕幕掠过脑际，形成了一个完整的集锦。

在工作上，立松那漫不经心无所谓的样子其实是一种假象，实际上，他是夜间工作法的始作俑者，黑夜里他借助兴奋剂不断地鞭策着自己。而且，在与工作无关的场面上，他用酒精和安眠药来欺骗缓解疲劳，一味扮演着"伪恶者"。

可以说，立松没有片刻的平静喘息，他理所当然地病倒了。但立松即便是躺在病床上，他也是我们这个世界的胜者。

情势有变，立松面临被起诉，他在报社内部也陷入了困境。尽管如此，如果立松本人有克服困境的精神勇气，即使他要演的是滑稽戏，我也会坐在他的观众席上。但是，既然他失意毕现，则滑稽戏也将难以为继。这就是我想闭眼不看的原因。

通过撤销《读卖新闻》的问题报道来求得事件的解决，是社主正力松太郎亲自与 U、F 两位议员进行商议的结果。

当时，在永田町一带，人们普遍认为众议院将于年初 1 月解散。

继鸠山内阁之后于昭和三十一年（1956）12 月 23 日成立的石桥内阁，因石桥湛山首相患病，成立仅 63 天便于昭和三十二年（1957）2 月 23 日宣布集体辞职。被提名为继任首相的岸信介，将全力推进当年度预算案的通过视为当务之急，原封不动地留任了石桥内阁的全体阁僚。唯一例外的，是在伴随着鸠山辞职而举行的自民党总裁选举中，与石桥和岸一起争夺党的领袖位置的石井光次郎，他进入内阁担任无任所国务大臣。

岸首相提倡驱逐贪污、贫穷、暴力三恶，但由于世界经济衰退、出口锐减、生产萎缩、雇佣恶化、股价下跌，一年前的"神武景气"[①]销声匿迹，日本陷入了"锅底萧条"。

在这种情况下，身负着卖淫贪污嫌疑参加即将举行的大选的那两位议员，恐怕都有照此下去当选无望的危机感吧。

岸本高级检察长始终坚持要起诉立松的立场，但检察机关中也有不少人反对他的强行调查指挥，其中一部分人将两位议员的意向非正式地传达给了读卖方面——希望以撤诉来换取登报恢复名誉。

河井也在 10 月 21 日与读卖方面接触时建议其和两位议员和解。他说："我认为最好不是作为法律上的问题，而是作为实际问题来撤销报道。"

备忘录中记载的河井对该事件在法律上的处理前景分析是这样的：

"作为刑事上的名誉毁损事件是不会成立的，因为在动机问题上不能说存在着故意。但作为民事案件，即使是犯有过失也是成立的，这次的情况也属民事案件可以成立之列吧。"

河井的心中所想只能是一种猜测，虽然他向重返职场的立松提供了关于"㋞记录"的信息，但据此写就的报道被指控为毫无根据，岸本高级检察长领导的东京高检将调查矛头指向了他本人，甚至指向了马场派。他可能对意想不到的事态发展感到不安了吧。

[①] 1954 年 12 月至 1957 年 6 月，日本国民生产总值年平均增长 7.8%，景气时间长达 31 个月。这段繁荣期在日本经济发展史上被称为"神武景气"，意为自神武天皇开国以来出现的最好经济形势。

如果河井因泄露机密而被追究违反《国家公务员法》，并被追究为损害名誉的共犯的话，那就不仅仅是他个人可以担责的问题了。马场要当检察总长的宿愿将化为泡影，还有可能出现马场派在检察机关内部的势力被大幅削去的局面。

岸本执意起诉立松的原因，正是在于他要对马场及其同党实施毁灭性的打击。

从这样的整个权力争夺格局来考量，河井对立松的做人情谊，不得不退至次要位置。对于河井来说，如何避开岸本的矛头，远比拯救因被冠以不曾有的造假新闻污名而苦恼的立松更为紧迫。从他所处的境遇来看，劝说读卖方面撤销报道是理所当然之举。

此外，如果揣度河井的内心，就会有这样的判断，那就是让与自民党领袖们暗通款曲参与政治的岸本坐上检察总长这一宝座，可能会给"检察的公正"带来不好的影响。作为检察机关一员的那份执着坚信，或许是放在最优先地位的，它超越了"无论如何也要把岸本的这条路堵死"那样一种只考虑个人利害关系的思维。

之所以提起"检察的公正"，还因为当初在审理造船疑案时，马场-河井派因行使指挥权而被亲者背叛，作为马场派之父、以硬骨之士而声名鹊起的前最高检副检察总长木内曾益，虽然当时是在野之士，却担任了因违反《政治资金规正法》而被起诉的佐藤荣作的辩护人，这在国民看来是很难理解的。然而，在战后的混乱时期，东京地方检察厅特搜部在马场检察长的领导下，对贪污行为进行了果敢的调查，这一事实是可以被认可的吧。

然而，在签订《旧金山和约》前后积极加强保守政治体制的势力，随着保守联盟的实现，终于暴露了他们的路线方向。如果从战前开始一贯自由开明的石桥能有几年的政治生命的话……这是在研究历史时的一个没有意义的假设。直到在对外与美国勾结、对内实行反动政策的路线上狂奔的岸政权轰然倒下，保守政治的转变是需要一定的时间的。

这些都是后话。立松对河井的情谊以及对采访源保密这一职业上的信义现在受到了质疑。作为爆料人的河井背弃了他，即使不得不背负起终生无法抹去的新闻造假的不光彩，他也将有口难辩。这是他的痛苦之所在。

立松机谋纵横，总能够创造出有利的局面，属于主动进攻的类型。倘若如此，胜利便属于他。

但是，现在不一样了。他不仅没法主动进攻，反而被迫处于守势，他那双进攻的手被封住了。用将棋来比喻，就是一枚被逼于棋盘一角的棋子，走投无路连一步都动弹不得。如果连下一步都走不了，那就只能认输。立松对我说过的自杀云云，指的就是这种状况。

我在分院的立松身上看到的是，当一个勇往直前不断进攻、不知"输"为何物的强者被迫处于防守时，他所表现出的那种出乎意料的脆弱。

批评别人却很少把自己暴露在批评之下的报社记者，大概就属于这种人吧。同样的道理也适用于报社。

就立松而言，还有一个弱项，那就是优渥的生活条件带给他的经不起风浪的娇气。他沉溺于毒品，以此来逃避现状，反映出他内心的落差之大。

立松如果要责备自己的话，还有一点就是受保守政治体制的制约，检察机关已经很难自由地挥舞起揭发贪污行为的武器了，但他却对此认识不足，并且还对远离一线工作现场的过去的爆料人信任有加，对从爆料人那里得来的信息盲目相信。当他认识到保守派们手中拥有"反弹道导弹"时，已经太迟了。

更苛刻地说，他所擅长的完全依靠身为官员的新闻爆料人的施恩，把全部精力都倾注在获取这类信息上的采访方法，从那时起就逐渐开始成为明日黄花了。因为在这样的做法下，官方有可能利用记者来操纵信息。只要官方有此意图，那便存在这种风险。即使不走到那一步，这种做法也会在不知不觉中导致记者产生反映或代言官方立场的倾向，损害读者本应有的知情权。

出于这样的反省，1970 年代首先在美国，一种不一定依赖政府，而是把重点放在报社自己的周密调查和采访上的所谓的"独立报道"应运而生。但是，从活跃于昭和二十年代[①]的立松那里寻求现代感，那才是残酷的。

究其原因，会追究到至今仍要继续被质疑的问题的根本之所在：言论自由是被赋予的吗？如果不是的话，那么是被我们夺回来的吗？虽说是在占领政策的框架内，但与郁闷的战前、战时相比，立松是在一个仿佛置身于蓝天之下的时代获得了新闻记者一职，成了社会部的宠儿。昭和二十一年（1946）7 月，读卖新闻社确立了在马场恒吾社长、安田庄司编辑局局长领导下的新体制，铃木东民等 6 位读卖争议领导人被解雇，伴随着这场人事变动，竹内四郎被调任社会部部长一职，他是战后"事件之读卖"的奠基人。

竹内有很长的司法记者经验，他很重视司法记者俱乐部，当时其他报社驻该俱乐部记者只有一两个人，他却派了 6 个人。此外，他还安排了 10 名记者负责警方报道，而那时《朝日新闻》和《每日新闻》两家报社负责警方报道的记者人数是 0，可见他是多么致力于对事件的报道。其中最早崭露头角的便是立松。

昭和二十四年（1949）5 月，文化部部长原四郎成了竹内的继任者，他对外享有著名社会部部长的名号，做事纵情恣意。一位了解当时情况的前辈说，他把竹内养大的膘肥体壮圆滚滚的马骑了个不亦乐乎，等到把马交给景山时，那马已是筋疲力竭骨瘦如柴。

[①] 1945 年到 1954 年。

对于这个评语，前辈们之间也会有不少不同的看法，但这样的形容不是完全适用于立松吗？

获得"无法无天"绰号的竹内，其行事旨趣如同一位民间武士的头领，只要报纸上热闹好看，他就不拘泥于细节，活脱脱一个大腹便便的老大形象。因此，虽然他在部下中很有人望，但由于他那依然如昔的以反骨精神为好的记者气质，不顾及报社内部想法的旁若无人的言行，他被上层疏远，被从社会部部长的位置上撵走，调任事业调查局局长。昭和二十六年（1951）2月，他担任了低迷的报知新闻社社长，4月职业棒球赛开幕日当天首次在头版以整版篇幅刊发职业棒球的报道，开辟出一片新天地。时值巨人军的第二次黄金时代，他成功实现了发行量的飞跃式扩大。这证明了他的能力，但他并没有被读卖社召回，59岁便英年早逝。

取代竹内成为社会部部长的原，高挑潇洒的身材被包裹在一流的西装里，歪戴在后脑勺上的软帽没有盖住有些斑驳的双鬓，风度翩翩的样子与他的前任形成了鲜明的对比。

但这只是外表，最终登上副社长之位的他，对待部下时是一副严厉的姿态。

有一天，立松为了报销结算采访费，拿着一张明细写得很正规的发票去找他，原瞥了一眼，突然吼了起来：

"你这个小偷，××人的，弹珠店的小杂种！"

我正好是在部长由原过渡到景山的交替期被分配到社会部的，没有机会受其熏陶。但是，在原手下工作过的前辈们，在这个从兼任社会部部长的编辑局次长升到编辑局总务、董事、出版局长、常务董事、编辑局局长、专务董事、总编辑的如此步步高升的原面前，无论多大年纪都会站着不动地接受他的训斥。看到这样的场面，使我间接地知道了他的严厉。

原训斥部下时使用的下流词汇之丰富，至今仍是人们津津乐道的话题。他骂立松的那几句，只是其中的一小部分。

竹内当上社会部部长后，对部员的报销发票结算一律通过放行。虽然他隐约知道有人以采访费的名义从编辑总务部那里请了款，却把钱花在了与工作没有直接关系的个人吃喝上，但他并不去追问调查。

社会部的采访费，从一方面来说，是用在其他部无法比拟的争夺独家新闻的激烈竞争上的，具有充当加班超时津贴的性质，也有着对其成果予以报酬的意义，其保持部员士气高昂的功效是被认可的。

原当上部长后，这种默认的报销惯例并没有改变。可为什么立松被他称为小偷呢？

前面提到的那位前辈的评语，把社会部成员比作马。按照这一比喻，竹内培养出的都是赛马界所说的"不好好戴马勒子"的烈马。

赛马是把戴在嘴上的马勒子叼在嘴里，用马勒子接受骑手通过缰绳传达的指示而奔跑的，但有些马故意将马勒子含在嘴里，拒绝骑手的指令，使他不能随心所欲地驾驭。这种马一般都是脾气暴躁的，正因如此才具有奔跑的能力。然而，这种马是骑手很难驾驭的，因此需要被矫正。

这是我的想象，原随心所欲地发号施令，他觉得有必要给那些动辄行为放纵的部员"戴上马勒子"。立松在竹内的庇护下变得有些肆无忌惮，原正好借发票一事收拾他一下。

打比方说，部长是管理马厩的驯马师，而辅佐驯马师工作的主任们就是骑手。如果烈马高兴的话，就会以惊人的气势飞驰，如果不高兴的话，就连杠杆都撬不动它。即便如此，如果硬要烈马听话，它就会把骑手从背上甩下来。如果所有的马都是这样的烈马，那就很难有明确的胜算。

原担任了 6 年的社会部部长，在此期间，他的许多企划都大受欢迎，提高了读卖的声望价值，而这一切都是建立在他出色的统率能力的基础上。原将重心从过去个人竞争战功的形式转移到了组织化的团队合作上。

但是，有几个不愿意被管理的人，仍然怀念竹内时代，他们以竹内为中心，定期以"竹会"之名聚会，不断加深彼此间的感情。聚会时坐在竹内旁边的，是和竹内有着家庭交往关系的立松。

逮捕立松时编辑局干部们的反应迟钝，以及"吉拉德言论"中表现出的要抛弃立松的倾向，也许与立松和原之间的人际关系有着微妙的联系。

这些姑且不论，读卖方面最终以全面承认问题报道为不实报道的方式对整个事件做了了结。

关于卖淫贪污案本身的调查，昭和三十二年（1957）10 月 30 日，东京地方检察厅以受贿罪逮捕了自民党籍议员真锅仪十（东京六区），但仅仅调查了 13 天，他就被保释了，案件调查遇到了很大的障碍。

真锅的嫌疑是，昭和三十一年（1956）10 月为出席国际议员会议出国前，在接受全性的铃木理事长的临别饯行时收受了 30 万日元；在审议卖淫处罚法案的第 22 届国会前后，还接受了废除法案的委托，从全性干部那里受贿数十万日元。他是在第 24 届国会上直接审议《卖淫防止法》的众议院法务委员会的委员，也是内阁卖淫对策审议会的成员，与赤线业者平时关系密切。

东京地方检察厅之所以于 10 月 30 日逮捕真锅，是因为临时国会即将于 11 月 1 日召开。国会召开后，逮捕国会议员需要得到国会的许可。所以他们决定，在国会召开两天前采取行动。

然而，11 月 6 日召开的众议院运营委员会理事会秘密会议认为，国会开会期间对国会议员进行调查需要得到国会的许可，他们以《国会法》第33条规定的国会议员逮捕豁免特权为挡箭牌，向东京地方检察厅施加压力。

东京地方检察厅的解释是，即使会期前的逮捕行为的后果会延展到在会期内，也不需要国会的许可，并主张在11月9日拘留期满前将拘留期限延长10天。

被夹在国会和地检之间的唐泽法务大臣向最高检提出了折中妥协方案："拘留期满时结束对真锅的调查并将其释放，避免延长羁押。"

检察机关立即召开了首脑会议商议对策。这已经到了可能重蹈造船疑案覆辙的紧要关头。东京地检方面毫不让步，主张不需要许可并延长羁押。

做何结论这个问题被拿到了拘留期满的第二天9日召开的检察首脑会议上，当天的讨论也一直在持续。结果，法务当局的"公开国会和检察机关的对立是不可取的。要想打开这一局面，希望尽可能由检察机关自己判断处理"的说服起到了作用，会议决定不延长真锅议员的羁押，以受贿罪起诉。

如果起诉，律师当然会提出保释申请。真锅议员在9日被决定起诉后隔了一天，也就是11日，便走出了位于小菅的东京拘留所。

在国民批评这是变相行使指挥权的声浪高涨的情况下，东京地方检察厅在临时国会结束后的11月中旬至一般国会召开的12月中旬过后，开始对准了下一个焦点。

11月18日，自民党籍议员椎名隆（千叶二区）成为政界第二个被逮捕的人物。他和真锅一样，在第22、24届国会作为法务委员审议法案时，充当了反对急先锋的角色。

昭和三十年（1955）9月，从拥护公娼制度的立场出发，他出版了 300 多页的著作《第 22 届特别国会・卖淫问题》。全性将其大量收购，分发给业界经营者和从业妇女。他的嫌疑是，接受了全性干部以庆祝其新宅落成为名义而赠送的 10 万日元。

4 天后的 11 月 22 日，东京地检又决定逮捕自民党籍的首藤新八议员（兵库一区），可见检察当局在进行一场豪赌。这是因为此人与真锅、椎名不同，既不是众议院的法务委员，也不是内阁的卖淫对策审议会委员。

按照地方检察厅之前的做法，如果国会议员在事件中的职务权限模糊不清的话，只要没有确凿的证据，就会对其采取慎重的态度。如果是以前的话，首藤议员的逮捕是要被搁置的。

他和真锅、椎名两位议员一起担任自民党的风纪对策委员，同时也是提议推迟《卖淫防止法》实施日期的文件起草委员。另外，他还是党的政策审议会委员。他利用这两个职位，可以左右党议乃至院议。基于这样的解释，东京地检断定他拥有国会议员应有的职务权限。

他的嫌疑是，在同他一起被捕的全性专务理事樋口信一的斡旋下，从铃木理事长那里收受了 100 万日元。

樋口是首藤议员的家乡神户市福原赤线地区的老板，担任福原酒馆行业协会的理事长，并出任了该议员的后援组织"福盛会"的会长。在这里，我们也看到了国会议员和赤线业者之间的密切联系。

然而，东京地方检察厅对政界的追究就此戛然而止。 12 月 18 日，他们秘密传唤了被认为是卖淫贪污案幕后黑手的自民党籍议员楢桥渡，但对其涉嫌接受全性副理事长、九州联合会长石田清送来的 150 万日元一事，未能得出结论，最后不了了之。

离国会开会还有 2 天。历时 3 个月有余的调查，至此事实上已成终局。

尽管东京地方检察厅热情很高，但对出现在搜查范围内的近30名国会议员的丑闻嫌疑调查，却几乎毫无进展。原因之一是全性对证据的销毁做得干净彻底。检察当局撞上了政治的南墙没有了去路，虽然这是常有的事，但也足以让人痛心。然而，应该认为，东京高检逮捕立松对调查产生的影响，当在这些负面因素之上。这是因为，没有比因该事件而浮出水面的检察机关高层的权力斗争更加违背"检察机关一体原则"的事情了。

既然U、F两位议员都被认定没有问题，那么立松身上的污名也就没法洗清了。作为一名报社记者，我自己也有痛苦的悔恨和反省。

并非是通过战斗争取来的"言论自由"，究竟是谁，又是用什么来予以保障的呢？把它误认为是固有的权利，疏于使之有血有肉，在沉醉于"第四权力"的特权时，我们的"知情权"难道不是被缩小了吗？

报纸可以瞬间打出"正"和"义"两个字。然而，社会的正义并不存在于活字盒中。

读卖方以全面认输的形式来处理解决整个事件，是在全报社的范围内埋下了祸根。三田这样写道：

> 为了这一事件的善后处理，读卖编辑局刮起了一场暴风雨。这是因为当时的小岛文夫编辑局局长为了配合对新闻线索来源的调查，差点被传唤到国会作证。小岛局长吓得目瞪口呆，他几乎不让社会部发表对事件的报道。被调到社会部这个三等部任部长的继任者就是这么做的。
>
> 例如，有关千叶银行非法贷款的彩虹事件和违反选举法的鲇川金次郎事件的特别报道和详细报道都被取消了。"事件之读卖"的名声已经无影无踪了。

更有甚者，虽然我没有直接参与立松事件，但作为驻司法记者俱乐部记者的负责人，他们想把我也调走。"去大阪的社会部当次长吧？"我对此表示拒绝，接下来他们又问我："当周刊读卖的次长怎么样？"

作为在事件报道方面受欢迎的记者、驻司法记者俱乐部记者的负责人，我看着没有事件新闻报道的版面，一种厌烦的心情涌上心头。而且，我已经两次拒绝了"敬而远之的荣升"的提议，因此我已经做好了接下来被"降职"的心理准备。

就在这期间，发生了横井事件。一名男子闯入银座东洋邮船公司的社长室，掏出手枪向横井英树社长开枪。虽然横井奇迹般地保住了性命，但事件背后的内幕却是他向蜂须贺侯爵家借了3000万日元，且官司打到最高法院后败诉，但仍旧一分不还。

事情既然是这样，我感觉手心发痒想把它报道出去。而且，我过去的一个爆料人向我介绍了一名"安藤组的干部"。作为事件的嫌疑人，警视厅点名通缉了组长安藤升及其手下5人，不过，那个"安藤组的干部"说"在和安藤老大取得联系之前，我不能向警视厅自首，在那之前，请想办法帮我躲藏一下"。于是，我想出了一个"宏大的"独家新闻报道计划。答应了他的要求，并在他的引见下会见了逃跑的安藤升，说服他去亲手抓住那5个逃犯。

我这么做，同时也是一次对"不发事件报道的读卖社会版"的政变。

然而，这一计划却适得其反。在他们出逃之初，警视厅对与安藤同行的一个女人进行了审讯，掌握了嫌犯们的逃跑路线，只有被我藏起来的那人逍遥法外。我觉得把事情搞砸了，于是向公司提交了辞呈，被当局逮捕了。

这件事发生在立松事件之后的第二年,也就是昭和三十三年(1958)的 7 月 22 日。

三田还这样写道:

> 我再也不想服侍那些人了。虽然契机是因为一个奇妙的事件,但我离开了培养我成才的读卖社,还因为我看透了小岛编辑局局长是个什么样的人。立松事件发生时他是那样地慌了手脚,我出事的时候,也就是当我打电话给他第一次汇报时,局长在自己家里对着话筒喊道:
>
> "你,你!你没有拿钱吧!"
>
> 这是编辑局局长对一线记者应该说的话吗?不是说士为知己者死吗?作为"上司",他不曾想过,记者们拼死努力,不怕危险,即使牺牲家庭生活也要献身于新闻报道,这一切究竟是为了什么?

立松事件是在一般认知范围内进行采访时发生的,而三田事件则是发展到了窝藏案犯这一违法的程度。因此,它们是不能相提并论的。

在三田事件中,还存在着其他的多项不良违法因素。在没有通知报社的情况下单独隐秘的行动,藏匿的对象是反社会的黑社会成员等。

这些姑且不论,从以上引文中,我们应该能够充分体会出,与立松同时代的事件记者们的那种豪放气概,以及他们在被冠以缺德记者的污名后,中途折戟受挫时的一腔怨气。

立松事件发生后,一名叫金久保通雄的教育领域出身的人长期担任社会部部长,士气骤然低落的社会部又迎来了三田事件这一双重打击。

即使在对事件的采访中殚精竭虑，也很少能得到回报，而且，一旦失败，就会被抛弃于荒野，连给你收尸的人都没有。这种认识被逐渐固定下来，回避与事件报道相关的记者俱乐部这一倾向变得明显起来。

解除惩戒停职处分后回到社会部的立松，再也找不到能够像过去那样一显身手的用武之地了。像常驻东京消防厅记者俱乐部，主要职责就是通过直通电话向社会部通报火灾的第一信息，又如不同于政治部业务范围的驻国会记者，如果没有发生打架骚乱就不会发消息上报纸。总而言之，立松就是在这样的可有可无的部门岗位间调来调去。

立松平日竭力装作一副平静的样子，可是晚上一喝酒就狂乱得像是另外一个人。

不过，这并不是谁都能看到的。只有在面对知心朋友时他才表现出来。也许是因为我与他年龄相差不少，可以不介意吧，他时常给我打电话让我过去。

我们经常去银座喝酒，喝酒尽兴后常常叫上常去的店里的老板娘或女招待，开车去横滨兜风，线路几乎是固定的。

兜风时总是由立松掌控着方向盘，跟他交往是要玩命的。

他一冲上第二国道，就会有意地让自己处于险象环生之中。只见他时而提速到时速近百公里，时而越过中央隔离带，紧接着驶入对向车道，在千钧一发之际勉强躲过驶来的车辆。同乘的女性们尖叫起来，在大家感到快要崩溃的时候，他又恢复了正常的驾驶。

进入横滨后，立松一定要把车开向美利坚码头，他让走在前面的我们先停下来，然后独自一人向码头的尽头走去。此时的他与刚才在驾驶席上处于躁狂状态的他判若两人。他一句话也不说，背上好像有让别人不敢靠近的东西。

他在码头的尽头最多待上 5 到 10 分钟。在这么短的时间里,眺望着黑漆漆的大海,他在想些什么呢,当然这是我无可获知的。我只是等待着,等待着黑暗中有一个烟头的亮点归来。

有过一次这样的恐怖兜风经历的女性,第二次再被请时说什么也不答应了。不知从什么时候起,同车的人就只有副驾驶座上的我一个人了。

于是,再没有人能阻止立松的疯狂驾驶。从旁插嘴,他就会开得更狂野。

"胆小鬼,让你走开就走开。"

他自称是"声乐家的五音不全儿子",听过他唱歌的,恐怕没有几个人。在副驾驶座上,这首歌我不知听过多少次。

"胆小鬼,让你走开就走开。"

他唱的时候,完全听不出有什么开玩笑的感觉。

凌晨,我们在旧东海道户冢的街边松树旁出发,向东京进发,立松一辆一辆地超越了列队疾驰的快递公司的大卡车,作为回报,大卡车又一辆一辆地向我们挤过来,挤压着我们的生存空间。摆脱困境后,我的脑海中突然掠过一个想法。立松的疯狂驾驶不正是期待事故发生的自杀愿望的表达吗?

在多摩川河堤上,他撞倒过公共汽车站的铁杆,河堤下,他撞毁过一爿杂货店的店面。他还冲进过人家的树篱。

在那之后他还继续去横滨码头兜风。剩下的就是不定方向不选路,彻夜驱车向前。

昭和三十四年(1959)5 月,检察总长花井忠退休,最高检副检察总长清原邦一被任命为其继任者。

据说,当清原被当时的法务大臣爱知揆一请去接受内部指示时,他的感觉是"不会吧"。这也情有可原。从最高检副检察总长跳过东京高检高级检察长成为检察总长,这是破天荒的事情。

这在检察机关内部引起了轰动。比任何人都惊讶的是清原本人，但比任何人都严肃对待这件事的一定是岸本。

原司法记者俱乐部成员山本佑司（每日新闻东京总社社会部长）对这一人事变动的背景分析如下：

当上检察总长后，退休年龄将延长2年至65岁，所以比清原年长（3岁）的岸本根本不可能熬到清原退休接任下任总长。成为检察机关最高指挥官的野心功败垂成，在最后一刻彻底破灭了。

清原虽然有思想检察官的前科，但在这个派系色彩浓厚的世界里，他是少有的中立派，用"孤高""清廉"等词汇形容他是再合适不过了。他有一段逸闻。战后有一段时间他被放逐了，但那是因为他不忍心看到前辈、同事们上了身为司法部秘书课课长的自己亲手制作的黑名单，被GHQ的一纸命令所放逐，尽管他当过思想部门主管的履历表明，按任职时长分他是不属于被驱逐对象的，但他还是把自己的名字写在了名单上。……远离肮脏的派系之争的他被选为总长，这本身就是派系之争的产物，由此可见检察机关内部派系对决的激烈程度。如果岸本当上了总长，马场派必然会被击溃。真相似乎是，幸好马场可以利用法务次官拥有的人事权，他说服了检察总长花井，向爱知法务相强力推荐清原，制造出了一个大冷门。

次年4月，63岁的岸本从最后所任的东京高检高级检察长一职退休，在自民党的公推下，在家乡大阪五区参加了10月24日议会解散后的大选。促使他参选的是自民党元老大野伴睦。

"你要当议员。如果你当选了，哪怕你是一年级的学生，我也要让你当法务大臣。到时候，不管是马场还是谁，你想怎么办就怎么办。"

一席话点燃了岸本的心。

进入选战后，岸信介、佐藤荣作、池田首相夫人、大平正芳等人陆续进入大阪五区助选。但他们都没有进同一选区自民党公推的松田竹千代和大冢正两派的事务所，而是全都直奔岸本的事务所。

另一方面，岸本派展开了让两派都目瞪口呆的华丽的收买行动。直到选举中盘还处于劣势的岸本，最终让松田和大冢尝到了落选的痛苦，虽然在3个名额中排名垫底，但他还是当选了。

前面提到的山本这样写道：

但是，从那一刻开始，现在已完全被马场控制的检察机关开始了大攻势。他们在竞选期间就不断收集岸本派违反选举法的线索，并在其当选的同时开始了大规模调查。大阪地方检察厅特搜部为了追究岸本，到第二年夏天为止花费了9个月的时间，这一类似于疑案调查的调查体制明确表明了检察机关对岸本的意图。

……当时的大阪地方检察厅检察长桥本乾三发表了"正论"："必须让岸本先生去年4月退休之前接受过他指导的后辈起诉他，就私情而言，我感到非常不忍。但是检察官的职责就在于追究破坏法律秩序者的责任。此次采取这一措施也是行使了应有的检察权。"然而，考虑到桥本是岸本派系内颇有分量的检察官，这意味着从战前开始就没有停息过的检察机关内部的争斗，以继承小原-木内派系的马场的完胜而告终。

大阪地方检察厅对岸本集团的揭发毫不留情。他们逮捕了包括岸本之妻、次子和岸本之兄在内的204人，正式起诉了58人，简易起诉了 86 人。岸本本人也受到了自己曾经的部下调查，并于次年昭和三十六年（1961）7 月，以向 18 人行贿 432 万日元的收买嫌疑被起诉。在求刑公审中，他曾经的下属给他下了这样的结论："这是选举史上罕见的恶性事件。候选人自己就是秘密资金的负责人，他进行了有计划的收买犯罪活动，其在法庭上的供述也是谎话连篇，完全没有反省的样子。"并要求法庭判处被告有期徒刑 2 年零 6 个月。

现行选举违法取缔方针的基本起草人正是担任最高检副检察总长时的岸本。

司法记者中曾有过这样的议论：桥本检察长将他的前老大岸本的"项上人头"献了出来，以表示对马场效忠。桥本在《周刊新潮》(1961 年 1 月 30 日号）的采访中，否认了此类传闻，他这样说道："关于派系的议论，实属胡乱猜疑。你们问谁都可以，我是不属于任何派系的，这是众所周知的事实。我始终是一个规规矩矩的检察官。"

"实际上，我这次打击选举违法行为的重点、调查方法等，都只是按照岸本先生教我的那样去做而已。为日本修刑法的江藤新平触犯了刑法，断头台的发明者上了断头台。现在的情况完全一样。这就是现代版的'白绢之瀑'①。这是没有办法的事。"

岸本再次参加了昭和三十八年（1963）11 月 21 日的大选，但由于他在上次大选时的所作所为被贴上了"选举史上最大"的违规行为的标签，最终以悬殊的得票数败选。

次年昭和三十九年（1964）1 月 8 日，马场就任检察总长。 3

---

① 《白绢之瀑》是沟口健二执导，入江隆子主演的日本电影，于 1933 年出品，入选当年日本电影旬报十佳影片。故事根据泉镜花原著《义血、侠血》改编，叙述一位女魔术师被诬陷为杀人犯，而审判官竟是过去曾受她资助就学的旧情人，两人难以摆脱命运的捉弄，最终踏上了不归路。

月9日，大阪地方法院的堺分院向岸本做出了判处有期徒刑1年3个月、缓期3年执行，停止供应公民粮3年的有罪判决。一方荣登检察机关的最高位，另一方别说当什么法务大臣了，而是直接被社会所埋葬。

用"胜负已定、明暗分明"之类的词语不能充分表达这种悬殊的结局。

昭和四十九年（1974）9月10日，岸本在山梨县北巨摩郡须玉町的增富镭矿泉津金楼静养时，死于急性心脏麻痹。终年68岁。

再把时间拉回来。立松在岸本退休、出马参选、被起诉这一系列过程的任何一个时间节点上，都没有向我透露过一句感想。对于马场也是一样。

那篇报道被判定为假新闻，司法记者的荣光一去不复返，此时的他似乎已经把与检察机关的恩怨看得很淡。无论通过哪一种方式，他和检察机关的关系都不可能复活。

昭和三十五年（1960）1月，立松事件后由社会部次长转任妇女部部长的长谷川，以社会部部长的身份回归。由于随之而来的部内调动，我被提升到了游军记者。

就在这段时间，立松一直没有邀我过去。不久后，我就听说他因严重的安眠药中毒住进了神经科。

他的哥哥乔把狂暴的立松反剪双臂抱住，塞进了去医院的车。乔第一次从被压在座位上的弟弟嘴里听到了怨言。

"小运，读卖是个混蛋公司，他们没有帮我。"

这句在不知道对方是谁的错乱状态下吐出的话，道出了立松内心深处的全部心声。

记者和爆料人的关系是建立在虚虚实实的讨价还价的基础上的。从记者的角度来说，有时会根据时间、情况以及爆料人的不同，用权宜之计来追问，有时也会以人的信赖关系为基础搞到新闻线索。但是，不管这个过程里有没有诚实，采访都是一种职业行为。立松比任何人都清楚这一点，他是把虚与实分开使用的高手。

话虽难听，勾引爆料人是记者的工作，被对方勾引是记者的耻辱。我想正是因为有了这样的认识，立松才不会说出对岸本的怨恨。他把岸本当作一个人，一个他既不喜欢也不讨厌的人。

同样的道理也适用于马场和河井。立松之所以始终拒不吐出爆料人，是出于对职业操守的坚守，这与对他们的感情好恶，完全是两码事。如果不基于这个基本认识，试着谈彼此之间的情谊是没有用的。

从情谊上来说，当河井劝读卖方面撤销报道时，立松就被他抛弃了。然而，立松对他也没有什么怨恨。因为他知道，以前的交往归交往，怨恨是不在那个理上的。

但是，和报社的关系就不一样了。立松在工作上装出一副漠不关心的样子，表现得像是活在"虚"中，但他的"实"只是关乎新闻记者的自豪感。他全然不顾家庭，只顾着喝酒、吃药和玩女人，他的私生活也许是"虚"的。如此一来，他唯一的"实"就更有了分量。如今与之相连的绳索被报社斩断，立松还有怎样的生存之术呢？

四周是无尽的黑暗。黑暗中，不知怎的，只有立松穿着和服的身影隐约浮现出来。

就在我纳闷之际，他好像连动都没动便已经来到了我的身旁，注视着我。

分不清是户外还是室内，但我好像是仰面躺着。

他的脸色很黑，用没有抑扬顿挫的低沉的声音轻轻地说：

"这几天很冷啊。"

这不是责备的口吻,但也没有了他健康时的调侃。

被他这么一说,我感到一丝内疚与不安。

我不知该怎样回答他。

在我想着对他说些什么的时候,他的身影消失了。

梦醒之后,我对我的家人说:

"趁着日子还没过多久,一定要去祐天寺看看。得到祝贺咱们就回来,尽量早一天去。下个休息日前后怎么样?你好好想想吧。"

我已经有了第一个孩子,快到一个半月了。

那一天,也就是昭和三十七年(1962)10月9日,我没吃早饭就出门了。因为轮到晚报人员要提前到岗,我有一点要迟到的感觉。坐在社会部的座位上,一天的工作开始了,那个被人唤作"孩子"的打工学生刚刚拿起装订在一起的各类早报。城南支局的S通过总机打来了电话,指名道姓要找我。

"也许你已经听说过了,立松死了你知道吗?"

我立刻反问:

"是自杀吗?"

大概是我的声音太大了吧。坐在远处的席位上正忙着改早版稿子的编辑主任转过身来,慌慌张张地连连冲我摇头。

"好像是今天早上死的,我也是刚接到他家里打来的电话,更多的事情我就不知道了。我想应该先通知你一下。"

S这样回答了我,正因为是他特意给我打的电话,所以我不认为他会有所隐瞒。

我没有问编辑主任为什么会做出一副好像有什么特别事情的诡异样子,他默默地在我递过去的派车传票上盖了章,我接过后就去了立松家。

不管立松的死是不是社会上所说的自杀,对我来说都是一样的。

事件尘埃落定后，立松确实在持续地缩短着自己的生命。他的这种行为在旁人看来是显而易见的，但却又是他的亲人们无法制止的，应该是一种慢性自杀。

惊慌失措地跟在这样一个他的身后的我，也许必须要面对帮他慢性自杀的指责。

立松从神经科出院后，我有意识地让自己远离他。我们两个人一见面，肯定得喝到天亮。毫无疑问，这会加速他的死亡。我已经无法忍受这些带给人的沉闷与窒息了。

但是，他的死，本应是早晚要到来的。明明知道这一点，却又为什么在最后关头想要逃避呢？

在开往立松家的车里，萦绕在我内心的与其说是悲伤，不如说是这种悔恨。

那一年，在秋老虎还很厉害的时候，我来到了城南支局，一是来看他，二是想报告一下自己孩子出生的消息。好久不见的他，上身沉在支局局长用的扶手椅里，两条腿深深地伸到桌子下面，完全是一副浑身绵软筋疲力竭的样子。

一看到我来了，他就开始用脚尖摸索着凉鞋，两条胳膊肘用力要抬起自己的身体，但这个动作进行到一半就结束了。

我经常听到关于他的传言，说他的安眠药中毒已经控制住了，但他的身体非常虚弱。可我所看到的他的衰弱远远超出了我的想象，显然是一种异样。

他面色土黄，完全看不出有什么生气。他的眼窝是凹陷的，周围带有黑眼圈。

这是我第一次见到迎接我时没有笑脸的立松。

我坐在支局局长座位旁边的沙发上，目光又一次投向那双他快要穿上却又滚落一旁的凉鞋上。

那个穿着英国制西服，抽着烟斗喷云吐雾，行为举止透着大家风范，且被一些人认为是真的出身于旧男爵世家，人送绰号"男爵"的立松，在这么一间办公室里穿着这么一双如此常见如此廉价、除了能穿一无是处的凉鞋，真是太不相称了。

从这双鞋上，我仿佛看到了逐渐失去生存活力、精疲力尽、心力交瘁的立松的内心，这么想着，我的目光移开了那双鞋。

在立松华丽的记者生涯中，谁会想象出他的这种形象呢？

立松被推荐担任城南支局局长一职是在昭和三十六年（1961）的春天。彼时，他邀我到银座，这样问我：

"那件事，如果我同意了，你会看不起我吧。"

"不会的，但你的形象会被破坏。那不是我想看到的你的形象。"

"如果我同意了呢？"

"不会吧。"

"真就成笑柄了。"

我想到了赛马，于是说：

"从古典式赛马到大奖赛，再到大型比赛，让包揽了所有比赛项目的最好的马来拉大车。如果是这样的话，就算是那匹马摔断了腿，还不如干脆杀了它。"

现在想来，事件既然被处理成那样，就说明报社里已经没有他的生存之地了。

"那家伙被放出来住院的时候，如果能体面地死去就好了。"

曾与他关系密切的前辈记者会故意冷冷地抛出这么一句。那些人的心情也并非难以理解。

但是那时，年轻的我，对于社会部部长劝立松担任城南支局局长，只是感到要反对，因为社会部部长的劝说几乎就等同于要给立松打上失去记者资格的烙印。

如此屈辱的人事安排,自尊心比别人强一倍的立松没有接受的道理。

我对此深信不疑,但过了一段时间,听说他接任了城南支局局长的职位,实在让我感到意外。

后来才知道,部长在说服他的时候,真的是费了九牛二虎之力。

不管怎样,或许立松不久就会被社会部所淘汰。城南支局局长就是这样的职位。事实上我有意避开他,是出于内心的一种隐隐的担忧。如果我们见了面,他会不会把那些不说为妙的话都说出来?

报告完儿子出生的消息,我即刻就站起身来。时间已近黄昏。按照过去的做法,立松是会要领我走到夜里的街上去的。虽然我提前考虑到了这一点,但仅仅在这一天,这成了没有用的多虑。他的后脑勺靠在扶手椅的靠背上,没有说告别的话,只是一只手无力地举了起来。

不久,我收到了他的一封信。

前日失礼了。

儿子的诞生可喜可贺,可孩子偏偏生在你家里,实在是太可怜了。

反正都是你的事,你一张照片也没给孩子拍过吧。我也想过送你一架更好的相机,但因为我不擅长摆弄机器,所以我选择了便宜的EE。俗称傻瓜相机,简而言之,意思是那玩意儿你也能操作。

借此机会改弦更张,过一种正派人的生活如何?祈祷可怜的孩子,将来不要像他的父亲那样。

也许是因为他渡过了危机，他的文字让人联想到他健康时的风采。关于过正派人的生活那段文字似乎显露出了一种懦弱。

现货相机紧跟着就到了。他的来信说中我的要害，我甚至没想过给第一个孩子拍照片。

在这之前，我也曾到城南支局拜访过立松，那次去是在我下定决心要完成一拖再拖的婚姻，去找他做婚礼媒人的时候。

他在入口处看到我后，便站起身来，带我去了支局旁边的鳗鱼店，虽然那时太阳还在高照。

他也没问我吃没吃过饭，就点了上等的烤鳗鱼和一瓶特级酒，他的嘴角歪了一下，这是他害羞时的习惯，然后说道：

"当支局局长这个差事没我想象的那么差。新闻草稿都是S帮我看了。我要做的只是从傍晚开始跟大伙喝点儿什么。"

他一定是跟平时一样，请一群后辈们天天挥霍吧。

很久之前，我们之间就有过约定，在我的婚礼上要请立松当我的媒人。当我再次提起这件事时，他开玩笑似的说：

"立松一家现在是在走下坡路。别让我来做了，还是让部长做为好。"

"可是，不是约好了吗？"

"我答应过你吗？"

"难道不是吗？"

立松变得一本正经起来：

"你是最年轻的游军记者，走着正路，风头正劲，不是吗？不要再和我这样的人交往了，我觉得你最好在事业上谋求大发展。所以媒人还是由部长来当，不要换了。媒人不都是让部长来当的吗？"

确实，只要没有外部的人正式说媒，部员的婚礼上的媒人就由部长担任的，这是惯例。但是，如果说立松是个倒霉的人，那我就索性不考虑他以外的媒人了。现在看来，长谷川部长让在前任手下被养着等死的立松担任城南支局局长一职，可以理解为一种温情的表现。当时的我甚至对这一措施怀恨在心。

虽说如此，站在我的立场上，也不能把它明说出来。我当时陷入了一种挥之不去的情绪中，背弃惯例，由立松当媒人举行婚礼，虽然顶不了什么用，但也能表示出不服从的意思吧。

我把这种孩子气强加给了立松，让他感到了困惑。最终，当天没有得到他明确的答复，只是喝了顿酒。之后又打过几次电话进行沟通。这次是立松来报社找我。

"那件事，就由我来办吧。"

"我一直在缠着你，不好意思啊。"

"就这样，我去拜托部长。你已经同意由我来办，那你就没有发言权了。从现在开始，一切由我自行决定。别废话了。"

说完这些，他就向部长席走去。

几天后，立松打来电话，说有事要商量，让我的对象去找他。对象去了城南支局，立松把她领到了百货商店的家具卖场，让她挑选自己喜欢的，结果她无法拒绝立松给挑选的昂贵的西式衣柜，惶恐地回来了。

我们在市中心的宾馆里举行了婚礼，当晚就住在了该宾馆。第二天一大早，从东京站出发去了关西。那是那天早上的事。当我们走进站台时，看见睡眠不足眼睛红肿的立松站在二等车厢的停车位置处，正等着我们，这着实吓了我们一跳。

"这是给你们准备的行李，拿走吧。"

快要发车的时候，他塞给我们一个包，里面有一个最新款的高级照相机及一套摄影工具：一个备用镜头，一个闪光灯，一副三脚架。还有两件对襟毛衣。

从来没听说过有人会送两次结婚贺礼。旅游回来，我们以不太会用为由，终于让立松把照相机和配送品取走了。因此，为了庆祝孩子诞生，他又送上了 EE 相机。

北枕而卧的立松脸上盖着纱布，似乎是要遮蔽住以一种面目全非的姿态迎接客人时的羞涩。

靖子夫人示意我走到立松的身旁，取下了纱布。这张脸比他出现在我的梦中时要明朗得多。只有这样的结局他才能得以安息吧。我一边凝视着一边这样对自己说。突然间靖子呜咽起来，泣不成声地说：

"还热乎着呢。你摸摸看。哎呀，体温有这么高。"

"这么着，人就死了，我……"

"喂，你摸摸他吧。现在是不是还有办法？这个人。"

她把手伸进立松的和服，用手掌摩擦着他的心脏，每摩擦一次，立松的头就会像小孩子表示不愿意一样，左右摇晃。

我的直觉告诉我，立松选择了自杀之路，果真如此的话，那么复活对立松来说便是一件难以忍受的事情。

我突然意识到自己一直在想着这些，连手都没有伸向他的身体。这让我对靖子深感负疚。

为了甩开这种感觉，我诉说了早间做的梦。这与听到的立松死亡时间偶然一致。坐在枕边的房子说：

"他一定是去与你道别的。和博很喜欢你。"

那天晚上，在守夜的座位上，靖子突然间向我冒出了一句：

"吓了我一跳。他留下了银行存折。里面还有不少钱。"

这让我突然想到了一件事，但我没有说话。

"我家老公是个好客之人，有时突然有客人来，他就急急忙忙地从后门跑去当铺。这样的事情经常发生，但那笔钱又是怎么回事呢？"

在兜风回来的路上，凌晨和女招待们一起进店，让人做一顿没在饭点的早餐，这是我最不愿意被提及的事情。那也是立松非得要做的。

我隐约意识到，立松家的家计主要是由东京广播合唱团成员靖子的收入来维持的。即便如此，作为大家闺秀出身的她说出"当铺"一词，还是让人感到意外。于是，我更不能透露存折的秘密了。

那是我还经常和立松见面的时候。旁边虽然没有别人，但他却小声地说：

"谁也别告诉，我决定买架飞机。"

立松说的话我一般不会感到惊讶，但这时我却怀疑起自己的耳朵。

"什么，是买飞机吗？"

"嗯，单发动机的赛斯纳。二手的话，五六百万就能买下。"

"买那玩意儿干什么？"

"飞呀！"

"飞机当然是能飞的啦！"

立松站在那里微微一笑。这是他在得意时的表情。

"社会部那帮家伙，现在还在说买私家车什么的。什么玩意？读卖私家车俱乐部？真让人发笑。星期天，一个一个地排着队开车去兜风，就像金鱼拖着的一溜屎。我不喜欢了，所以我不玩车了，我要玩飞机。"

"那可得要一大笔钱啊。"

"所以我开始存钱了。"

"原来如此。"

"听着，到时候我会通知你时间，把社会部的人集合到屋顶上。我要掠过鸽子窝一样的屋顶，向那群臭小子们挥手。"

我悄悄地从靖子身边离开，回到了立松的枕边。那个想要把自己留在这个世界上的、不曾有过的宏大恶作剧，终究没能成为立松活下去的因缘。想到这里，悲伤才第一次涌上心头。

主要参考文献

『検察庁』(堂島慧・教育社)
『戦後疑獄』(室伏哲郎・潮出版社)
『法務省』(司法記者団編・朋文社)
『捜査』(読売新聞社会部編・有紀書房)
『自民党疑獄史』(現代政治問題研究会編・現代評論社)
『戦後日本の保守政治』(内田健三・岩波書店)
『東京地検特捜部』(山本祐司・現代評論社)
『汚職学入門』(室伏哲郎・ペップ出版)
『深層海流・現代官僚論』(松本清張・文藝春秋)
『正力松太郎の死の後にくるもの』(三田和夫・創魂出版)
『金子ふみ子獄中日記・何が私をかうさせたか』(黒色戦線社)
『墓標なき革命者―大正の叛逆児・高尾平兵衛』(萩原晋太郎・新泉社)
『馬場義續追想録』(馬場義續追想録刊行会編集発行・代表者井本臺吉)
『岸本義廣追想録』(岸本義廣追想録刊行会編集発行・代表者遊田多聞)
『昭和史発掘1』(松本清張・文藝春秋)
『読売新聞八十年史』(読売新聞社)
『読売新聞百年史』(読売新聞社)

该作品于 1983 年 7 月由讲谈社出版

后　记

我一直在想，围绕立松和博与卖淫贪污案的关系所发生的那些事情，必须以某种形式写出来，于是在他从丸之内警署释放后再次住院的前田外科分院的病房里，我征得了他本人的同意。

当时，立松感受到报社的方针正在走向"战败处理"，他的情绪异常低落，看着令人痛心。也正是在这个时期，他开始通过毒品来排遣苦恼。

立松和博被扣上新闻造假的污名，在报社内部和社会上被埋葬，对我来说是无法忍受的。立松有信心，相信自己得到的情报是正确的。我一直在考虑，如果报社选择走与检察机关及其背后的政治权力妥协的道路，对无可替代的他见死不救，那么站在他身边的我就必须代替他本人，向全社会诉说事情的真相。

现在回想起来，晚辈如我，得到发表机会的可能性极小，那是一个不切实际的计划，但当时我所能看到的只有这一条路。

如果把这件事付诸实施，我的笔不仅要指向检察机关和政治权力，还将不得不指向在其压迫面前屈服的读卖报社。因此，辞职就成了前提。

"立松，咱们一起辞职吧。"

这样被逼迫的事情也不是一两次了。我入社时间不长，所以对职场的依恋也就相应淡薄一些。

关于辞职后的安身之计，我模糊地想着和现在差不多的营生，当然也不可能有什么把握。前路不可测，只有愤怒之火在燃烧。

立松对我辞职的邀请沉默不语。不久，那篇问题报道被全面撤销，整个事件落下了帷幕。

解除停职处分后，立松不得不在报社内忍受着被养着等死的状态。对于自尊心比别人强一倍的他来说，这无疑是一种难以忍受的屈辱。但是，他并没有主动辞职。

我怎么也不能认为立松是为了生活而赖在报社不走。因为没有人像他那样毫无疑问地失去了作为生活者的感觉。

立松死后，我有时会想，如果他没有当报社记者，那么他会从事什么样的职业呢？我一个也想不出来。

有个词叫"天职"，对立松而言，报社记者就是天职。此外，他的天赋是在战后这个满是波折、无序但又充溢着自由豁达风气的时代开花结果的。

然而，让立松春风得意的时代并没有持续很长时间。在保守统治体制被确立的同时，报纸的体制化也在推进。从报社内部的角度来看，这是一种管理体制的强化，即使立松在卖淫贪污报道方面没有受挫，他也会被夺走华丽的出场机会。

我认为，立松所放出的各种独家新闻，并不是从"言论自由""知情权"等新闻界的冠冕堂皇的话语中产生的。他的采访活动与众不同，就同他对周围的人一个接一个地搞恶作剧，或者想方设法让众多女性敞开心扉一样，是为追求个人的满足。

为了取得成功，立松施展了自己的奇才，而且不惜时间、精力和金钱。他作为职业报社记者自然是有其局限性的，对于与其说是职业意识，不如说是被"业"所驱动而勇往直前的立松来说，不可能存在在采访竞争中与他较量抗衡的人。就这个意义而言，立松是一个稀有的存在。

如正文中所写，立松的这种"实"的一面，只是与报纸版面发生关联。当这种关联羁绊被切断的时候，他剩下的只有空虚。

要想描述出甘心于等死状态的立松的内心，用"留恋""依恋"之类的词语是不合适的。他不可能找到一种远离报纸版面的生存方式。再说一遍，因为他的"实"的一面，只是与报纸版面发生关联。

在这部作品的写作采访中，与立松关系密切的曾经的职场同事们，虽然表达方式不同，但有两件事他们是异口同声地表达出来的。其一是，像立松这样的报社记者绝无仅有，以后绝对不会再出现了；其二是，如果他还活着，无论如何也想象不出来他现在的样子。

在报社记者上班族化的今天，不可能出现第二个立松；万一出现了，那他一定会被组织铲除掉。那个虽然贫穷但很少被束缚的"战后"时代，那个在被赋予的言论自由下有些过于得意忘形但却充满活力的读卖社会部，还有那样一个人，那样一位新闻工作者，那个虽然有很多不足之处但却拥有非凡魅力的前辈立松和博，随着时间的推移，所有这些越来越吸引我的心。这让我不能不想到我的所失是多么巨大。

从前田外科分院那个时候开始，我花了 25 年时间才完成这项繁重的作业。如果早一点写的话，恐怕在作品中只会浮现出对故人旧友的那种心情吧。我认为将作为写作者的我与故人剥离开，经过一番岁月是必要的。

或者，作品中也可能会有损害故人名誉的地方，给遗属带来不快。对其他登场人物我也有同样的担心。如果是那样的话，那就太令人于心不安了。

我不想让此书结束于唱给立松和博个人的安魂曲。进一步讲更重要的是，在我的写作过程中，洛克希德事件[①]一刻也没有离开过我的意识。我是真心希望检察机关公正、新闻自由得以实现的一个人。

如果说通过这部拙劣的作品，读者能从中有所裨益的话，那是以立松家为代表的多方人士鼎力相助的结果。本应在此一一列出姓名以表谢意，却不得已而作罢，尚祈谅解包涵。

讲谈社文艺图书第二出版部副部长小田岛雅和先生，他从我采访开始到完稿整整3年时间里，给了我非同小可的帮助；《现代小说》从昭和五十七年（1982）9月号开始的一年中连载本作，该刊编辑谨冈启司先生始终对我鼓励有加；文库第二出版部的生越孝先生，为本作的文库化不辞辛劳。最后，我要向他们一并致以衷心的谢意。

本田靖春

昭和六十一年（1986）7月

[①] 指发生于1976年的美国洛克希德公司为出售飞机向日本政界行贿案，日本前首相田中角荣因接受美国洛克希德公司5亿日元贿赂，犯有受托受贿罪和违反外汇管理罪，被判处有期徒刑4年，罚款5亿日元。该事件与昭和电工事件、造船丑闻事件、里库路特事件并称日本战后四大丑闻事件。

《FUTOU TAIHO　HONDA YASUHARU ZEN SAKUHIN SHUU》
ⒸSachi Honda 2023
All rights reserved.
Original Japanese edition published by KODANSHA LTD.
Publication rights for Simplified Chinese character edition arranged with KODANSHA LTD.
through KODANSHA BEIJING CULTURE LTD. Beijing, China.
本书由日本讲谈社正式授权，版权所有，未经书面同意，不得以任何方式做全面或局部翻印、仿制或转载。

图字：09 - 2021 - 919 号

图书在版编目（CIP）数据

不当逮捕 /（日）本田靖春著；王家民，王秀娟译
. —上海：上海译文出版社，2024.3
（译文纪实）
ISBN 978 - 7 - 5327 - 9378 - 5

Ⅰ.①不… Ⅱ.①本… ②王… ③王… Ⅲ.①纪实文学—日本—现代 Ⅳ.①I313.55

中国国家版本馆 CIP 数据核字（2024）第 027101 号

不当逮捕

［日］本田靖春 著　王家民　王秀娟　译
责任编辑 / 常剑心　装帧设计 / 邵旻　观止堂_未氓

上海译文出版社有限公司出版、发行
网址：www.yiwen.com.cn
201101　上海市闵行区号景路 159 弄 B 座
上海景条印刷有限公司印刷

开本 890×1240　1/32　印张 10　插页 3　字数 187,000
2024 年 3 月第 1 版　2024 年 3 月第 1 次印刷
印数：0,001—8,000 册

ISBN 978 - 7 - 5327 - 9378 - 5/I・5855
定价：55.00 元

本书中文简体字专有出版权归本社独家所有，非经本社同意不得转载、摘编或复制
如有严重质量问题，请与承印厂质量科联系。T: 021 - 59815621